戦国時代《せんごくじだい》に
九
宇宙要塞《うちゅうようさい》でやって来ました。
横蛍
イラスト　モフ

パメラ
アーシャ

リリー
セレス
シンディ
リンメイ

エミール
ミレイ

戦国時代《せんごくじだい》に宇宙要塞《うちゅうようさい》でやって来ました。 九

横蛍
Illustration　モフ

新紀元社

目次

これまでの物語

VRMMO ギャラクシー・オブ・プラネットで創った宇宙要塞やアンドロイドたちとともに戦国時代に飛ばされ、織田信長の家臣となった一馬。正式な織田一族となった一馬は、太平の世を目指して、さまざまな改革を推し進める。一馬が開催した武芸大会や花火大会、大茶会では各地から大勢の人々を集め、久遠家と織田家の影響はますます大きくなっていくが——。

登場人物

「ギャラクシー・オブ・プラネット」の世界から戦国時代へやって来た者たち

シンディ

万能型アンドロイド。酒造りや商いの差配をする。

ジュリア

戦闘型アンドロイド。宇宙要塞では戦闘部のリーダー。

セレス

クールで真面目、敵には厳しい戦闘型アンドロイド。

ケティ

医療型アンドロイド。無口だが、本当は感情豊か。

エル

一馬が初めて創った万能型アンドロイド。癒やし系。

久遠一馬

リアルではアラサーの男だが、ゲームのアバターのまま実体化し戦国時代へやって来た。

チェリー

技能型アンドロイド。忍の方と呼ばれる。自称忍者。

すず

戦闘型アンドロイド。刀の方。正義感が強い自称武士。

メルティ

小悪魔風お姉さんな万能型アンドロイド。絵画が得意。

リリー

動植物の育成や品種改良が得意な技能型アンドロイド。

パメラ

明るい性格の医療型アンドロイド。ツインテール。

リンメイ

技能型アンドロイド。技術研究や開発生産が得意。

アーシャ

技能型アンドロイド。開校した学校の責任者となる。

滝川資清

滝川一益の父。久遠家家臣のまとめ役に。八郎。

滝川一益

通称、彦右衛門。武芸と鉄砲が得意。

帰蝶

斉藤道三の娘。信長に嫁ぐ。頑張り屋。

織田信秀

織田弾正忠家の当主。信長の父。

織田信長

尾張、織田弾正忠家の嫡男。一馬の主に。

ヒルザ

医療型アンドロイド。工作任務も行う。

ウルザ

諜報などに特化した戦闘型アンドロイド。

戦国時代の人々

滝川益氏

通称は儀太夫。文武両道で面倒見がよい。

お市

織田信秀の子。一馬たちによく懐いている。

斯波義統

尾張守護。太田牛一の旧主。一馬を評価。

望月千代女

望月出雲守の娘。久遠家の侍女となる。

滝川お清

滝川資清の娘。久遠家の侍女となる。

序章　医の道

side：エミール

夏のシベリア、意外に暑くなるのね。バカンスにはいいかもしれないワケ。

私の名はエミール。技能型アンドロイドよ。

万能型アンドロイドのミレイと一緒にシベリアの調査に来ているわ。司令が古い時代の漫画の登場人物を参考にして創った私たちは、ギャラクシー・オブ・プラネット時代は前線で活動していた。

一応、ミレイが指揮官で私が副官。これだけは少し納得がいかないけど、アンドロイドのタイプ的には仕方ないワケ。

「ここはもっと入念に資源調査をしないと駄目なワケ。シルバーンの情報は今のところ正しいけど、そもそも情報の専門性に欠けるわ」

元の世界の歴史や知識・情報と、ギャラクシー・オブ・プラネットの世界の知識・技術が私たちにはあるものの、元の世界の国家や企業などが一般に公開していないような情報まではないワケ。

それもあって、元の世界で公開されていた情報を参考に調査を続けているわ。

「ウラルの西側は広いのよねぇ」

ミレイが地図を見てため息を漏らした。すでに世界戦略の一環として、シベリアや樺太、蝦夷に小規模な集落に見せかけた基地を建設してある。

ウラル山脈の西側を将来の日本領とするために。

「資源は豊富だけど、採掘をするのは当分ないワケ」

お世辞にも人が暮らすのに適した土地とは言えない。ただ、それでもこの地を領有することで、元の世界のように大国となったロシアやソ連に怯えなくて済むようになる。

「先の話をしても仕方ないわ。資源調査と並行して海路を繋がないとね。まずは拠点となる港の建設候補地でも探しましょうか」

「了解なワケ」

ミレイの言葉に頷き、シベリアでの計画を立てる。織田家では将来的に海に出るつもりでいる。実際、日ノ本は狭い島国なので、この時代に海外進出をしていかないと将来困ることになる。

織田家では、海外に領地を持つことは今のところ考えていないみたいだけど、ウチの島を一度訪れたいという声は以前からある。

私たちがどんな環境で暮らし、育ったか。知りたいのは当然なワケ。

久遠家の本領とした史実の小笠原諸島に織田家の使者が来る前に、海外領と入植地の整備の目途を付けたい。

まずは調査ね。私たちだけならギャラクシー・オブ・プラネットの機器が使えるから、今のうちに調査をきちんとしておきたい。頑張るワケ。

side：久遠一馬

ミレイとエミールからの報告が届いた。シベリア入植に関してだ。

ミレイは万能型アンドロイドで、オレンジ色の髪をしていてスタイルがいい女性だ。エミールは技能型アンドロイドで黒髪に小麦色の肌をしている女性になる。設定年齢は共に二十歳。年齢はこちらに来て数え歳の習慣に合わせて歳を重ねたので、今は二十二歳か。

ギャラクシー・オブ・プラネット時代には、ミレイが指揮官、エミールが副官のコンビで前線にて活躍してくれたふたりだ。

いろいろと苦労もあるみたいだけど、この時代から勢力を広げておかないと困ることになるからな。人の文明の本質は、いつの時代も弱肉強食だ。

ただ、頑張るのはいいけど、あまり無理をしないでほしい。

さて、尾張は夏も半ばになっている。農閑期ということもあり、各地では賦役が盛んに行われている。

織田領の各地では村単位の夏祭りがあるなど、平和で夏らしい光景がよく見られる。

最近の変化は、尾張と美濃の交流が進んでいることか。特に稲葉山城下である井ノ口の町には斎藤家主導の警備兵が創設された。

人材は現地で集めており、警備兵創設時の初期メンバーを井ノ口での指導のために派遣している。それほど難しいことはしていないが、基本的な価値観というか認識の違いはあるので経験者は必要だろう。

織田家での警備兵運用のノウハウがあれば、大きな失敗はないはずだ。

商いは当然ながら活発になった。和睦と婚姻のおかげでリスクが減ったし、織田の好景気の恩恵を素直に受けている。

それに伊勢大湊から美濃まで広がった商圏は、経済をさらに活性化させている。東美濃も織田や斎藤に臣従してはいないけど、商いという面では拒否も抵抗もしない。

美濃でオレたちが道三さんに約束した斎藤家の支援もしている。信秀さんは清洲城に斎藤家の料理人を修業のために受け入れたし、織田からも臨時で料理人を派遣した。

毒殺などがあるこの時代で、大名本人の口に入る料理を作る料理人の交流は、両家の信頼の証だろうね。

他にも工業村の鉄や鉄製品に、ウチの商品とかは優先的に融通している。

今日は久遠家恒例の海水浴だ。

「いざ出陣でござる！」

「続くのです！」

「おー！」

到着早々、一斉に海に駆けていく、すずとチェリーと子供たちを見ていると、微笑ましい気持ちになる。優雅さとか気品はないが、すずとチェリーはこれでいいと思う。

すずは年齢が二十歳の戦闘型アンドロイドだ。黒目黒髪でポニーテールにしている侍っ娘。スタイルは標準でポニーテールだからか、少し犬っぽい雰囲気がある。

チェリーは年齢が十八歳の技能型アンドロイドで、薄いグリーン系の目と髪をした少し猫っぽい感じの娘だ。

ふたりはなし崩し的に尾張常駐組になったんだよなぁ。ただ、エルたちにはない行動力と視点は役に立っている。

「しかし、人が増えたなぁ」

春のお花見の時も実感したが、ウチの関係者が増えたと改めて思う。

今日の海水浴はウチの家臣と忍び衆、学校や孤児院の子供たちが中心だ。それでも護衛などを合わせると千人を超えた。

「海に入る前に～、体を動かさないとダメよ～」

はしゃぐ子供たちに、リリーは慣れた様子で注意をしている。

彼女はブロンドヘアの、保育士が似合うようなおっとりした女性で、年齢は二十歳。動植物の育成や品種改良が得意な技能型アンドロイドだ。牧場の動物たちや新たに日ノ本に持ち込んだ作物の栽培などを任せていて、牧場にある孤児院も彼女が仕切ってくれている。

「沖に行っては駄目よ。小さい子たちのことは気を付けてあげてね」

同じ子供でも落ち着いているのは学校の子たちだ。比較的身分が高い子が多いからだろう。アーシャがそんな残った子たちに注意事項を話していた。

アーシャはオレたちの献策で開校した学校の責任者だ。年齢は二十二歳で、インド系の容姿にセミロングの黒髪でエキゾチックな雰囲気をした美人。アンドロイドのタイプは技能型で、この時代でどうやって教育を普及させていくかを考えて試行錯誤をしてくれている。

「たまにはのんびりするのもいいね」

ここしばらく一番忙しかったのはジュリアだろう。戦闘型アンドロイドで、年齢は二十二歳。少しウェーブのかかったブラウンヘアを肩まで伸ばし、派手めの顔立ちとスタイルをしている。

塚原卜伝さんがジュリアを認めた影響は大きく、多くの武士から武芸を教えてほしいと頼まれているんだ。実際に教えた人からの評判もよく、教わろうとする人がさらに増えている。

「確かにそうですね」

隣ではセレスが砂浜に座り子供たちと海を眺めている。同じく戦闘型アンドロイドで、年齢は二十二歳。銀髪にクールな切れ長の目をしている。性格は少し軍人っぽくて真面目だ。

ジュリア同様に武芸を教えることもあるが、彼女は警備兵の取りまとめなどもしていて忙しい。ジュリアのサポートもしているからだろうけど。

「砂浜が綺麗」

「確かに流木のひとつもないね」

ケティとパメラは海岸を歩いて危険なものが落ちていないか確認していたが、あまりに綺麗な海岸に驚いている。

ふたりは医療型アンドロイド。ケティは年齢が十八歳で、黒髪のショートヘアで黒目、小柄でスレンダーなスタイルの女性だ。基本的に無口で抑揚の少ない話し方をするが、本当は感受性が豊かで少し食いしん坊でもある。食べることも料理をすることも真剣だ。

　パメラも年齢は十八歳。魔法少女にでもなりそうなツインテールのブロンドヘアに、ほっそりした容姿の女の子だ。明るい性格をしている。

　オレもさっき聞いたんだけど、オレたちが来るからと地元の人が自発的に海岸の掃除をしてくれたらしいんだよね。あとでお礼をしよう。

「海に来ると癒やされるわね」

「今日はゆっくりしましょ」

　向こうでは、ござに寝転んで日光浴をしているウルザとヒルザがいる。

　ウルザは戦闘型アンドロイドで、年齢は二十一歳。ハリウッド女優にいそうな黒人系美女。諜報などの工作特化したアンドロイドだ。ヒルザは医療型アンドロイドで、年齢は十九歳。こちらもハリウッド女優にいそうな黒人系の可愛らしいタイプで、同じく工作特化のアンドロイドになる。

　ふたりは三河や駿河遠江で忍び衆の支援などを密かに行いつつ、表向きはウチの仕事を手伝うなどしている。

「お昼の支度をしましょうか」

「そうね。私も手伝うわ」

　エルとメルティは早くもお昼の支度をするらしい。今日くらいはゆっくりしてもいいんだけどね。食事は自分たちで作って子供たちにご馳走したいと言うから任せている。

　エルは金色の髪と目をしたスタイル抜群で可愛らしい女性だ。年齢は二十歳。仮想空間でオレが最初に創った万能型アンドロイドであり、百二十人の妻でありアンドロイドであるみんなのまとめ役でもある。

メルティは年齢が二十歳の万能型アンドロイド。青い髪をショートボブにしている色気のある女性だ。人の心理を読み、戦略や作戦立案をすることが得意中の得意で、趣味は絵画を描くこと。

主に久遠家家中の取りまとめをしてくれているふたりだ。

エルたち以外の女性陣も水着を着ている。あまりバリエーションが豊富ではないものの、二年目ということもあり水着を着用している女性が増えたね。

ああ、人数が増えたのは信秀さんと信長さんを筆頭に、土田御前と帰蝶さんとか織田弾正忠家の皆さんが一緒に来たからでもある。

でも土田御前と帰蝶さんたちまで水着を着ているのには驚いたな。いいのだろうか？　さすがに上に着物を羽織っているけど。

ちなみに土田御前は三十代前半なので、見た目からして若い。

ビーチパラソル代わりになる大きな日傘も特注で作らせてあるので、信秀さんたちはその日傘の下にいる。

実は先日の大茶会でも使った日傘なんだ。織田家の家紋入りだ。

「若様はともかく、皆様が来るとはね」

オレはエルたちと昼食の支度をすることにしたが、エルの胸に周囲のみんなの視線が集まっている。着物だと多少は着やせするんだよね。

エルはそれが性的な目でないことと慣れているので気にしていないが。ただ、ケティが何故か責めるような意味ありげな目でオレを見ている。きっと気のせいだ。

「伝統は常に変わっていくものですから。おかしなことはありませんよ」

エルの言葉に海岸を見渡す。信長さんもそうだけど、この時代の人は新しいものでも気に入れば積極的に取り入れる。

オレのイメージする戦国時代とは変わりつつあるが、この時代の人は古い伝統や慣例に必ずしも強いこだわりがあるわけではない。

信長さんと信秀さんは、武士の伝統や慣例もほとんど気にしないほどだ。

無論、気にする人もいるが、信秀さんが変えると織田家ではそれが普通になる。特に個人が独自にやるような願掛けなどまでは制限していないので、普通に受け入れられている。

単純に、伝統だから慣例だからと言って続けてきたことを、新たな方法に改めているだけだからな。

オレやエルたちがやることに関しても、以前は南蛮人のおかしな行動だったのが、最近では先端の流行になりつつある。

無論、すべてではないが、義統さんや信秀さんが受け入れれば流行となり、受け入れないとおかしな行動になる。なんとも不思議な感覚だ。

しかし、水着が戦国時代から定着するのか？　未来では伝統的な衣装に水着が？

冗談のような本当の話になりそう。

でもあれだね。水着姿のエルたちと侍女さんたちに囲まれていると、異世界転生してハーレムって感じがする。普段が着物姿ということもあり、結構刺激的な光景だ。

ああ、砂浜では子供たちとロボとブランカが遊んでいる。信秀さんの実子である信行君とかお市ちゃんとか他の子たちも、身分を気にせず楽しそうだ。

ちなみに、身分に対する礼儀と公式と非公式の区別はウチでも子供たちに教えている。あんまりガチガチに身分で分けても、誰のためにもならない気がするので、この時代の常識とは少し違うけど。

正直、身分自体をなくすつもりはない。民主主義とかはオレがこの世界で久遠一馬として生きている間は無理だろう。

ただし、教育レベルを上げて、たとえ身分が低くても優れた者を登用する仕組みくらいは必要だと思っている。

「楽しそうなことをしておるではないか！　何故、わしを誘わんのだ！」

のんびりと昼食の支度をしていると、突然、信光さんがやって来た。海水浴をするみんなの姿を見て、誘わなかったことを怒られちゃったよ。

「いや、ウチの習慣なので……。孫三郎様も一緒にいかがですか？」

エルたちにクスクスと笑われつつ誘うと、信光さんはもちろんだと答えて嬉しそうに信秀さんのところに行った。

もしかして、今のオレの立場だと誘わないと不満が出るのか？

side：土田御前

三郎や市が楽しげな様子で浜にいる姿が見えます。思えば、私は三郎が日頃、いかに過ごしているのか、それすら己が目で見たことはなかった。それを実感します。

エル殿たちは自らの目で見ることを重んじております。その理由が分かった気がします。

「まったく、兄者もだぞ。何故、誘うてくれぬ！」

ふふふ、誘われなかった不満を口にする孫三郎殿に殿は笑うておられます。

「そなたを誘えば、一族の皆を誘わねばならなくなるではないか。一馬らが気を使う場にはしとうなかったのだ」

「それは分かるが……」

殿や一馬殿に不満を言えるのは、孫三郎殿だけかもしれません。ひとつ間違うと争いとなりますが、孫三郎殿はそこの立ち回りが上手いのです。

「見てみよ。楽しげな一馬らの様子を。故郷を離れ、縁もない尾張で生きる苦労はいかばかりか。わしは一馬らのやることを認めるのが役目だと思うのだ」

「兄者……」

孫三郎殿が初めて見せるような驚きの顔をしております。恐らく私も同じでしょう。かような主君が未だかつていたでしょうか？　従えた者のやることを認めるのが役目と考える主君など。

殿は変わられました。嘘偽りなく。尾張の虎と恐れられていたお方が、仏の弾正忠様と呼ばれ、皆の信を集めているのです。

長年の夢でもあった織田一族をまとめ上げ、尾張を越えて、その先へと進もうとしています。

「ひとりくらい、かような男がおってもよかろう？」

　戯言のように語る殿の言葉を聞きつつ、孫三郎殿は少し遠くを見るように海を眺めていました。この海の先にある一馬殿らの故郷にでも思いを馳せているのかもしれません。

side：今川義元

　尾張から雪斎が戻ったが……、あまりよき顔をしておらぬの。

「では、良策はないと？」

「隙らしい隙はございませぬ。それどころか信秀と久遠が争うのは当分ないかと。さらに我らの知らぬ優れた者もおる様子」

　雪斎が自ら斯波と織田を見極めたいというので尾張行きを許したのじゃが、こちらが考える以上ということか。

　それにしても、久遠か。その名は織田の嫡男が与えたものであり、それ以前の名は分からぬ。突如、東の海より現れし者らとか。

　いずこの者か未だに分からず、当主の一馬と奥方らはいずれも一廉の者とか。話半分でも怪しきことなれど、厄介な者らが敵となったものよ。

「して、尾張の荷と忍び衆とやらはいかがであった？」

尾張との争いは今に始まったことではないが、懸案がある。

金色酒を筆頭に尾張の品が突如値上がりしたのじゃ。理由は久遠が使う行商人を岡部が捕らえたことであろうの。わしならばまだ買えるが、そろそろ家中で名を成しておっても年に数回も買えぬ者が出てくる。

金色酒だけならば、いっそのこと北条から買うたほうが安くなるほどじゃが、北条は金色酒を売る相手をすべて氏康が決めておるようじゃ。今川には売らぬであろうな。

「行商人や流れの薬師の中にも忍び衆がおることは確かでございましょう。されど、ただの行商人や薬師もおりまする。それに忍び衆も領内を荒らすことはなく、ただ商いで得た話を持ち帰る。これが大半の忍び衆の正体かと思われます」

岡部が久遠の忍び衆を捕らえて始末するというので任せたのじゃが、まさか駿河であのようなことをするとは思わなんだわ。

駿河は我が今川家の本領であり、敵国ではないのじゃ。領内に来る行商人や薬師を怪しいというだけで捕らえていかがする。しかも、北条へ戻る途中の行商人まで捕らえてしまい、北条から抗議があったわ。怪しいという理由だけで人を捕らえておれば、領内が立ち行かぬようになることが何故分からぬ。あの武骨者めが！

「捕らえるのは無理か。相も変わらず、いやらしきことをするの」

信秀か久遠か知らぬが、上手い手を使うの。

「とはいえ、こちらも同じことは出来まする」

素破は、野盗と変わらぬ下賤の者。なにをするか分からぬ奴ら故に困る。仮に奴らを商人としてまっとうに働かせることが出来るのならば、今川家でも同じ手が織田や北条相手に使えるかもしれぬか。

じゃが、素破如きに商いをさせてよいのか？　裏切ったらいかがする？

まあよい、今は素破よりも商いじゃ。絹織物や綿織物まで値上がりしておる。駿河、遠江と東三河の商人だけにの。それをいかがするか考えねばならぬ。

そもそも、南蛮船を持ち、自ら明や南蛮と交易する織田には商いでは勝てまい？

つらつらと考え込んでおると、雪斎が意を決したような顔をした。

「御屋形様。実は、拙僧は信秀に会いましてございます」

「なんじゃと⁉　聞いておらぬぞ‼」

「向こうから、突如求められた故……」

信秀め。雪斎に手を出してくるとは思わなんだわ。

「して、いかがであった？」

「日ノ本から戦をなくす策を問われました」

なんじゃと……、成り上がり者の分際で何様のつもりじゃ？

「信秀は本気でございました。少なくとも拙僧を謀るのではなく、本気でそれを問うたように見えました」

「いかに答えた？」

「仏を信じて徳を積めばと答えましてございます。されど神仏を信じる者同士で殺し合う世に、それでは不足であろうと言われましてございます」

なにを考えておる？　自らが本気で天下を狙うておるのか？

偶然、南蛮船を手に入れただけの分際で、日ノ本のことを語るなどあり得ぬ。

そのような夢想など答える価値もないわ。今まで、いかほどの者が天下を治めようとしたか知らぬのか？

「御屋形様。斯波と織田との和睦があり得ぬと申されるのならば、武田と手を切って甲斐を攻めるべきでございまする。さすれば三河と遠江を織田に奪われても、駿河から北に今川が生きる道が出来ますれば……。御屋形様さえお覚悟していただければ、拙僧がこの命に代えても織田と一時の和睦を成して、甲斐を攻める時を稼いでご覧にいれましょう」

わけが分からぬまま思案しておると、意を決した雪斎が驚きの策を口にした。

「そなたほどの者がなんと弱気な」

「足利の世は終わると拙僧は見てございます」

「織田の世が来るというのか？」

「分かりませぬ。されど、足利の世にとどめを刺すは織田ではなかろうかと思いまする。駿河を守り今川家の存続に総力を傾ければ、必ずや今川家にも光明が見えましょう」

雪斎とは長い付き合いじゃが、これほど鬼気迫る雪斎は初めてかもしれぬわ。

決して私利私欲ではない。わしのため今川家の行く末のため、雪斎は命懸けの覚悟なのじゃ。

「雪斎、わしとそなたの仲じゃ。本音を言え。互いに隠し事は不要ぞ。わしでは織田に勝てぬか？」

「……戦の勝ち負けで勝敗を決められるのならば、まだ良きことかと思いまする。織田は、いや久遠は戦をせぬままに今川を潰す気でございます。口惜しきことながら今川家に出来ることは、すべてを懸けて織田と戦うか、甲斐に進むしかありませぬ」

　戦で勝敗が決められぬとは……。考えもせなんだわ。

「恐ろしき相手じゃな……」

「すべては織田、ひいては久遠の策を見抜けなんだ拙僧の不明が責。腹を切れとおっしゃるのならば、すぐにでも腹を切りましょう」

「止めよ。そなたがおらねば今のわしはないのじゃ。共に戦場で果てるのならばともかく、腹を切るなど許さぬ」

「御屋形様……」

「敵とはいえ認めねばならぬ。そうであろう？　成り上がり者であるが、それを言うたところで己が無能を晒すようなもの。織田は強いのじゃ。戦においても政においてもな」

　口惜しきことよ。手にしておる扇子を折れんばかりに握るが、それでもわしは落ち着いて考えなくてはならぬ。

「雪斎。今しばらく時をくれ」

「はっ。心得ております」

　いかがする？　今川家の面目のためにすべてを懸け、織田と戦うか？　じゃが、織田がそれに乗らねば意味がない。

仮に今のまま織田と戦うとして、武田はこちらの味方をするのか？　北条との同盟を理由に今川と手切れじゃと言うて、駿河に攻めてくるのではあるまいか？

武田にその気がなくとも、織田が本気になれば武田を中立にするくらいは出来よう。尾張との商いの利は武田とて大きいのじゃ。

そうなれば、戦をしても勝てぬではないか。信秀と久遠の首を取らねば、今川に勝ちなどない。とはいえ我が今川の家中は、遠江を失うての織田との和睦など断じて認めぬはずじゃ。今まで築き上げしすべてを捨てる覚悟がいる。

斯波にも信秀にも頭を下げる覚悟も必要であろう。わしに出来るか？　それが？

分からぬ。分からぬのじゃ。

「会うてみたいものじゃな。信秀に。久遠一馬とやらに」

雪斎をここまで追い詰めた者に会うてみたいわ。わしも尾張に行けばよかったか？

「美濃の斎藤と長島の願証寺は、織田と争わぬ道を選んだ様子。六角、朝倉、北畠などまだ周囲に敵になりそうな者はおりまするが、いずれも織田に総力を傾けられるはずもなく……」

「仮にじゃ。畿内がまとまり織田討伐を成さんとすればいかがなる？」

「勝敗は決まらぬかと。必ずや織田に味方する者が出ましょう。特に本願寺が織田に味方すれば形勢はいかがなるか……」

八方塞がりじゃな。

確かに畿内がまとまるなど、信秀の語る戦のない世とやらよりも夢想もいいところじゃ。織田は太平なる世を目指しており、民草を食わせるだけの富も潤沢にある。織田の味方をする者が必ずおるはずじゃ。

奪えばすべて手に入るかもしれぬ。じゃが、奪えてもそれを使うてしまえばのうなるだけ。富を生み出せる者の強みに気付く者は、必ずや出てくるはずであろう。

わしは大変な時に今川家を継いだのかもしれぬな。

side：ヒルザ

病院にて患者たちの診察をしていると、先日、駿河で助け出した者が治療に来た。残念ながら拷問の痕は残るものの、密かにナノマシン治療もしたことにより障害などは残らない見込みとなったことに安堵する。

「お方様、駿河はまだ危ういのでございまするか？」

治療を終えると、周囲に侍女である看護師しかいないこともあってか、そんなことを問われた。

「行商人や薬師を狙わなくなったわ。割に合わないと思ったのか、別の狙いがあるのかは分からないけど……」

実は厳密にはシルバーンからの報告で理由も判明している。余所者というだけで捕らえることで北条からも抗議があり、荷留などを警戒して義元が止めさせたのよね。ただ、織田家ではまだ確認が取れていないことは私も言えない。

「左様でございますか」

あれだけ苦しい思いをしたにもかかわらず、彼は新たな役目を求めているようね。

「貴方は顔が割れているから、もう駿河には行かせられないわ。傷が癒えたら別の役目を与えることになるはずよ」

思わず苦笑いが出てしまったわ。仕事熱心なのは構わないけど、きちんと療養をしてほしい。

「それよりちゃんと体を治しなさい」

彼のやる気は評価するけど、まずはきちんと命と体を大切にしてほしいわ。

娘さんがいるはずだから、一緒にゆっくり出来るように手配してあげようかしら。

side：曲直瀬正慶（道三）

いつの間にか、春が過ぎて夏に変わっておる。尾張に来てもうすぐ二ヵ月になろうか。

清洲の外れにある長屋でわしは暮らしておる。周りは他国からの流れ者ばかりだが、皆気のいい者たちで親しくなった。

「おーい、曲直瀬殿。一緒に夕餉食わんか？」

「よいのか？　ここのところ、朝な夕なであろう」

「いいってことよ」

賦役にて糧を得て長屋に戻ると、隣の権助に飯を誘われた。

十日ほど前だったか。権助の下の子が病に罹った時に少し診てやって以来、よく飯に誘ってくれるのだ。

「まなせどの！」

権助の子である権太が、わしを笑顔で迎えてくれた。

「権太、いい子にしておったか？」

「うん！」

ここではわしの素性を気にする者はおらぬし、皆が明るく前を向き助け合っておる。ほとんどが流れ者だからな、辛き日々を振り返りたくない者も多いのであろう。

「尾張はいいところだな……」

「どうした？」

権助一家と夕餉を共にするが、飯は悪うない。米の飯椀に汁物と魚などの菜《さい》が二品だ。それに酒も麦酒を出してくれる。

最初の数日は病の治癒をした礼だと無償で飯を頂いておったが、このままではさすがに悪いからと飯代を払うておる。

とはいえ、代金は諸々の費えくらいしか受け取ってもらえぬがな。同じ飯を京の都で食おうとすれば、それなりの身分でなくば無理であろうというのに。

尾張のことを学び、久遠様になんとか医術を学べぬものかと考えておるうちに、ここでの暮らしが居心地よくなってしまった。

　もうこのまま、ここで暮らすのもいいかもしれぬと思いつつある。妻を尾張に呼ぶべきか悩んでおるほどだ。

「わしは京の都におったのだがな。あそこはこことは違い大変なところでな」

「へぇ。京の都か⁉　凄いな」

「魑魅魍魎が跋扈するような地だ。町は荒れておるし、人心も荒んでおる」

　医の道への思いは変わらぬが、京の都へ戻りたいとはあまり思わぬ。

　都の者は、今も自身たちが日ノ本を統べる頂きだと考えておるが、今や足利家は畿内から出ればその権威が通じぬことも珍しくなく、朝廷ですら下々の者は興味がない者ばかりだ。

　権助一家のように京の都に憧れを抱く者はおるが、まことの京の都を見れば幻滅するであろうな。

　このまま尾張にて隠居でもして手習いでも教えるか？

　織田様は学問を奨励されておる。織田学校という学び舎まで造ったほどだ。

　多くの者に読み書きを教えて、学校に行くような子を育てるのもよいの。

　わしはもう若くはない。尾張のような戦もなく人心も乱れておらぬところで余生を送りたい。

　うむ。それがいいかもしれんな。妻に文でも送ってみるか。

side：久遠一馬

尾張の河川では、美濃と三河の織田領の領民と、斎藤家から借りた領民で河川工事が始まった。

これは以前にエルが提言したことで実現した。工事の提案書の作成者はオレの名前になっているけど、担当者の欄にはちゃんとエルの名前が記載されている。

河川工事は信玄堤のように歴史に名前が残るかもしれないし、功績はちゃんと頑張った本人の名前で残ってほしい。

工事自体は、昨年の武芸大会の利益での河川工事として清洲近郊で続いているものの、今回の工事はより大規模な賦役となった。

今回はただ堤防を造るばかりではなく、史実や地形を基に河川の流れや位置も一部では変更する歴史に残る大工事となるだろう。完成はいつになるんだろうね。

「うふふ、金色酒の件は順調のようね」

「はっ、ご下命の通りに致しましてございます」

蝉の鳴き声が聞こえる、この日の午後。小悪魔チックな笑みを浮かべるメルティが湊屋さんの報告に満足げな表情を見せた。

先日の熱田祭りで諸国から来た商人たちに金色酒を筆頭にいろいろな商品を売ったが、その際に粗悪な安酒を混ぜただけの金色酒を名乗る偽物が出回っているので注意するようにと書いてある、かわら版を配ったんだ。

さすがに堺の名前は出さなかったけど、この時代だとこれだけでも効果はあるだろうね。

他にも大湊や忍び衆や伊賀者には、偽金色酒の出所は堺だとの事実を広めてもらっている。かわら版は織田が出したことが分かることから実名は避けたけど、噂は実名を避ける必要がないからね。

「堺が偽物を扱うということを周知させれば影響は計り知れないわ。この際、徹底して潰すわよ」

「堺の信をなくすのでございますな。奴らは我らを鄙者と見下しております。目にもの見せてやりましょうぞ」

ふたりは意味ありげな笑みで語っている。なんか、メルティと湊屋さんが時代劇の悪徳商人みたいに見えたのは秘密だ。

まあ、それだけ不満が溜まっているということなんだよね。

聞くところによると、大湊の商人も堺に対する不満は多いみたい。力関係で一方的な商いをするからだろうけど。

上から目線で鄙者、いわゆる田舎者扱いをされれば、当然ながら気分は良くない。実際は、大湊も格下相手にはそんなに変わらないと思うが、以前は、畿内に逆らえないことから我慢していた分だけ、反感が余計に大きく出ているのだろう。

現状では堺の商人が、ウチの商品などを売ってくれと大湊の商人に頭を下げているからね。

ちなみにメルティの近くでは、お市ちゃんたち姉妹が堺から来た文にお絵かきや字の練習をしている。

「かず、あれはいいのか?」

「構わないですよ。不要な紙を使っていますので」

さすがに信長さんも驚いているけど、ただ捨てるのはもったいないしね。エコだよ。エコ。

金色酒を売ってほしいという文や、堺の銭の価値を認めるようにとの書状だ。基本的に上から目線で書いており、時折、畿内の有力者の名前も出しているなど明らかに脅迫状に読めるが、一応、形としては嘆願書という体裁らしい。

信秀さんに報告したら捨て置けと言われたので、メルティが子供たちのお絵かきなどに再利用している。一部のあまりにも酷い文は後世に残すために保存しているけど、紙は貴重だからね。

「瓜などいかがでございますか？」

オレと信長さんは縁側でリバーシというか源平碁をしていると、エルが井戸で冷やしたマクワウリを持ってきてくれた。

これは商いを再開した桑名の商人が、挨拶に来た時に持ってきてくれたものだ。この時代のウリだし甘さは物足りないが、これはこれで悪くない。

「そなたたちの『めろん』という瓜ほど甘くはないが、これも美味いな」

信長さんも喜んでいる。

史実の織田信長には『真桑瓜』の逸話がいくつかあった。こっちの世界の信長さんも甘い物が好物であることもあって、メロンも喜んでいたっけ。

お市ちゃんたちもお絵かきや字の練習を中断して、みんなで縁側に並んでおやつだ。

こういう自然の果物もいいよなぁ。

「ワン！」

「ワン!!」

ロボとブランカも同じマクワウリを貰っておやつタイムだ。一口サイズに切ったウリを適量あげている。食べ過ぎは駄目だからね。

「また、うみにいきたいね！」

「そうね。行ければいいわね」

お市ちゃん姉妹はウリを美味しそうに食べながら、先日の海水浴の話をしている。

砂浜で山やお城を作ったり棒倒しをしたり、泳いだりと楽しかったみたい。

女の子はなかなか城から出ることはないし、出ても寺社にお参りに行くらいしかないからね。

すずとチェリーとは精神年齢も近いというか、何事にも全力がモットーなところが、お市ちゃんと通じることもあってか一緒に遊んでいた。

信秀さんはどうもこの子たちを、エルたちのように才能豊かな大人にしたいらしい。

どこかに嫁ぎ子供を産むというのが基本であることに変わりはない。でも、学問や絵画に武芸などが出来ることは悪いことじゃない。

ウチに来ている理由は、その辺りもあるらしい。特にこの時代だと女性が政治をすることもあるんだよね。

比較をするわけではないが、史実の江戸時代よりは自由だ。近隣だと今川家の寿桂尼とかそうだしね。尼御台様と呼ばれる義元の母親だ。

なんでも彼女は織田と北条との同盟をするべきだと語ったらしい。今でも義元にそれを主張している。シルバーンからの情報だが、オレも驚いたよ。

さすがは史実で今川家を最後まで支えた女傑だね。

「今度は皆様で一晩の野営もいいかもしれませんね」

また海に行きたいと盛り上がるお市ちゃんたちに、予想外のことを言い出したのはエルだった。

「エルよ。さすがに……」

「城の外で学ぶことは多くございます。きっと姫様たちのいい経験になるでしょう」

野営ってキャンプのことか？　さすがにまずいだろうと信長さんは驚いているが、確かにいいかも。みんなでキャンプ。

「やえい？」

「外で一晩明かすのでございますよ。いつもと違う夜になります」

エルの提案に、お市ちゃんの目がキラキラと好奇心でいっぱいになった。

また楽しいことなのかとワクワクしているね。

side：松平広忠

伊勢大湊の商人が銭を献上すると参った。領内で商いをする許しが欲しいとのことだが、少しばかり額が多い。

「半蔵。なにか分かったか？」

「はっ、その銭は織田が手配したもののようでございます」

気味が悪いので返事を留め置き半蔵に探らせておったが、まさか織田がわしに銭を寄越すとはな。

「確とした出処は久遠とのこと。御家への助けでございましょう。またこの事実をあまり隠した様子もございませぬ。向こうも殿が気付くと察したうえで大湊の商人を寄越したと思われまする」

「文の一枚がこれほどの銭に替わるか」

織田には竹千代の扱いへの礼を文にしたためて送ったが、今はまだそれだけだ。確とは織田に臣従するとも味方するとも言うておらぬというのに。

「言いにくくございますが、織田からすると、はした金かと……」

申し訳なさそうに語る半蔵に思わず苦笑いが出る。

今や織田に抗う姿勢すら当家には見せられぬ。今川を超えるかもしれぬ織田に左様な姿勢を見せれば、後顧の憂いになるだけだ。織田弾正忠殿は苛烈な男ではないと聞き及ぶが、我が松平家は先代からの因縁があるからな。

「わしに、この銭でいかがしろと？」

「さて、某もそこまでは……。持参した商人に問われてはいかがでございましょう。恐らくなにか聞いておるはず」

確かに商人に問う必要があるか。だが城ではまずいな。家中は織田に近き者と今川に近き者に割れたままだ。

下手なことを家臣に聞かれて、家中が騒ぎになるのは織田も望むまい。

わざわざ商人を挟んだということは、表向きは動かぬということであろう。恐らくは当家の中の今川に近き者を警戒してだと思うが。

なにを望むのだ？　戦になった際の内応か？　それとも今川に近き者の処分か？

鷹狩りにでも出て外で会うか。それなら偶然会うたと言い訳が出来る。

side：久遠一馬

工業村から、馬車の試作型が完成したとの知らせが届いた。

あまりにも早いので驚いたが、ウチが貸した馬車をばらして模倣したとのこと。これから試運転をするそうだ。トロッコも併せて試作しているものの、現物がある分だけ馬車のほうが早く作れたみたい。

馬車は基本木製なので、工業村の職人は熱田の宮大工まで馬車の試作に駆り出したらしい。宮大工をどうやって口説いたのかは知らないけど、宮大工の工業村への入村許可を欲しがったので出している。

足踏み式旋盤とか地道に増やしていて、あそこは独自の進化をしている。

牧場では、この夏からは工業村の職人の奥さんなど女衆を助っ人にして、トマトの水煮やトマトケチャップの瓶詰め作業をしている。

料理でのトマトの需要が多いんだよね。秋には第二回武芸大会もあるし、商圏の拡大に合わせて来客に洋食を振る舞うことも増えるだろう。尾張で作れるものは尾張で作るために頑張っている。

今年は馬鈴薯ことじゃがいもと、小豆芋ことサツマイモの作付けを佐治さんに頼んだから、牧場の畑はその分、他の野菜を多く植えている。

トマトは来年には牧場以外での作付けを試してみたいね。これも知多半島が有力なんだけど。

山の村では、とうもろこしと馬鈴薯を中心に育てやすい野菜の試験栽培をしている。あそこは畑が多くないけど、住民がウチの家臣だから秘密を守りやすく、なにかと便利なんだよね。

とうもろこしは、乾燥保存をするのに向いている品種だ。

あとは椎茸の原木栽培も試しているから、この秋くらいには収穫が出来るかもしれないし、間伐材を使った炭焼きや木酢液作りはすでに順調に進んでいる。

養蚕は桑の木の成長待ちだから、まだやれないけど、大きな問題も起きていないので順調だろう。

尾張の経済に関しては、元の世界の高度経済成長期並みに好調だが、相変わらず通貨不足が深刻だ。

織田領に限ればウチでコントロール出来ている分だけ深刻ではないけど、他国はそうはいかないし、通貨が不足していることから、ウチが用意した良銭が流出傾向なのも変わらない。

事実上の紙幣である織田手形は今のところ大きな問題はないものの、取り扱い資格がない人には換金しないと説明しているのに、資格がない人が換金しようとしてウチに来たことが何度かある。

一部の商人が、自分が信頼出来る人だからと勝手に他国の商人相手に使っているんだ。困るんだよね。駄目だと注意しても、あの人は信頼出来るからと言い訳をするし。

そんな商人も、噂を聞いた他国の商人に頼まれたのかもしれないが。

この問題は、その手の商人に明確な悪意がないことが厄介なんだ。商圏ごとに形式や呼び名も変わるが、割符《さいふ》という為替の原型ともいえる証紙がこの時代にも存在する。それと同じ感覚で使用範囲を広げられると困るんだよね。

割符と違い、あれは織田家とウチが銭との交換を保証している兌換紙幣だから、織田領以外で流通させる気はない。

まあ資格がある者が第三者に渡して、その第三者が織田領内での取り引きに使うなら規制はしないが、それを換金したり織田領外に持ち出したりするのは基本禁止している。

伊勢と美濃や北条のような友好国には積極的に良銭を流してもいいけど、畿内の面倒までは現時点では見ていられない。そんな余裕がないと言ったほうが適切だろう。

side：ケティ

曲直瀬殿に関する報告が届いたものの、パメラがそれを見て少し戸惑っている。

「医師、辞めちゃうのかな？」

流民たちが住まう長屋に居を構えて、賦役で暮らす日々。着の身着のまま尾張に移住した人たちと違い、足利学校で学んだ人が暮らす環境じゃない。

尾張を知り、私たちを知ろうとしていたのは確かだと思う。ただ、シルバーンからの報告では今の暮らしが気に入っているようでもある。

「そろそろ、きちんと話すべき」

パメラとちょうど尾張にいる医療型アンドロイドのみんなと相談して、動くべきだと判断する。

それほど若いわけではない。隠居して穏やかに暮らしたいのならば、それでもいい。ただ、僅かなりとも意志があり、私たちと共に歩むことを望むのならば、こちらから手を差し伸べるべきだ。

史実において彼が成した功績は大きい。あの人を埋もれさせていいとは私には思えない。

「でも、今更よね。面目を重んじるこの時代で、彼は私たちと共に歩むことを望むかしら？」

一抹の不安、こちらが一度医術を教えることを拒否したことを懸念するヒルザに、みんなも考え込む。

史実という資料があることで、良くも悪くもそれを考慮して動いてしまうのは、私たちのデメリットでもあるのかもしれない。ただ……。

「私がなんとかする」

彼の資料には隣に住んでいた幼子を無償で助けたことが記されてあった。命を救おうという思いがあるのならば、可能性はある。

話してみたい。互いに顔を見て。きっと道が開けるはずだから。

side：久遠一馬

この日、ウチに曲直瀬道三さん、この時代だと正慶と名乗る彼を呼んだ。あれから二ヵ月くらいか。本当はこっちから訪ねて行こうとしたんだが、長屋住まいのところに訪ねて行けば騒ぎになると進言されて呼んでもらった。

同席しているのは、資清さんとエルとケティになる。

「お久しゅうございます」

「すみませんね。お呼び立てして。ただ、曲直瀬殿のことが気になりましてね。近江源氏の佐々木氏庶流であり、あの足利学校で学んだとか。京の都でも評判が良かったと聞きましたよ。一度はお断りしたので京の都に戻られると思っていたのですが、まだ尾張に滞在しておられましたので」

夏の心地いい風が開けている縁側から入り込む。曲直瀬さんはオレの言葉を穏やかな表情で聞いている。オレのことを恨んでいるかなと少し思ったんだけど、そんなことはなさそうだ。こちらが曲直瀬さんのことを調べたと暗に示しても笑っている。なんというか表情に余裕がある。

「尾張はいいところでございますなぁ。某は尾張をこの目で見て学ぼうとしておったのでございまする」

オレと同席するみんなを見て、ゆっくりと尾張にいるわけを教えてくれた。

「某は両親を幼い頃に亡くしておりましてな。幸いなことに伯母に育てていただきました。育てていただいた恩を返して、少しでも某のような者をなくそうと仏門に帰依して医術を学びました。ですが、京の都はいつまで経っても荒れ果てたまま。まさか、尾張がこれほど穏やかで活気にあふれておるとは思いも致しませなんだ」

エルが淹れた冷やした紅茶を一口飲むと、曲直瀬さんは過去を語り始めた。オレが知りたいことを察してくれたようだ。やはり悪い人じゃないのかもしれない。

今日、彼を呼んだ理由は、ケティたちの進言で曲直瀬さんをウチで召し抱えたいと思ったからだ。

「曲直瀬殿。一度は追い返した非礼を詫びるのでウチに仕官しませんか？」

「……何故、某を？　久遠様は血筋や家柄では召し抱えぬと聞き及びましたが……」

曲直瀬さんは予想外なのか驚いている。確かに曲直瀬さんが語るような理由で召し抱えるのは好きじゃない。それを知っているのは、オレたちのことも学んでくれていた証だろう。

「長屋で銭も取らずに隣の子供を診てあげたと聞いております。それが理由です。苦しむ者を助ける。気まぐれだとしても、なかなか出来ることではありません。織田は病や飢えで苦しむ者をなくしたいと考えています。そのために力を貸していただけませんか？」

もう少し理由があるとすれば、いずれは京の都に帰るのかと思ったら、どうも奥さんを尾張に呼ぶ文を書いていたことがある。

このまま隠居も考えているらしいが、それはあまりにもったいない。史実の医聖だよ。

「某の医術など、久遠様の医術に比べればはるかに未熟なもの。お役に立てるかどうか……」

「貴殿の医術に対する考え方は素晴らしい。医術は迷信や曖昧な噂ではなく、確かな事実に基づいて行うべき。一緒に働いてほしい」

こちらの要請に曲直瀬さんは戸惑い悩む様子だが、そこにケティが駄目押しをするように曲直瀬さんに声を掛けた。

同じ医の道に生きる者同士、感じるものがあるんだろう。ケティをじっと見つめて曲直瀬さんは考え込んでいる。

そのまましばしの無言になったあと、曲直瀬さんはふっと笑った。

「……そこまで言われては断れませぬな。某の考えは仏門から言えば異端とも言えるもの。まさかそこまでおっしゃるとは思いませなんだ」

確かに、迷信や祈祷が信じられている時代に、実証的な臨床医学の概念を持っていたのは驚愕と言っていいだろう。

この時代では道三流医術を確立したわけではないみたいだけど、すでに概念としてはあるのかもしれない。その勉強のためにも尾張に来たというのが実情かな？

「神仏と医術は別物。医術は人を生かし、人が生きるための術。いずれ太平の世が来た時のために私は医術を日ノ本に根付かせたい」

「分かり申した。よしなにお願い致しまする」

やはりケティを同席させて正解だったな。ケティが口説き落としたようなものだ。

将来的に織田が京の都を押さえても、ケティはオレたちと一緒に行動するだろうし、医師として働く妻たちが京の都に常駐することは難しいだろう。曲直瀬さんは血筋が良いから活躍の場はいくらでもある。

頑張ってほしいね。

天文十八年、夏。久遠家に曲直瀬正慶が仕官したと『久遠家記』に記されている。

正慶は久遠家の医術の噂を聞き、京の都で開いていた診療所を閉めて医術を習いに来たものの、最初は断られたという逸話が残っている。

それでも久遠家の医術を学ぶことを諦めきれなかった正慶は、尾張に滞在して久遠家の許可を待った。

尾張滞在中に正慶は病に罹った子供を診るなどしており、それが認められての仕官であったと記録に残っている。

現代では医聖と称えられている、薬師の方こと久遠ケティの懐刀と言われる正慶であるが、この時すでに四十を超えていた。

しかし久遠家の者は長生きした者が多く、正慶もまた同じで、医術の発展に尽力したとして、現代では彼もまた医聖と称えられている。

皇歴二七〇〇年刊行の歴史書『新説大日本史』より抜粋

第一章　野営

side：松平広忠

領内にある寺にて、先の商人と会うことになった。

周囲を半蔵に見張らせ、寺は旧知のところなので余所に漏れることはあるまい。

「単刀直入に問おう。そのほうは、わしになにを望む？」

いずこからか聞こえる蝉の鳴き声がやけに耳に残る。

商人は少し表情が硬い。かような場に呼び出したことで何事かと恐れておるのやもしれぬな。

「ご領内での商いのお許しをお願い申し上げたく……」

「それは聞いた。だが先の矢銭がそなた以外から出ておることは分かっておる。あの銭の意味を知りたいのだ」

商人を害する気はない。そのために城の外で会うておるのだ。

「……三河の安寧のための銭と聞いております。詳しく申し上げれば、商人や薬師や旅人の道中安堵をお願いしたく、伏して申し上げまする」

織田からすればはした金かもしれぬが、今の織田の力からすると松平は国人と変わらぬ程度でしかない。いかな無理難題を言うのかと思うたが。

今川への裏切りや戦の際の内応、それとも竹千代を松平家当主にするので隠居でもしろと言うてくるのかと懸念したのだがな。

商人の保護だと？　何故、そのようなことを？

「殿、先頃は駿河で行商人が捕らえられたことがございまする。その件では？」

「ああ、あの件か」

今ひとつ真意が掴めずに考え込んでおると、半蔵が思い当たることがあるようで進言してきた。

今川による忍び衆狩りのことか。織田の忍び衆と称する素破は行商人や薬師となり、三河や遠江や駿河に入るという。他国の者を見たら疑えというのは間違いではあるまいが、故も縁もなき行商人や薬師まで捕らえては領内が立ち行かぬであろうに。

半蔵の報告を聞いた時は、思わず真偽を疑うたほどだ。しかも、織田は素破如きを助けるために手練れの者が動いたというではないか。よほど物好きだと思うたのだが……。

実のところ、各地の素破などが織田に逃げていくのは少し前からあったことだ。半蔵の手の者も幾人か逃げたと聞く。久遠に行けば人並みの扱いをしてくれる。その噂はまことのようだからな。

まあ、当家は織田の忍び衆に手を出してはおらん。左様な余裕がないだけだが。

「よかろう。だが、出来ることと、出来ぬことがあるぞ」

「承知致しております」

今川に表立った反命《はんめい》は出来ぬが、領内を行き来する行商人や薬師の身を安堵するくらいは構うまい。いずれにしても、織田との関わりは改めねばならぬのだ。素破のひとりやふたり助けて織田が納得するならば、それに越したことはない。

「ついでだ、ひとつ問いたい。そなたは織田弾正忠殿、あるいは久遠殿に会うたことはあるか？」

「はっ、久遠殿とは会うたことがございます」

「いかような御仁だ？　正直、わしには織田殿や久遠殿がなにを考えておるか分からぬ」

城内というのは不便なものだ。わしが分からぬなどと商人に問うと、すぐに側近や家臣から国人らにまで話が伝わる。

分からぬことを分からぬと問うだけで器量や才覚を疑われる。それ故、かような場でなくばこのようなことすら問えぬ。

「慈悲深きお方と某は思いまする。ただ、信義を重んじ裏切りや不義、不正などには厳しいところもございましょうか。それと、久遠様は武士というよりは、商人のものの見方をしておられるようにも思えまする」

商人はわしの問いに驚き、熟慮しつつ慎重に答えた。

慈悲深く信義に厚いか。武士として素晴らしきことではあるが、それが本音とは思えぬ。

「織田は何故、三河に来ぬ？　今ならば三河を落とせよう」

「これはあくまでも某の私見と承知のうえでお聞きください。織田様は、もっと先を見ておられるのだと思いまする。久遠様は、いずれ訪れる戦のない世を考えて動くを、誰憚ることなく口にされ、行いを進めるお方。三河一国、あるいは遠江すらも今なら制することは叶うことでございましょう。ですが、それを致されぬのは、なにかしらの理由があると考えるべきかと……」

戦のない世だと？　左様なことを考えておるのか？　織田は自らの力で天下を奪う気か？

「戦をせずとも、奪わずとも、食える国にする。それが織田様の目指す先の一端だと、某は見ております る。商いもそのための策のひとつでございましょう」

戦をせず、奪いもせず、国が成り立つのか？

分からぬ。分からぬが、あり得ぬと切って捨ててしまえばそれまで。

もう少し詳しく知る必要があるか。

side：朝倉宗滴

花火とやらを見たいと尾張に行った公家衆が戻り、殿が尾張の様子を聞くというので同席致すことにした。

「ここ越前ほどではないが、尾張も悪うないところであった」

夜空が明るくなるほどの火の花が一瞬にして咲いたと語る公家の話に、家中の者たちの大半は半信半疑というか疑うておる。

わしもにわかには信じられぬが、大半の者は話の内容に問わず織田のやることを認めたくないという、驕りに耳目《じもく》を鈍らせた単なる私情であろう。

朝倉家はいつからこれほど驕る者が増えたのだ？　敵であろうと南蛮人であろうと、認めるところは認めねば先はないぞ。

織田はかつて越前の守護であった斯波家の下で共に仕えておった家。それ故、認めたくないのは分かるが……。

「それで花火とはいかなるものなのだ？」

殿は家中の様子よりも織田のことよりも花火が気になる様子。武芸より雅なもの、和歌や茶の湯を好む殿らしい。

尾張の織田に出来るのならば、越前の我が朝倉家なれば、遥かに超えるものをやりたいと考えておられるのやもしれぬ。

「鉄砲の玉薬を大量に使うものじゃと言うておったの。詳しくは教えてもらえなんだが、土産にと線香花火なる手で持つ花火を手に入れたので朝倉殿に譲ろう。これが夜空に広がりしものと思えば分かりやすかろう」

気になるのは、公家衆の話では尾張が噂以上に栄えておることか。さらに一向宗の願証寺が織田と親しげだとは。加賀と手を組み、こちらに攻めてくれれば厄介じゃの。

しかも織田が敵対しておる今川は旗色が悪いらしい。関東の北条も織田寄りに見えたと、駿河から来ておった公家衆の話が聞けたのは運が良かった。

こちらが考えておる以上に織田が優勢だとは。

織田と六角の様子も悪うない。我が朝倉家はむやみに敵対するのではなく、織田に少し探りを入れてみるべきじゃの。

斯波家が気になるが、いきなり戦まではするまい。

夜も更けて、線香花火とやらを致すというのでわしも拝見しておるが、確かに悪うない。火がこれほど見事な花になるとは思わなんだ。

「これは、なんとも風流であるな」

「そうであろう？」

殿と公家衆は左様な線香花火を楽しんでおられる。

されど、これが夜空に大きく広がると言われても、にわかには信じられぬところがある。

「尾張では牛の乳の茶を飲ませてもろうた。あれは美味しものじゃ。茶は貰ろうて参ったので、牛の乳を手に入れていただければ朝倉殿にも馳走するぞ。作法なりも聞いておる」

「それは是非飲んでみたいな。用意させよう」

尾張に行く前には、尾張など鄙の地であろうと笑うておった公家衆の態度が一変しておるわ。殿は公家衆と共に線香花火を見ながら、新しき茶の話を聞き上機嫌だ。

悪いお方ではないが、ちと困ったものよの。尾張は敵となり得るというのに。

だが、これならば織田と誼を結ぶのに異を唱えまい。所詮、織田が美濃の大半を制した以上は織田となんらかの関わりを持たねばならぬからな。

「そういえば噂の久遠とやらはいかがであった？　会えたか？」

「うむ。会えた。朝倉殿と同じく若いが、なかなかの男であった。日ノ本の外の生まれと聞いておったが、我ら公家のことも学びておるようでな。そういえば、南蛮の見事なる絵を描く奥方もおった。

あの絵は朝倉殿に是非とも見せたいものであった」

「ほう。それは見てみたいの」

久遠か。殿と公家衆の話に、かの地を変えつつある者について考えさせられる。

金色酒や明の焼き物に絹織物など、尾張の品は越前にも入ってきておる。殿は特に明の焼き物が気に入られ、集めておられるからな。

さらに越前でも見たことがない茶に花火、そして絵か。

やはり敵に回すのは避けたいの。鉄砲や金色砲はもちろんのこと、南蛮の兵法も知っておるかもしれぬ。

side：久遠一馬

史実通り、三好長慶が三好政長を討ち取ったらしい。江口の戦いだ。

もっとも、これはシルバーンからの最新情報なので、尾張に伝わるには今しばらくの時間がかかるだろうが。

これで事実上の三好政権が誕生かな。

ただ、畿内にはまだまだ三好の敵は多い。細川晴元と足利義輝だって、これから数年はあの手この手で長慶と何度も戦うだろう。尾張を中心に元の世界と違う流れになりつつあるが、状況と関わる人物、その背景にも差異がなければ、他は似た流れになると思われる。

六角は全盛期と言えるが、肝心の六角定頼の寿命が残り何年もない。それに後継者の六角義賢が、史実では六角を没落させるからなぁ。

畿内が潰し合っている間に、織田はどれだけ力を付けられるだろうか。

巻き込まれないようにするのは大変だろうなぁ。

夏真っ盛りのこの日、オレたちは山にキャンプに来ている。

正確には山の麓にだけど。テントを張ったりするにも、護衛を合わせて二百人はいるから、そのみんなでキャンプをするとなると、相応の平地と水場が必要になる。

「うわぁ。きがいっぱいだ！」

お市ちゃんは鬱蒼と生い茂る草木に驚いている。信秀さんの他の子も同様だ。

みんな箱入り娘や箱入り息子だから、山になんて当然ながら来たことがないみたい。

今回参加しているメンバーは、信長さんとその弟妹たちと、今は狩りに行っている信光さんたち、エルたちと護衛のみんなだ。場所は山の村がある尾張北部になる。

「まずは、みんなで幕を張ろうか」

エルが考えたこの野営キャンプには、ボーイスカウト・ガールスカウトのような意味もあり、子供たちの情操教育の一環でもある。

オレ自身はボーイスカウトの経験はないけどね。ただ、キャンプなら数回行ったことがある。

まずはベーステントとなるテントの設置だ。今回はモンゴルの移動式住居であるゲルを持参している。モンゴルの草原で白いテント式の家として見られるものだ。

「元《げん》の幕とはな……」

信長さんと信行君が並んで唖然としている。モンゴルの説明に『元』という、この時代よりも過去のチンギスハンの時代の名前を出したからだろう。

元寇は文永の役と弘安の役という名で、この時代でも有名な出来事だ。

「かの国の民は定住しないで遊牧をしていると聞きます。これはその彼らが使っている屋敷ですね。結構いいものですよ。周りの部分を簾のように巻き上げれば涼しくなりますし」

テント設営は子供たちにも手伝ってもらいながら、オレやエルたちに護衛のみんなでゲルを組み立てる。

ただ、幼いお市ちゃんなんかはさすがに見学なので、乳母さんと共になにをしているんだろうと不思議そうにずっと眺めている。

幕と言っても分からないだろうし、そもそも野営を理解していない気がする。

「凄いな。幕とは思えぬ頼もしさではないか」

エルたちの指示が適切だったこともあり二時間かからないくらいで完成したが、組み立てたゲルに信長さんは思わず唸るように感心している。

「ええ、彼らはこれで日々暮らしていますからね。かつては明や朝鮮から、遥か西のエルたちの祖国の近くまで従えていたらしいですよ。大陸の大半を制したと聞きます」

信長さんのみならず護衛のみんなも結構本格的な造りに驚いている。ただ、元の歴史は実はあまり知られていない。

オレがモンゴル帝国の最大版図を軽く説明しても、世界を知らない子供たちはあまり理解出来ておらず、地球儀をよく見ている信長さんが驚き信じられないと言いたげなくらいだ。

世界史で見てもモンゴル帝国は凄いんだけどね。

「それで元はいかがなった？」

「彼らは、その支配地域を維持出来なかったようですね。元を倒したのがお隣の明ですよ。国は広げるより維持するほうが大変ということでしょう」

話に付いていけないお市ちゃんと姉妹たちは、すずとチェリーたちと、ロボ・ブランカを連れて散歩に行ってしまった。

信長さんが元の現状を知りたいというので教えるが、信行君は興味があるのか信長さんの隣で聞いている。

ただ、日ノ本の何倍もある大帝国も滅んでしまい、遊牧民に戻ったというと、なんとも言えない表情をしているね。

「何故、元は滅んだのでしょう？」

「うーん、なんでだっけ？」

しばしなんとも言えない空気が流れるが、信行君は元が滅んだ理由を聞いてきた。でもオレ世界史はあんまり知らないんだよね。エルにそのまま説明を頼むと、少し困ったように笑いながら話を引き継いでくれるみたいだ。

「皇位継承の争いが絶えなかったと聞いております。それと元では紙幣、紙で銭を作っていましたが、その運用を失敗して国が混乱したようですね。まあ細々とした理由は他にもありますが……」

　ああ、皇位継承問題だったのか。権力の移譲はいつの時代も問題が出るんだね。特に世襲制の封建時代だとそれが致命的になる。

「後継ぎ争いか。日ノ本と変わらんな」

　信長さんは強大なる大帝国も日ノ本の武家と変わらぬ問題があったと知り、身近に感じるのかもしれない。信行君は少し複雑そうな表情をしている。

「織田も同じ愚を犯したのかもしれないのですね」

「なんだ。後を継ぎたいのか？」

　他人事とは思えなかったのか、信行君がぽつりと漏らした言葉に信長さんが反応した。

　信長さんの表情は悪くないが、ふたりの近習の表情が少し強張る。

「いえ、その。林が……、美作守がよく言うておったのです。兄上は後継ぎの器ではないと。早く下ろしてやったほうが兄上のためでもあるのだと」

　信行君も少ししまったと思ったのか動揺するが、信長さんは気にする様子がないことで落ち着いたらしく、思うところを話し始めた。

　余談だけど、竹千代君も今日は連れてきている。彼も信長さんの近習だからね。

「親父がいかに考えておるのかは知らんが、そなたに本気で己の目指すものがあり、それがオレと違うのならば後継ぎを狙えばいい。だが地位や力が欲しいだけで後継ぎを欲するのはやめておけ。ろくなことにならん」

「兄上……」

　なんと、信長さんは信行君の後継ぎ志望を否定しなかった。その言葉に周囲は静まり返る。信行君も信じられないと言いたげだ。

　ただ、当人同士の意思だけではどうにもならないのが、この時代の武士の後継ぎだ。特に織田弾正忠家ほどになると、家臣も多く利権も複雑だからな。

　でもさ、せっかく信長さんの後継ぎでまとまったのに。今更、後継ぎ問題の再燃は困るよ？

　周囲もなんと反応していいのか分からないのだろう。再び無言が辺りを支配するが、そこに子鹿を狩った信光さんが戻ってきた。

「足利家も後継争いで揉めたからな。三郎はいいとしても、その次の時のためになにか策を考えておいたほうがいいかもしれん。織田とて明日は我が身だ」

　相変わらず言いたいことは遠慮しないなぁ。それがこの人のいいところだけど。

　信光さん、オレが誘ったんだよ。海水浴の時に誘わなかったことで怒られたから。今日は息子さんと一緒だ。

　信光さんの長男の信成君だ。信長さんより年下で元服前だとか。市助と呼ばれている。なんというか大人しくて真面目そうな子だ。

　さっき狩りをしてくると山に入っていたんだ。獲物は鹿か。エルとケティが鹿を捌くべく受け取っている。

「渦中の者たちは真剣なのだろうが、外から見ると後継争いほど迷惑なことはないからな。一馬、そなたも他人事ではないぞ。久遠も武家として大きくなっておるのだ。気を付けぬと揉めるぞ」

まさか、オレにまで忠告してくれるとは。この人はオレのことも素直に心配してくれているんだよね。変に気を使わないので、オレとしても付き合いやすい人だ。

「疑心暗鬼に囚われて、荒れる先々など御免だ。織田がこの先も繁栄するための障害は己自身の中で生まれ、己を蝕むものであること、我らは心によく刻んでおかねばならぬ。三郎も勘十郎も一馬も決して忘れるなよ」

信光さん、フリーダムなのに信秀さんに信頼されているのって、こんなところなんだろうね。

物事の本質をきちんと押さえている。

自分が織田家の当主を狙わない代わりに、適度なポジションでそれなりの地位と生活をしている。

なんというか見た目や言動と違い要領がいいんだよね。

家中にこんな人がひとりいると楽だろうな。

side：織田信光

一馬たちは近くの川で釣りをしておる。

思い出すな……。親父が生きておった頃のことを。あの頃は男ばかりの兄弟たちで、よく一緒に川で遊んだものだ。

いつか、わしらが織田弾正忠家を大きくするんだと語り合った頃が懐かしい。親父はそんなわしらを見て、楽しみにしておると笑うておったな。

あれから年月が過ぎ、皆が城や家族を持つと、守る者が出来て立場が変わり、なかなか腹を割って話すことが少なくなった。

三郎などは幼き頃より城を与えられ、ひとり離れて暮らしておったが、それが母親や兄弟たちとの隔たりを作ることになった。

実の親子ですら争うことが珍しくない世だ。仕方ないといえば、そうなのであろうが。

そんな織田を変えたのは一馬だ。清洲攻め以外は大きな戦をさせずに尾張を平らげてしまい、今もあらゆる物事の見方から変えておる。

三郎は初めてではあるまいが、他の子らは釣りも初めての者ばかりであろう。

「姫様、大物ですよ」

「うわっ、うわっ、うわっ……。おっきな、おさかなだ！」

一馬と共に持っておった竿で大きな鯉が釣れると、市は目を真ん丸くして驚きながらも喜んでおるわ。

他の者たちもまた、それに負けじと釣りに熱中しておる。

しかし一馬は、何故あれほど場を和ますことが出来るのであろうな。兄者は一馬には遥か先が見えておるのだと言うておったが。

戦のない世が来れば、一馬が見ておるものがなんなのか分かるのであろうか。

子らの声と鳥や蝉の声を聴きながら、のんびりとするのも悪うない。

「孫三郎様。茶などいかがでございますか？」

「うむ、頂こう」

しばしそのまま時の流れに身を任せておると、エルが茶を淹れてくれた。紅茶を川の水で冷やしたもののようだ。なかなか美味い。

わしは正直なところ茶の湯よりもこれが好きだ。一馬が来る幾年か前には畿内で名の知れた茶人が来るというので同席したこともあるが、堅苦しいことばかり言うて好きになれなんだ。

一馬たちは新しきものを持ち込むが、いちいち堅苦しいことを言わぬのも気に入っておる理由だ。

「しかし、女子供を連れて野営とは変わったことをする。わしは戦で野営をしたこともあるが、進んでやるものとは思えなんだ」

「何事も自ら経験してこそ、得るものがあると考えております。こうして自らのことは自らで試してみる、力が足らぬならば皆と力を合わせるということを知ることは、きっと皆様のお役に立つことでございましょう。それに家族はこうして一緒の思い出をつくるからこそ、家族として繋がるのかと思うのでございますよ」

ふとエルにこの野営の意味を尋ねてみるが、その答えに驚き、得心がいく。

「確かにそうだな。やってみなくては分からぬことは多い」

織田は変わった。それは一馬たちと共に織田が新しきことをやっておるからであろうか？

「本当に戦のない世など来るのか？」

それとエルにはもうひとつ聞いてみたいことがあった。一馬が戦のない世を考えておることは知っておるが、それがいずこまで本気なのかだ。

生まれた時から戦が当たり前だったわしや兄者には、なかなか分からぬこと。

「ええ。それは来ると思います。ただし、その先には日ノ本の外との戦に備えなくてはなりませんが。船は益々発達しております。いずれ、当たり前のように日ノ本の者が南蛮に行く世がくるでしょう。またその逆も…。その時のためにも……」

「やはり人から争いはなくならぬか」

「はい。なるべくなら武力を使わぬような世にしたいですね」

エルの返答に安堵した。

来るはずのない極楽でも夢見ておるのかと案じておったが、確と現《うつつ》が見えておるな。

だがそれ故、その難しさを感じずにはおれぬ。

「見てみたいものだな。そなたたちの故郷の国を……」

わしでは無理であろうな。一馬の本領ならば行けるかもしれんが、片道一年もかかる大陸の果てに、わしが行くことは出来るはずもない。

それが残念で仕方ないわ。

side：久遠一馬

ゲルを建てたあとは、みんなで釣りをしたり近くの山を散策したりした。クワガタとかカブトムシとかいたが、残念ながらこの時代では特に珍しいものではない。

他には途中で伊勢守家の山内盛豊さんが様子を見にきて、ゲルに驚いていた。

ここは伊勢守家の領地なので事前に許可は取っている。もっとも、よく理解してなかったみたいだけど。敵対するわけでも攻めるわけでもないというのは伝わっただろう。

太陽が傾いてくると日が暮れる前に夕食作りが始まる。信長さんも信行君も信光さんも交えて、みんなで夕食作りだ。

「包丁はこうして持つのよ」

エルは包丁を初めて手にした信行君に包丁の持ち方から教えている。信行君が若干緊張気味に見えるのは気のせいだろうか？

包丁に緊張しているのか。エルに緊張しているのか、どっちだろう？

あか抜けた感じのあるエルたちは人気があるからなぁ。さすがにオレの奥さんなので声を掛ける人はいないけど、孤児院の子供たちとかでも意識しているような子たちがいるんだ。

身分もあるし女性に慣れていないわけじゃないと思うけど、エルたちと触れるほど近い距離で接したことはないからなぁ。

今夜は鹿の臓物の煮物と肉はバーベキューだ。肉は数日置いたほうが美味しいらしいが、夏場だし持って帰るのもね。せっかくなのでバーベキューにすることにした。

下処理はしたのでダニとかは大丈夫。鹿は元の世界の牛肉と比べると多少の獣臭さはあるけど、食べ慣れるとそうでもない。オレたちの場合は香辛料もあるしね。

自家製の焼き肉のタレも持参しているから肉はタレに漬けている。醤油ベースで複数の香辛料と生姜やニンニクやたまねぎに、蜂蜜やみりんなんかで作ったやつだ。

念のため鶏を持参して獲物や食料が得られなかった場合には捌くつもりだったが、不要だったみたいだね。

ご飯は人数が多いので、複数用意した大きめのダッチオーブンで炊くことになる。ちなみにこのダッチオーブンは工業村製だ。

少し前にあった美濃の揖斐北方城攻めではウチの兵たちに持たせたけど、使い勝手もよく評判は良かったね。

薪とか炭は人数が多いので持参したが、近くの森で散歩がてらみんなで拾ってきた薪を優先して使う。

この時代の人は火をおこすのが得意だね。さすがに慣れている。

ああ、お市ちゃんは危ないので刃物は持たせていない。米研ぎを手伝ってもらった。玄米と違って、精米した白米を食べるのには大事な作業だと教えたら、意気込みが凄かった。自分の研いだ米を炊くのを楽しみにしている。

ご飯を炊く鍋と煮物の鍋を並べて支度する。他には焼き肉をするための鉄板を準備しないとな。

竹千代君も初めての経験に興味津々だ。野外での炊飯なんて経験がないのだろう。

決して効率がいいわけではない。子供たちは料理の経験も野営の経験もない。でもみんな自分で考えて率先して働いているのがなんとも楽しそうだ。

あっ、働いてないやつがいる。ロボとブランカだ。ご飯まだー？　とでも言いたげな表情で伏せながら見ている。まったく犬の手も借りたい時なのに。いや、猫の手か？

うん？　そんなに尻尾を振ってもまだご飯はあげないよ？

あっ、お市ちゃんったら。鹿肉を二枚持ってどうしたのかと思えば、ロボとブランカにあげちゃった。

駄目だなぁ。というかお市ちゃんだけじゃないね。切れ端とかみんながあげるから、それを待って伏せの体勢でいるんだな。

まあ、せっかくのキャンプだ。今日くらいは大目に見よう。

ロボとブランカも食べ過ぎは駄目なんだけどね。

まったく、みんなロボとブランカには甘いんだから。

side : パメラ

野営と称してキャンプをする。いろいろと制限がある尾張での暮らしでも、探せば楽しめる方法があるものだね。

テント代わりにモンゴルの移動式住居であるゲルを使うことにしたのは、今後を見越してシルバーンからゲルの活用を提案されたからなの。

戦時の野営のみならず災害時の住居や賦役の現場での休憩場所など、使い道はいろいろとあるんだよ。

「味噌とは、かようなものなのですね」

大殿の子供たちは料理をする様子ですら珍しいみたい。食材の形、料理行程も興味深げに感激しつつ一緒に作っている。

「お味噌もいろいろな種類があるんだよ。今日のは美味しいよ～」

ウチで使っている合わせ味噌を少し味見として舐めさせると、驚きながら味わっている。これが料理になるとどうなるのか。自分の五感で楽しんでほしい。

「料理には、先人の知恵が詰まっているのですよ。食材を長く食べられるように保つ技も料理する技も、すべて生きるための知恵になります」

エルは料理をしながら食事について少し教えているね。

身分に合わせた振る舞いと暮らしが悪いとは思わない。でもね、知ることは決して悪いことじゃないはず。この子たちもいろいろなものに興味を持って生きてほしいな。

きっと楽しく素敵な人生になると思うんだよね。

side：伊賀者

あれは、なにをやっておるのであろうか？

織田弾正忠の子らがいつものように馬車で那古野に行くのではなく、駕籠で北は上四郡のほうへ向かうので後をつけてきたのだが……。

たどり着いたここは近くに山と川はあるが、特に城もなにもないところだ。

かような場でなにをするのかと見ておったが、おかしな形の幕を張って野営をするとは思わなんだ。このまま美濃にでも行くのかとも考えたが、昼前に野営をする必要などないはず。

相も変わらず織田はよう分からぬことをする。


時が過ぎて日が傾く頃、向こうから香ばしい匂いがしてくる。腹減ったなぁ。

干飯はあるが、少し様子を見て清洲に戻るつもりだった故、他に食い物はない。

オレは清洲の賦役で働き、織田の様子を伊賀の里に知らせる役目の下っ端だ。なにも変わったことがないのならば帰りたいのだが、これをいかに知らせるか悩むな。

織田は落城をした時のための備えでもしておるのか？　まさかな。だが姫らまでおる理由が、他には考えられぬのだが。

もういいか。落城に備えておると知らせておこう。織田は慎重故、あり得なくもないだろう。嫡男の正室は斎藤の娘だ。美濃へ落ち延びるための備えなのだ。

それに早く帰らんと八屋が閉まってしまう。

今日の日替わり定食は、好物のアジのふらいなのだ。逃すことは出来ぬ。

side：久遠一馬

西の空がオレンジ色に染まる頃、みんなで夕食の時間となる。

子供たちはご飯が炊ける様子を見ることも初めてだったそうで、噴きこぼれそうなダッチオーブンを驚きながら見守っていたね。

たき火を焚くと、一気にキャンプらしくなる。日が暮れた時のためにかがり火の準備もしたし、船で使っているカンテラも用意しているけど、カンテラはゲルの内部で使うくらいだろう。

「いただきます」

ゲルを建てることから釣りや散歩など、いろいろとやったことで、みんな腹ペコらしい。

肉が焼けてタレが焦げる香ばしい匂いに誘われるように、ちょうどよく焼けた肉を箸で取ると、ご飯にワンバウンドさせて一緒に頬張る。これが美味い！

ちょっと濃いタレの味付けが、ご飯の甘さと相まって最高なんだよね。

醤油ダレに入れてあるニンニクや生姜などの薬味や香辛料の味が、適度な歯ごたえの肉をより美味しくしてくれる。

「このタレがまた絶品だな！　市助、美味いだろう！」

「はい。父上、美味しいです」

一際反応がよかったのは信光さんと信成君だ。信長さんは以前にもウチの焼き肉をタレ漬けで食べたことがある。他の子たちと信光さんたちは初めてだけど、先に反応したのは信光さんだったね。

「おいちい」

お市ちゃんはまだ幼いから、焼き肉のタレが口に合うか不安だったけど大丈夫みたい。肉のあまり固くないところを選んで、食べさせているのは乳母さんだ。

着物を汚さないように前掛けを着けて食べる姿は、キャンプにあまり見えないけどね。

「いいねぇ。葡萄酒がよく合う」

「確かに合いますね」

今日の酒はワインと麦酒だ。鹿肉には少し渋めの赤ワインがよく合うらしい。ジュリアとセレスが石舟斎さんを交えて早くもお酒にシフトしている。

ワインに関しては、ウチで飲む分と織田家に献上する分は尾張に持ち込んでいるけど、販売はしていないんだよね。

「もつ煮も美味しい」

「本当だ。おいしい～！」

ケティとパメラは鹿のもつ煮に笑みを見せている。スープは味噌ベースで臭み消しにニンニクや香辛料が入っているやつだ。子供たちもいるからあんまり刺激は強くないけど。

これもご飯と一緒が美味いんだよなぁ。スープをご飯にかけても美味しそうだ。締めはおじやかな？

「わふ！　わふ！」

ああ、ロボとブランカも夕食として鹿肉と内臓の一部を食べてご機嫌な様子だ。

この日は護衛とか近習に侍女さんとか乳母さんとか、とにかく人が多いけど、基本的にはウチのルールとして、みんな同じものを食べることにしている。

護衛のみんなも鹿を狩っているので、エルとケティたちが捌いて一緒に料理していたからね。信光さんが狩ってきた子鹿は肉が柔らかいので、子供たち向けにしているけど。

予定外なのは山内さんか。様子を見に来たので、そのまま夕食に誘ったら残ってくれた。

「若様や姫様たちと野営を致すと聞いて、よう分からぬところがありましたが、なかなか楽しいものでございますな」

山内さん、やっぱりキャンプを理解していなかったか。この時代は、主家であっても家臣など人様の領地に行くのは警戒されたりするからね。

事前に遊びだと教えていたし、今の伊勢守家と弾正忠家の関係は警戒するほど悪くない。ただ、自分の領地で野営をしたいと頼まれても、なにをしに来たのかと首を傾げていたんだろう。

「海とか山とかで遊ぶのがウチの習慣なんですよ」

「なるほど、某も子らを連れて野営をしてみとうなりました」

お酒も入って少し気分がよくなっているんだろう。山内さんもご機嫌だ。

気が付くと日が暮れていて、たき火やかがり火の炎が光源となる。ユラユラと揺れる炎の明かりはこの時代では決して珍しくない。

行燈や蝋燭にかがり火はよく使うものなんだ。

それでもいつもと違う場所で、和気あいあいとした雰囲気での炎の明かりは格別だと思う。

「おかわりー！」

おっ、お市ちゃんはもつ煮をお代わりか。エルもみんなが喜んで食べていることもあって、嬉しそうにお市ちゃんにお代わりを渡している。

史実では、決して幸せとは言えない人生だったんだよね。お市の方は。

頬っぺたにご飯粒を付けているお市ちゃんを見ていると、なんとなく史実のことを考えてしまう。まあこの世界でお市ちゃんが浅井に嫁ぐことはないだろうが。畿内とか京の都の価値は史実とこの世界では違うし、織田の力も格段に違う。

久遠家と商いの力を加えて考えると、史実の尾張と美濃を制した織田家を超えているだろう。

東の北条家は本気で同盟を考えているし、きっかけがあれば同盟に発展すると思う。三河はまだ西三河の一部までしか織田の力が及ばないが、美濃は斎藤家と誼を深めていて強固な反織田勢力は表向きとして多くない。

腹の中までは分からないけどね。

それにウチが新しい技術と知識で、今までは西方先進地頼りだった欲しい商品を用意出来るから、織田にとって畿内の価値は史実より圧倒的に低いと言える。

信秀さんの現在の戦略は、織田にしか出来ない国を作って周辺諸国を呑み込んでいくものだろう。無理に戦で領地を広げなくても、経済で取り込めているからね。

無論、畿内の経済力や技術力などは侮れない。問題は畿内にはそれ以上に厄介事というリスクが付きまとうことだ。

朝廷・寺社・足利家・堺の商人たちなど、厄介な存在に事欠かない。しかも昔から日ノ本の中心だったという誇りや権威、伝統がある。

いずれは史実のように、戦で決着を付けねば収まらない敵と対峙する日が訪れるかもしれない。

そこまで考えつつ、お市ちゃんたち姉妹を見ていて思う。他家より織田家中に嫁がせたほうがいいんじゃないかと。斎藤くらいの関係なら構わないと思うけど、浅井、朝倉、六角、今川、武田あたりは止めたほうがいいだろう。

仮に養女でも婚姻外交はいらない気がする。主筋の家が、格下の家の娘を養女にして他国に送り込む。名誉なことだという価値観みたいだけど。でもオレには人身御供の一種にしか見えないし、人質がいなければ維持出来ない関係など必要ないだろう。

彼らが大人しく織田に臣従するとは思えないし。

それに、どうせ足利家や旧体制は解体する必要がある。史実の徳川慶喜のように無血開城と大政奉還なんて選べる人は足利家にはいないだろうしね。

まあ、史実の幕末は外国からの脅威のレベルが今と桁違いなので比較は難しく、徳川慶喜自体も評価が難しい人なんだけどね。

現状の織田家は、わざわざお市ちゃんたちを国外に嫁がせてまで血縁外交をしなくても、取れる策はいくらでもある。

なんというか、こうしてよく遊んだりしていると情が移って、自由もなく家のために縛られる他家に嫁に出すのは可哀想なんだよなぁ。

オレにはそれを変えられるだけの発言権と力がある。守ってやりたいんだ。周囲の子供たちの未来くらいは。

　つらつらと少し考え込んでいると、心配そうな表情のお市ちゃんがオレを覗き込んでいた。

「かじゅま～？　どうしたの？」

「なんでもありませんよ」

　お腹でも痛いのかと心配したらしい。

　よく見ると信行君や竹千代君とか、他の子も同じく心配そうにオレを見ている。みんないい子たちだなぁ。

　守ってやろう。この世界を生きる、大人として。武士として。

　見上げると、落ちてきそうなほどの満天の星が広がっていた。

「あとで南蛮から伝わった星のお話でもしましょうか。今日は星空が綺麗ですし」

「わーい！　かじゅまのおはなしすき！！」

　エルたちもこちらを少し気にしていたが、オレの表情から大丈夫だと判断したらしく特に心配はしていない。

　キャンプとくれば肝試しなんだけど、この時代だとリアルに神仏とか物の怪とか信じられているからなぁ。余興ではなくガチになっちゃうだろう。

　それもあって、星空を見ながら星座の話でもすることにした。悲しい話やドロドロな色恋の話を除くと、なにがあったかな？　まあ、なんとかなるだろう。

いつか、この空の向こうに連れていってあげたい気もするな。

side：メルティ

司令もみんなも楽しそうね。

リアルよりもリアルな世界。それがギャラクシー・オブ・プラネットのキャッチコピーだった。

今考えても、それに相応しい世界だったことには違いない。

でも……、本当のリアルはさらに奥深く未知の世界が広がっているわ。

みんなの楽しそうな表情と、そんな世界を絵という形を通して表現したい。創作意欲に駆られた私は、鉛筆で少し絵を描き始めている。

「める～、みていい？」

「ええ、いいわよ」

すぐに市姫様が覗きにきた。私たちと一緒にいる時間が長い市姫様は、この時代ではあり得ないほど多くのことを見聞きしている。そんな彼女の変化と成長に、大殿や土田御前様が興味を示しているほどに。

私たちの生き方は、連綿と続く日ノ本の歴史と文化から外れるもの。まさに外国の文化のようなもの。すべて肯定するわけでも受け入れるわけでもない。

ただ、織田家ではいいと思ったものを受け入れることには積極的なのよね。

「うわぁ……」

その表情がなによりも嬉しい。好奇心と喜びや感動など。描きかけの絵にはもったいないほどいい反応をしてくれる。

映像や写真もいい。ただ、あれはこの時代では表には出せないわ。絵ならば、みんなで見て楽しめる。

いつか、市姫様たちが大きくなって、今日という日を思い出して楽しめるように、絵を描き続けたい。

side：久遠一馬

食後は大人たちがお酒を飲む中、子供たちには昔話をしたり星座の話をしたりしていたが、眠くならないウチに夜のメインイベントをやろう。

「さて、寝る前にとっておきのものを出しますか」

「とっておきだと⁉」

目の色が変わった信光さんが一番いいリアクションをしてくれた。

キャンプの夜といえば、花火だろう。

元の世界だと千円もあれば個人で楽しめる花火が買えたが、今日持参した花火はそれに近い。

「ああ、線香花火か。それはいいな」

運んできた荷物を興味津々な様子で見つめる皆さんだが、細々としたものの中に線香花火を見つけた信長さんが、真っ先にその正体に気付いたらしい。

線香花火は尾張土産として人気で、牧場の領民とか家臣や忍び衆のお年寄りが手作りしているものを販売している。火薬の調合があるので危険もあるが、扱い方を守れば作るのは難しくない。現物を見れば、余所でも真似出来るだろうけどね。火薬が安くないのと尾張には諸国の商人が来るので結構売れている。

牧場の領民は土地を分け与えない代わりに報酬を払っている人たちだから、いろいろな仕事をしてもらっている。線香花火作りは牧場の主力商品のひとつになっているほどだ。

花火は去年の夏が初めてなんだけど、織田の花火と言えばすでに有名なんだ。線香花火は油紙で包んで織田家の家紋と一緒に織田の線香花火と書いて売っている。

高級感と特別感があって人気だ。

「今日は新作もあるんですよ。さあ、みんなでやりましょう」

信長さんと信光さんはもちろんながら、子供たちにも持ち方などを注意して手渡していく。

お市ちゃんたちは幼いので、エルたちや乳母さんたちが付いて一緒にやる。竹千代君のような信長さんの近習の皆さんも一緒だ。うん、男の子ははしゃいで振り回さない様に護衛の人に監督を頼もう。

身分とか立場とかあるんだろうから、先に信長さんたちに手渡したけどね。それ以外は特に分けることなくみんなで楽しむんだ。

他は知らないが、オレたちがやると怒られないからね。

「花火は人に向けては駄目ですよ」

火をつける前に再度注意して、たき火を利用して信長さんから花火に火をつけた。

「おおっ!!」

「なんと美しい……」

信長さんが手にした花火は、元の世界で、すすきと呼ばれていた花火だ。手に持つと先端からすすきの穂のように火花が噴き出す花火になる。

信長さんも予想以上だったのか驚いてくれたし、帰蝶さんは思わずうっとりして見惚れている感じだ。

「うわぁ……えるー、しゅごい！　しゅごいね！」

「そうですね。綺麗ですね」

お市ちゃんは喜びが爆発していて、右手でエルと一緒に花火を持ちながらも、左手をブンブンと振るっているほど興奮気味だ。

いっぱい持ってきたから、護衛のみんなにも配って楽しんでもらおう。

あちこちで花火を持ち興奮気味に騒ぐ人たちを見ていると、この時代の花火がいかに貴重かを改めて実感する。

でもさ。楽しそうな皆の顔がなにより嬉しい。

信行君と竹千代君も楽しそうに花火をしている。竹千代君に関しては、最近よく笑うようになったな。

以前の境遇が境遇だっただけに大人しかったんだけど、お母さんと一緒に住んでから変わった。

花火はまだまだある。地面に置いて火花が噴射されるタイプの花火や、火花を散らすスパーク花火にネズミ花火やロケット花火もある。

さすがに花火の色、金属燃焼色はこの時代に合わせて自重したけど。種類はあんまり自重しなかった。

「本当によく考えるな。そなたとおると飽きぬわ」

「人の知恵に限りなどないのでございますよ。孫三郎様」

みんなの楽しそうな姿を眺めていると、いつの間にか信光さんが隣にいた。

花火はウチだけのものじゃないけどね。博多や堺では、爆竹のような花火があるみたいで、向こうは明の人が作っているらしい。

堺はウチの花火の噂を聞き付けると、いち早く明の密貿易商人に頼んで花火職人を呼び、ウチより盛大な花火を打ち上げようとしたが、明の商人に無理だと言われて頓挫している。

「知恵か」

「習うだけでは知識までですからね。自身で考えることが知恵であり、これからは知識を土台にして立つ知恵が必要となります。花火を見てひとりでも多くの人が、誰も考えたことのないことを考えようとしてほしいものです。すでに八屋を真似て、庶民が口に出来る新しい食べ物を作ることに知恵を絞っている人たちもいますから」

楽しいことが好きな信光さんはご満悦な様子だが、人の知恵の話をすると少し考え込んでいる。

きっかけさえあれば日本人だって、いちから考えて発明出来るだろう。オレたちがしないといけないのは、そんな人を増やす環境を整えることと、人々に夢を見せてやることだと思う。現に工業村ではごく一部だが同じ職人同士で分業制を始めているし、食事についても、尾張では八屋の料理を基にした料理が次々と生まれているんだ。

「それを成すのが人の上に立つ者の役目か」

「私はそう思いますよ」

やっぱり信光さんは物事の本質を掴むのが速い。知恵の話から為政者がなにをするべきか自然と悟ったらしい。

「仮にだ。公方様にそれを教えたとして、出来ると思うか？」

ただ信光さんの凄いところは、それがいかに難しいかも理解していることだろう。

「どうでしょうね。今までの様子を見ていると難しいかと思います。公方様の御意思だけでは出来ぬことが多いですから」

突如、真面目な表情になった信光さんの問い掛けに悩みつつ答えた。

信光さんも理解しているような表情だが、現状の足利将軍は個人の資質や才覚ではどうにもならない状況だ。権力構造を抜本的に改革することでもしないと、誰が将軍となっても変わらないと思う。

だが、権力構造の抜本的な改革は、将軍の身辺の者から周辺の諸大名まで反対するし、下手したら朝廷や寺社だって反対するだろう。そもそも平時での大規模改革なんて、人類が社会性動物でありながら利害に過敏なので難しい。

信光さんも言葉には出さないが気付いているみたいだ。このままいけば、いずれ織田は足利家と対立することに。

まあ、足利家との対立は避けては通れない道だ。新しい世の中にするには、古い体制を終わらせないといけないからね。

ああ、ロボとブランカが花火を見て、何事だと興奮気味に騒いでいる。さすがに花火を理解するのは無理か。撫でて落ち着かせてやろう。

ロボとブランカを撫でながら、ふと思う。星空の下で花火をしたことが、みんなのいい思い出になってほしいと。

そうすれば、きっと明日はもっといい日になるはずだ。

side：土田御前

夜も更け、殿はひとりで酒を飲んでおられます。ケティ殿に諫められて以降、酒を飲む量も減り、以前よりゆるりと飲まれるようになりました。

「いかがした？」

あまり口数も多くなく夜空を見ておられた殿に、唐突に声を掛けられました。

「野営に出したのが不満なのか？」

一馬殿は市たちに広い世を見せてくれようとしております。そのことは誰よりもありがたく思うところ。女は子を産んでおればよいと言われることもあるのです。かの者らと比べるわけではありませんが、武士の妻は子を産むだけでは務まりませんから。

「そのことではございませぬ。お清と千代女のことでございます」

私の懸念はそちらではなく、むしろ一馬殿の内々のこと。

「よいではないか。当人たちは楽しげなのだ。それに、一馬が内に入れた者を苦しめるなどあるまい」

やはり殿は左様にお考えでございましたか。殿は見え過ぎている。一馬殿のことが。

「ふたりは日ノ本の女でございます。誰かが一馬殿の背を押してやらねばなりません。一馬殿の甘さは、時として当人が望まぬ苦しみを与えることになってしまいます」

私には今のままでいいとは思えません。殿と一馬殿は、この先も私などには見えぬ道を進むのでございましょう。なればこそ、今のうちにふたりを奥に迎えてやらねば機を逸しかねない。そう思えてならないのです。

「エルも、そこになると何故か動きが鈍いのは確かか。一馬の意志を重んじておるのは分かるが……」

殿も分かっておられること。それは承知しております。ただ……。

「頃合いを見て話してみるか。わしやそなたに分からぬ懸念があるのかもしれぬ」

本当に困った子でございます。三郎にも頭を悩ませましたが、一馬殿はそれ以上かもしれません。殿の猶子となった今、一馬殿は我が子も同然。実の父と母がすでにおらぬとなれば、私が憎まれることになっても……。

女たちにまで新しい生き方を示す一馬殿を私は守りたい。

天文十八年、夏。久遠一馬が織田信秀の子供たちなどを連れて野営をしたことが、『久遠家記』に記されている。

これには織田信長、帰蝶姫、織田信光なども同行しており、野営と記されているが、どちらかというと余暇を楽しむ遊びの類いとして行われた。

海水浴同様に久遠家では外で余暇を楽しむことが恒例だったこともあり、城からあまり出たことのない信秀の子供たちに外を見せてやりたいとの思いから誘ったとある。

当時、すでに市姫が久遠家に出入りしている頃であり、市姫の成長から信秀もまた子供たちの教育方針を考えていた最中であった。

一馬や大智の方こと久遠エルなど多彩な者たちと接した信秀は、自身の子供たちの将来を考え、一馬たちとの交流を増やしていたことが各種資料から窺える。

宿泊するために用意したモンゴルの移動式住居であるゲルの設置や、魚釣りや食事作り、周囲の散策など、信秀の子供たちは初めてのことを楽しんでいる。

　この時、一馬は久遠家以外では作れなかった手持ち花火などを多数用意して、皆を楽しませている。貴重な火薬で子供たちを楽しませる一馬を見た信光は、一馬に太平の世を見出したという逸話も残っている。

　なお、娯楽としての野営は海水浴同様に久遠家の習慣から始まっており、現代では老若男女に楽しまれる娯楽になっている。

皇歴二七〇〇年・新説大日本史

第二章　秋の日々

side：久遠一馬

キャンプは、翌朝にお市ちゃんが釣った鯉を鯉こくとして食べて終わった。

お市ちゃんは喜んでいたなぁ。自分が釣った魚をみんなが美味しいと食べてくれたことに。

野営はいいね。学校とか警備兵でも野営の訓練を入れるのも面白いかもしれない。

そして今年の津島神社の天王祭も無事に終わると、尾張はいつの間にか秋を迎えている。

この夏は畿内では三好に形勢が傾き、三好長慶が京の都を押さえている。将軍である足利義輝とその父である大御所の義晴は、細川晴元と共に近江坂本に逃げている。

長慶は摂津平定を進めているらしいが、史実通りに六角も撤退したようだし、三好政権はほぼ決まりかな。

尾張と近隣では、織田との取り引きが再開された桑名は一息ついたものの、すでにかつての賑わいは遠い過去のものとなっている。

理由は、秋を前に蟹江の港が一部だが運用を開始したからだ。工事用の岸壁の他にも舟橋による桟橋がいくつも作られていて、既存の船からウチのガレオン船まで停泊出来る場所になった。

紀伊や伊勢からは木材などが運ばれてきているし、港町の建設も本格的に始まっている。

そんな蟹江で一番遅れているのは城だ。城は他国の人に造らせるわけにもいかないし、この時代の日ノ本の人には未経験の西洋式の城を建築予定なこともあり、伊勢と長島の人足たちによる造成工事などが終わってから手を付ける予定だ。

当初は星型要塞の建築を想定していたが、他国に金色砲の対応策を教えることになるので、他の西洋城館式の城にするか、星型要塞にするかは再検討中だ。

蟹江城は対伊勢の城として考えているものの、願証寺の融和路線と北畠家との誼が出来たこと、南蛮船と水軍の抑止力が思った以上に強力であることで優先順位が下がりつつある。

城よりも港湾施設と造船所などの施設や町の造営が優先だ。流通と経済がこれ以上混乱すると織田家の面目に関わるし、周辺諸国を含めて不要な混乱を招きかねない。

まあ、どのみち清洲城の改築が終わらないと大工は足りないし、西洋建築を行うための技術者集団を育成する必要もある。

現状では工事の着工予定は未定のままだ。

そういえば、関東に送った見習い医師たちが帰ってきた。数ヵ月にわたり地震の後始末と医療活動を頑張ったみんなだ。

帰ってくる前には北条氏康さんから、医師の全員が直々に感状と褒美を頂いたと喜んでいるね。

北条からは、頼まれて雑穀や大豆などを手配し船団で送った。北条でも集めているらしいが領内が大変で史実同様に問題になりそうなんだ。

ウチの影響なんだろうな。氏康さんは史実の税制改革と減税などの方策である公事赦免状を史実より半年も前倒しで出したばかりか、賦役にて領内の復興をさせている。

この賦役は税として行っているものの、食事を提供することで評判はいいらしい。地震の見舞いに送ったウチの医師たちのアドバイスを生かしたようだね。

今回送った雑穀は、この冬の賦役にて出す食事の分らしい。

エルの見立てでは、これで領民の逃亡など、史実であった国中諸郡退転のようなことはないだろうとのことだ。

あと地震でいえば対処が上手いのは、今川も同じだ。

忍び衆狩りの影響で最近は商人や旅人が避けているが、それでも以前までウチの商品を転売したりして儲けていたからね。余力がある。

もっとも今川では、領民の生活より城や寺社の再建が優先されているが。ある意味この時代の標準的な対処だろう。領民から見ても当たり前の対応のため、特に不満は出ていないようだ。

それと比較するわけではないが、顔をしかめてしまったのは甲斐だ。

「甲斐は、えげつないな」

「織田とは対極の統治でございますな」

忍び衆の報告を持ってきた望月さんは、なんとも言えない表情で説明してくれた。武田は甲斐の復興のために信濃で重税を課して、反抗的な国人や土豪を潰して根こそぎ奪うことで乗り切ろうとしているらしい。

エルの話では甲斐の金も尾張に流れてきているからね。史実より僅かだろうが大変なのではと言っていた。

この時代だと武田晴信は若くて苦労をしている頃だからなぁ。

「そういえば信濃望月家はどうなの？」

望月さんにふと信濃望月家のことを聞いてみたが、なんとも困ったような表情をした。

「苦労が多いと思われまする。とはいえ、こちらが助けても良う思わぬので……」

力の差で言えば尾張望月家がすでに上だろう。信濃には城と領地があるとはいえ、信濃もなかなか苦しいところだからね。生きるだけで精一杯なはずだ。

先祖代々の領地と望月家の惣領という地位はあるが、ウチの重臣で事実上、織田の忍び衆を束ねる尾張望月家より余裕があるなんてあり得ないだろう。

「今川の様子もおかしいしねぇ」

今日は望月さんの他にも資清さんや太田さんや湊屋さんなど、ウチの重臣と言えるみんなと、エルとメルティを交えて話をしているが、次の議題は今川の動きについてだ。

今川の素破に関して、織田領から甲斐や信濃に行く者が増えたとの極秘の情報を忍び衆が掴んだ。いろいろと教育した成果だろう。密偵として優秀になりつつある。

「なにを考えておるのでございましょうな。今川にとって甲斐は唯一の同盟相手なのですが」

資清さんは今川の動きの意味を理解出来ないようで困惑している。場合によっては、こちらも忍び衆の派遣先を考え直す必要があるからな。

まあ理由はシルバーンの調査ではっきりしている。太原雪斎が甲斐攻めの下調べをしているんだ。

まだ義元は甲斐を攻めると決めていないが、下調べは慎重に時間をかける必要があるからね。

特に相手が同盟国ならば尚更。

「まさか、甲斐を攻める気か？」

その可能性を最初に口にしたのは太田さんだった。この人も地味にウチのやり方や考え方を覚えて成長している。

「待て、太田殿。何故、そうなる？」

「織田や北条に勝つより武田に勝つほうが楽ですからな。武田も弱くはないようだが……。某なら織田とは戦いませぬ、駿河と遠江に甲斐と信濃を押さえれば、織田や北条とも渡り合えましょう」

資清さんは太田さんにその言葉の理由を問うものの、返答を聞くと考え込んでしまった。

今後は義元次第だが、雪斎は武田攻めと並行して織田と北条との三国同盟を考えている。史実で織田を苦しめた今川・北条・武田の三国同盟が、この世界では織田・北条・今川の三国同盟として動くのだろうか？

この策はだいぶ前に寿桂尼が言い出した策でもある。ただなぁ……。

今川の人間からすると、言い方は良くないが貧しい甲斐ではなく裕福な尾張を攻めたいだろう。

実際の甲斐は、それなりに石高もあるし金山もある。世間で言われているほど貧しくはないんだけどね。そうでなければ、史実で織田家の脅威となるほどの軍勢を揃えることなど不可能だ。

ただ、どちらを攻めたいかと問われると、尾張になるだろう。海があり平野があるんだ。それは今川に限らずみんな同じ意見だと思う。

織田からしても、今川との同盟は無理がある。なにより斯波家が納得する形での同盟など無理だろう。現状の織田は斯波家を疎かにするなどあり得ない。

そもそも、三国同盟が成立するには、織田が畿内に介入する場合でもなければメリットはない。

とはいえ、雪斎が信秀さんと会ったことは、少し事態を動かしたのかもしれない。

「仮に武田と今川が争うとして、織田はいずれと組むのがよいのでございましょうな」

無言になった資清さんの代わりというわけではないが、湊屋さんが困った質問をしてくる。

「どっちもどっちじゃない？　甲斐は聞く限りだと欲しくはないね。面倒事が多い」

地理的に見る限りだと攻めるなら今川だよね。大義名分があり因縁もある。それに東海道沿いを押さえるのは今後を考えると悪くない。

武田は以前にも晴信の父親である信虎を追放するなど信用出来ないことがいくつかあり、甲斐は貧しい土地だ。それにあそこには日本住血吸虫症という厄介な風土病がある。

原因は寄生虫で、最終的にはお腹が膨らんで死に至る危険な病だ。史実の情報だと撲滅したのは一九九六年。平成八年になる。世界で唯一、撲滅に成功した寄生虫病だ。

言い方が適切か分からないが、費用対効果で考えると甲斐は後回しにしたい場所かもしれない。

多分、一番安く上がるのは、領民を全員移住させて、甲斐一国丸ごと軍事演習場や隔離研究所などの、生活消費材の生産を目的としない場所にすることだろう。

その土地に生まれた者の気持ちを思うと、そういう選択肢は取れないけどね。

「三河も少し情勢が定まらず妄動に出やすい土地柄です。戦の支度は怠らぬようにしなくてはならないでしょう」

再度沈黙が辺りを支配するが、エルが戦の準備に言及する。

松平は織田の支援を受け取った。名目は付けたが、それでも拒否される可能性も考えていたんだが。旅の商人や薬師として動く忍び衆の、松平領での安全が保たれるのは悪いことじゃない。

とはいえ問題もあって、松平宗家にはもう三河をまとめる力がない。

相変わらず織田と今川の戦を望む三河の国人衆は多い。信秀さんのところには決起を促す書状を送ってくる熱心な人もいる。まあ大抵の内容は、わしが味方すれば今川など一捻り、されば兵糧と銭に武具を寄越せ。こんな感じの戯言ばかりだけどね。

小さな国人衆の生き残り戦略なんだろうし当然だけど、時勢が読めてないと思う。

side : 曲直瀬正慶（道三）

「薬師様、ありがとうございました」

「五日後にまた来て」

那古野にある病院では、この日の最後となる患者の診察を終えた薬師の方様が、疲れも見せずに自ら率先して片付けをされておる。

外を見ると、もう秋を迎える頃となったな。

いろいろと戸惑うこともあるが、わしも久遠家に仕えることにようやく慣れたと言えるかのう。

この歳で驚きと戸惑いの日々になるとは思わなんだ。久遠家の噂は聞いておったが、仕えてみると噂以上であった。

なかなか手に入らぬような高価な薬が豊富にあり、身分や貧富を問わず使える。教えを受ける身でありながら俸禄まで頂いて、さらに高価な酒や食べ物が頂けるのにも驚いた。

なにより、久遠家の医術は足利学校よりも遥かに進んでおる。聞けば明や南蛮の知恵ばかりではなく先祖代々医術を極めんとしておったのだとか。

「この麻酔と縫合は驚きでございますな。これがあれば助けられる命が増えましょう」

「曲直瀬殿にも使い方を覚えてもらう」

痛みを感じなくさせる薬と傷口を糸で縫合する技まであるとは。大陸の書物にも似たようなものがあったが、久遠家ではそれを平素の医術として確立しておるようだ。

わしは薬師の方様や光の方様の診察を手伝いながら医術を教えていただいておるが、未だに習うことばかりだ。少なくとも久遠家では迷信の類いは信じておらず、病には明確な原因があると考えている。

この日は薬師の方様の手伝いをしておったが、助からぬと思うた刀傷の若者を麻酔と縫合で助けておられたからな。お見事としか言いようがない。

「穢れと病の原因と思われる菌とやらは、やはり別物なのでございますかな?」

「別だと言うとややこしくなるから、同じことにしている。解釈次第だけど厳密には別だと思う」

久遠家の考え方で気になったのは、体を清め清潔に保つこと。これは穢れを払うという寺社の考

え方と同じだ。

寺社で穢れを払うのは、綿々と受け継がれてきた病に罹りにくくするための知恵なのかもしれぬ。ただし久遠家では、病には目に見えぬほど小さな原因となる菌や寄生虫と呼ぶものがいると考えておられる。

寺社の穢れとの違いを明確にせず体を清潔にするように指導しておるのが、奇妙というか面白きというか。寺社の教えが正しいと、寺社とは別の考え方の医術を用いる久遠家が認める体をして、利用しておるのだからな。

「疱瘡を防ぐ予防接種が広まれば、天地がひっくり返るほど騒がれますぞ」

「今はあまり広めてほしくない。受け入れ体制が出来ていないし、畿内に私たちが行くのは無理がある」

「左様でございますな。それは某もお止めになったほうが良いと思いまする。御家の立場を考えれば、お方様がたは人質にされてもおかしくありませぬ」

そう。一番驚いたのは、久遠家では秘伝に疱瘡を防ぐ術があることか。畿内に広まればあちこちから求められるのであろうが、女の身で出向くのは危うい。

武士の中には自身の病を隠したがる者もおる。診察した医師が行方知れずになったという話もないわけではない。

それを防ぐには相応の地位を得るなどして、愚か者が軽々しく手を出せぬようにする必要がある。

「医術を広めるには世の中が落ち着く必要がある」

「それは難しゅうございますな。某もあちこち旅をしておりましたが、武士や僧から農民に至るまで、気を抜けばなにを仕出かすか分からぬのが今の世でございます」

尾張におると忘れそうになるが、今の世は神仏すら信じられぬほど荒れておる。

織田家と久遠家は、そんな世を本気で変えようとしておる。だが、わしにはそれが出来るとは思えぬのだ。織田家が天下を平定でもせぬ限りはな。

side：久遠一馬

田んぼの稲が黄金色の穂を実らせる頃。オレとエルは今、湊屋さんと共に牧場に来ている。

麻・綿花・菜の花など、領内に広める作物の試験栽培の確認と、今後の方針を話し合うためだ。

「いずれも作付けを増やせば、相応の利が生まれますな」

湊屋さんは商人の視点から、各種作物の状況と今後について意見を言ってくれる。

まあ試験栽培は順調であるものの、作付面積を増やす一番の問題は作物の流出だろう。Ｆ１種に出来る作物は当面はＦ１種にするしかない。

ただ、あれは種の生産をシルバーンでしなくてはならないので、この時代だと輸送が大変になる。

あと畑の活用も食べられる作物が優先なんだよね。雑穀とか大豆とか。そういう意味では一気に増やしていくのは難しい。

今は試験栽培を続けて、いずれそれらの作物を植える場所が出来た時に備えているんだ。

一通り仕事が終わると、牧場を任せているリリーを探す。彼女がいたのは蔵のひとつだった。

「ここの蔵は食料ばっかりだね」

「うふふ～、一年分を貯めておく必要があるもの。当然よ～」

牧場の蔵には保存加工してある食料が大量にストックしてある。夏野菜の瓶詰や乾燥したものにチーズやハムにベーコンなど様々だ。

食料の保存はリリーに任せていて、オレも具体的な数値は把握していない。料理をするエルたちは知っているはずだけどね。

そういえば、知多半島産の馬鈴薯や小豆芋も基本的にはこちらに運んでいる。佐治さんと育てた領民が食べられるように一部は知多半島に残したけど。収穫の際に試食会をしたら評判がよかったんだよね。自分たちが育てた美味しい作物を、自分たちが食べられないのは可哀想だ。

馬鈴薯と小豆芋の販売は戦略上の問題から予定していない。小豆芋は焼酎作りの試験を工業村で始める予定だし、馬鈴薯は凍み芋や粉にしてみる予定だ。

干し芋くらいは作って贈答品として配るのもいいかもしれないけどね。生産分の使い道はすでに決まっている。

「殿様ー！　みてみて！　大きいでしょう!!　あたしが収穫したんだよ～」

そのままリリーと一緒に牧場の屋敷に向かっていると、カボチャを抱えた子供たちが駆け寄ってきた。カボチャも去年と今年で試験栽培しているんだよね。

ちょうど今日、収穫していたみたいだ。

カボチャも評判はいい。馬鈴薯と小豆芋の生産を優先させて今年は牧場でしか栽培していないけど、来年は佐治さんのところにまた頼むかな。

「おっ、凄いなぁ。重くないか?」

「うん、まだまだ持てるよ!」

嬉しそうに収穫している子供たちの姿に、エルとリリーと顔を見合わせて思わず笑みがこぼれる。

孤児を引き取る。これ、成り行きだったんだよね。最初の年の冬に捨てられた子供たちを助けたことが始まりだ。

ただ、オレたちは半端な気持ちで育てているわけではない。

ちゃんと将来のことも考えていて、孤児院でも一定の年齢になると学校に通わせている。文字の読み書きはここで教えているが、より高いレベルの教育を受けさせたいからね。

孤児院の子供は増えている。わけあって育てられない子供なんかを引き取っているんだ。

この時代だと育てられないと親が殺してしまうことすらある。幸いにしてウチは余裕があるし、医療指導をしているケティたちは助産師さんと交流があり、ある程度は育てられない子供が出れば分かるので引き取っている。

「そうだ。ポップコーンでも作ろうか?　みんな喜ぶだろうし」

「いいですね」

頑張っているみんなにご褒美あげたいな、と考えているとふと思いついた。今年はとうもろこしの栽培する種類を増やしたんだ。保存向きの品種とかさ。

確かポップコーンになる爆裂種のとうもろこしもあったはず。リリーがそのまま子供たちの手伝いに行くというので、オレとエルでポップコーンを作ってみんなに振る舞おう。

作り方は簡単だ。油を引いたフライパンで乾燥させたとうもろこしに火を通すだけ。ただしポップコーンはとうもろこしが弾けて膨らむので、蓋をするなりしないといけないけどね。

新しい菓子だと説明すると、一緒にいる湊屋さんの期待の目が熱くて、こっちが弾けそうだが。

味付けはシンプルに塩でいいだろう。

孤児院の台所でエルと侍女さんたちと一緒に、焦げないように鍋を振り振りしながら弾けるのを待つだけ。

ポップコーンも出来たてが美味い。畑で頑張っているみんなに休憩にしようと声を掛けておやつタイムだ。

「うわぁ。なにこれー⁉」

「美味しぃよ。食べてごらん」

「ほんとだ！　美味しぃ‼」

食べ盛りだし好奇心旺盛な頃だ。みんな我先にとポップコーンを頬張り驚きと笑顔になる。

うんうん、子供たちの笑顔がなによりだ。

ポップコーンは、もともとネイティブアメリカンやメキシコの先住民が昔から食べていたって聞くし、この時代ではお菓子というより食事なのかもしれないけど。

「ふわふわだね」

「雲みたい！」

「おなじものと思えないね」

この料理は、とうもろこしから出来るんだよと教えると驚いている。自分たちで作った作物が信じられないほど形が変わったことに、子供たちは想像を膨らませて楽しんでくれているんだ。

牧場では、この時代の日ノ本にはない作物を含めていろいろと作っているからね。もっとたくさんお手伝いして、いろいろな食べ物を作りたいと笑顔で言ってくれる子もいる。

このまま夢や希望を持って育ってほしいね。

side：太原雪斎

幾度目であろうな。ため息が出るのは。

武田を密かに探らせてみたが、結論は攻める価値があまりないということ。甲斐は豊かで米も多く取れる尾張とは対極の地だ。

金が採れるという利はあり、貫高も遠江並みであろうが、食べ物に困る甲斐を治めることは難儀しそうだ。

もとより武田もまた弱くはないのだ。山国故に街道は難所も多くあり、武田から甲斐を奪うのにいかほどの年月と苦労がかかるかと考えるとため息しか出ぬ。

信濃から攻めることも一考の余地はあるが、信濃はまとまりがないうえに関東管領の上杉などは、甲斐と信濃で争えば武田の信濃攻めの時と同じように信濃に介入するやもしれぬ。

北条と示し合わせて動ければよいのだが、果たして北条が乗ってくるか？　否と見て、安易な策を取るわけにはいかぬな……。

さらに信濃は美濃から織田が、越後から長尾が来ることも考えねばならん。甲斐を平定したとしても、信濃を織田や長尾に取られては今川に先はない。

上野に進むという道筋もなくはないが、関東に行けば北条と争うことになろう。それこそ織田と北条に三河から駿河まで取られてしまうわ。

南蛮人を駿河に招くのは頓挫した。御屋形様が当初から乗り気ではないこともあるが、堺が駿河に南蛮との商いを奪われると勘違いして邪魔をした。もっとも南蛮人といえども、ただの商人では久遠に抗うことは出来ぬし、日ノ本に来る南蛮人は野盗の如き者が多いのだ。

駿河に招くほどの者はおらず、堺以上の利も用意出来ぬ。

左様なことが続いたからか、ここのところの御屋形様のご機嫌はあまり良うない。

わしと同じく花火の時に尾張に出向いた公家らが新しき茶などを土産として持ち帰り、御屋形様にも献上したが、それもあまり面白うないようなのだ。

無論、公家らもそこまで尾張を褒めておるわけではない。御屋形様には十分に配慮しておるが、人の口に戸は立てられぬ。

それに京の都より着の身着のままで逃げてきたような公家に気を使われておること自体、面白うないのであろう。

まあ公家のことはよいか。懸念は今川家の行く先だ。

「進むも地獄、退くも地獄か」

いっそ織田が畿内に介入してくれれば、こちらとしては打てる手が増えるのだが。畿内では三好が謀叛を起こして京の都を制したと聞く。畿内に介入するならば好機なはずだ。

だが、織田が畿内に介入することはあるまい。織田はもともと畿内への介入には慎重だ。

商いで莫大な利を得て、尾張から美濃・三河と勢力を伸ばしておるのだ。無理に畿内に関わる利がない。商いの利でいえば、我が今川家を降し、北条家と直に取り引きをしたほうが利になろう。

戦のない世をつくるなど、正気にあらず狂気や呆けなのかもしれぬが、今の織田が短慮に畿内に介入すれば自らが苦しくなるのを分からぬはずもない。

それを鑑みて、今川家の行く先を見定めねばならぬ。

やはり甲斐しかないか。織田も北条も甲斐など欲しくはあるまい。それ故、我ら今川が甲斐を攻めたところで、すぐには敵対するまではいかぬはず。

あとは御屋形様のご決断と家中を納得させられるかだ。それと大義名分と機がいつ訪れるかも考えねばならぬか……。

織田と対峙出来るだけの力を蓄えつつ、落としどころを見つけ争いを終わらせねばならぬ。

わしの生があるうちに、なんとしても織田との対立する有様を変えねばならぬ。いずれは三河をくれてやっても和睦する必要があろう。

いつの間にか、吉良家のように過ぎ去りし栄華すら忘れるほど落ちぶれてしまっては、長年信じてくだされておる御屋形様に申し訳が立たぬ。

side：久遠一馬

今年の米は平年よりやや豊作らしい。昨年ほど豊作ではないが大きな天災もなく順調というところだろう。無論、この時期は台風がくる可能性もあるので、まだ油断は出来ないが。

尾張では第二回武芸大会の準備が進んでいる。昨年の開催は大成功だった反面で課題も多かったので、そこは今回改善することになる。

もっとも、昨年の懸案であった土岐家はもういない。今年はその分、余裕があるけどね。

ただ、今年の武芸大会では長島の願証寺から参加したいと打診があった。去年から参加したいという話はあったが、花火大会のあとに催した茶会で正式に参加したいと言われたんだ。

「願証寺、思ったより本気だね」

リップサービスか義理で参加する程度かと思ったら、書や水墨画や短歌、連歌などが届いた。

今年は尾張と美濃全域と三河の織田領に長島が参加することになるな。美濃は中立を含めて参加を呼び掛けたから、どれだけ来るか楽しみだね。

あと、北畠具教さんも武芸大会に来るとの手紙がジュリアに届いた。こちらは父親である晴具さんを説得したらしい。

晴具さんはもともと急激な拡大をした織田を警戒していたが、北畠と織田が領地を接していないことや、中伊勢の長野など北畠が敵対している相手と織田が繋がるのを懸念してという意味も多少あると思われ、友好を結ぶくらいなら問題ないと容認したのかな。

　塚原さんとの縁が、思わぬ形で結果となったね。

「敵対したくないのでしょう。こちらとしても歓迎すべきことですね」

　この日はお市ちゃんと姉妹がウチに来ていて、エルたちと一緒に積み木などで遊んでいる。エルはお市ちゃんの相手をしながら武芸大会の報告を聞いていたが、願証寺はこのまま懐柔していくのが最適か。

　余談だが信行君たち男の子は学校に行くことが多いが、姫様たちはウチに来ることが多い。武芸の講座や実技講習があるから、授業に男女の差異が出るのは仕方ない。特にお市ちゃんはまだ学校に通うのが早いからね。姉妹のみんなが勉強をするために学校に行っても、彼女だけはウチで遊んでいることがほとんどだ。

「うーんとね。うーんとね……」

「ここに置いてはいかがです？」

「うん！」

　積み木は山の村で作ってもらったのだ。木材にならない木とか切れ端とかがあるから、それの有効活用にいいかなって。いろんな形にして危なくないように角を取っている。

　お市ちゃんたちの様子を見ると悪くないようだ。お市ちゃんはエルと一緒になにかを作っている。城だろうか？　積み木を置く位置に悩むらしく、うーんと唸って考え込んでは、エルに助けを求めて一緒に置く位置を決めている。

ああ、山の村といえば、あそこも完全に落ち着いたので、炭団《たどん》という新商品を製造して尾張で販売することにした。

この炭団は、炭焼きの際に出る炭の欠片や粉を団子状に生成して使う燃料だ。オレも最近初めて見たが、元の世界でも近代まで割と使われていたとのこと。

利点は燃焼時間が長いこと。欠点は火力が弱いことだ。

ただ、もとが商品にならないクズ炭なので経済的だ。それにこたつや火鉢での暖房用燃料として使うなら燃焼時間が長いので便利らしい。

燃料問題は今後の大きな課題だからね。少しでも効率がいい燃料を増やしたい。


「待った！」

「戦場では待ったはないのです！」

「ここは戦場ではなかろう。そうだ。今度オレの秘蔵の刀を見せてやる」

「仕方ないのです。これが最後なのですよ」

一方、同じ部屋でも縁側では信光さんとチェリーが、なぜか源平碁ことリバーシを使って勝負をしている。

信光さんは何度か待ったをしながら四苦八苦しているけどさ。チェリーもアンドロイドだから当然ながら強いんだよね。

何手先まで読んでいるのか知らないが、真剣勝負だと本気のチェリーに人間が勝てるはずがないんだけどな。

「クーン」

「ワンワン！」

オレ？　オレはロボとブランカのブラッシングをしながら、いろんな報告を受けているよ。

ふたりとも甘えん坊だから、あんまり一匹だけに集中すると怒るんだよね。

さっきからブランカのブラッシングをしているが、うとうとしながら気持ちよさげなブランカの姿に、そろそろ代わってとでも言いたげなロボが騒ぎ出した。困ったねぇ。

side：山田景隆

ここ一、二年で三河はすっかり様変わりした。

「殿、駿府の御屋形様はなんと？」

「今のままだそうだ」

家臣の問いに駿府からの下命を伝えると、思わず周囲からため息が漏れた。

わしは山田新次郎景隆。今川家に仕えて三河を任されておる。

岡崎を始めとする諸々の状況を伝えて下命を仰いだが、未だ御屋形様は動かれぬ。三河では今川は織田の金色砲に臆したのだと言われておるというのに。

三河は揺れておる。織田と今川に挟まれ、面従腹背とは、これぞまさしくとばかりに本音と建前が違う。

近頃では矢作川西岸ばかりか、東岸の国人衆にも織田寄りの者が増えておるというのに。何故、御屋形様はなにも手を打たぬのだ？

松平広忠は今川に臣従してでも三河を織田から取り戻さんとしたが、駿府の御屋形様は織田との交易で得られる利で動かなくなってしまわれた。

それに乗じたのであろう。今では三河には駿河ではなく尾張の商人が多く入ってきており、駿河の商人を駆逐するほどの勢いがある。

なにより尾張の商人が売る品は安い。織田は南蛮船での交易の利で大湊と組んでおり、品物を大量に動かせる。塩や兵糧はもとより酒や木綿に絹などだ。

いずれも今川方の商人を意識した値で売っておる。

岡崎も以前は今川方の商人を遇しておったが、今ではいずれにも関与せぬようになった。実のところ、尾張の商人を受け入れたのだ。

我ら今川家の者や今川寄りの者はそれを非難しておるし、今川方の商人からは尾張の商人の排除と己らを遇するようにと嘆願が届いておる。だが織田寄りの者らは、織田との決戦のために力を蓄えるためだと詭弁を語る。

もっとも、今川寄りの国人衆も尾張の商人から品物を買うておるがな。値が安いうえに質が良いのだから当然と言えば当然だが。

「岡崎の広忠は織田に寝返るつもりでは？」

「仮にそうであったとしても仕方あるまい。あれだけ織田と戦い、嫡男すら見捨てたのだぞ？　それをろくに後詰めも寄越さぬのだ。誰がそのような者に臣従しよう。岡崎が見捨てられるのではと疑心暗鬼になったのも無理はない」

　わしも広忠に疑念や苛立ちはある。ただ、広忠の心情も理解出来る。御屋形様が動かぬ以上は、なにも出来ぬのだ。

　わしと同じように動かぬ御屋形様に苛立ちがあるのかもしれぬ。

　さっさと織田を攻めてしまえばよかったものを。安祥城はすっかり別物と見えるほど改築され、弾正忠と久遠の助けで鉄砲や見知らぬ武器を使い、織田領に攻め入った国人相手に連戦連勝だ。

　それもあって、今年に入ってからは国人衆すら動かぬようになった。

　こうなる前に幾度も織田を攻めるべきだと進言したのだぞ。それを退けおって。

　そもそも国人衆は、織田よりも今川が強いと考えて従うておるだけのこと。三河の無能な猪武者は獣と同じなのだ。故に力を見せねばならぬというのに。

「しかし、殿。織田と戦をして勝てましょうか？」

「なにが言いたい？」

「織田は北条と結んだやもしれぬとか。東の押さえを残せば、三河に送れる兵はせいぜい一万でございましょう。それでは安祥は落とせぬかと」

　困ったことに我が家中ですら、織田との戦に臆する者が増えた。もっとも、その者たちの言い分もまた正しいのだが。

「一番の懸念は久遠と佐治の水軍でございます。海はいずこから来るか分かりませぬ」

そう、織田との戦で懸念となるのは水軍だ。久遠の南蛮船は少なく見積もっても五隻から十隻。

そこに佐治水軍の南蛮船もどきもある。

それが関東まで今川領を無視して行けるのは確かだ。駿府を直に攻めることも叶うのであろう。

無論、数隻の船で駿府が落ちるなど考えられぬが、駿府を攻められれば今川家の威信は地に落ちる。そこに気付かぬ織田ではあるまい。

とすると、海から近い城は南蛮船への備えが要る。三河に一万など送れぬかもしれぬのだ。

まったく、久遠が来た頃にさっさと織田を三河から叩き出しておけばよかったのだ。それなのに……。

今川が生き残るには織田に勝たねばならぬ。時は織田の味方だ。

一刻も早よう、叶う限りの大軍で織田と戦わねばならぬ。信秀を戦場に引きずり出して大敗させれば潮目も変わるはずだ。

このままでは今川家は終わりぞ。何故、それが御屋形様には分からぬのだ⁉

side：久遠一馬

学ぶ者が増えている学校では、いくつかの新しい試みを始めている。そんな中で特に教えているのは楷書体での筆記だ。

この時代では草書体、いわゆる文字を崩して繋げて書くのが通例で、ある意味、属人的な暗号と識別符に近いので、書く人により文字の癖が強く出過ぎて、判読不能や誤読が出てしまうんだ。将来的な公文書は楷書体での筆記を目指しているので、学校では楷書体を推奨している。

本当は元の世界のように漢字の簡素化や、日本語としてより確立させることもしたいが、それは時期尚早だろう。ちなみに、平素のお経やお札はともかく、経典を草書で書かれたのを、オレは見たことがない。こんなところにも宗教の先進性が見られる。

学校では、すでに翻訳または写本した本は基本的に楷書体で書くようにしていて、図書室と書物庫と小笠原諸島に収蔵している。

同時に極秘裏で電子化して宇宙要塞のデータベースにも保存しているけど。

書物庫は書物専用の蔵として建築した。当然、火気厳禁にして地震や雷の対策もしてある。北条幻庵さんからの写本もここに保管していて、他には公家などから流れてきたと思われる古い本とかを収集している。

ウチは現物さえしっかりしていれば高くても買うので、最近は商人なんかがウチに直接持ち込むことが増えたんだ。

これだけやれば、ある程度は後世にこの時代の本が残るだろう。書物庫はこの後も状況に応じて増やしていくつもりだ。

時代的に朝廷や寺社が保管している書物も多い。将来的には、原本は朝廷や寺社が、写本は織田が管理するのもいいかもしれない。写本は複数作って、各地に分散保管することも考える必要があるだろう。災害大国だからな、保管施設ごと物理的に消滅することも想定するべきだ。

史実では、題名だけで後世まで内容が伝わらなかった書物も少なくない。個人で収蔵していた本なんかが残ってはいるが、出来ればきちんと残したいからね。

そんなこの日、ウチに新しい紙が届いた。

現物を確かめるように見た資清さんは驚いている。先に原料を教えているからだろう。

「これはようございますなぁ」

実は工業村の近隣にある職人町に、わら半紙を試作させたんだ。

職人町とは工業村に入る資格がない職人が集まった場所だ。主に尾張以外からやって来た職人が集まる場所になる。

もともと領外の職人は、津島、熱田、清洲などに割り振っていたんだけどね。どこも職人を工業村に引き抜かれて人手不足になっていたし。

しばらくしたら人手不足は解消したんだけど、人の流入が止まらなくてね。各地の人手不足が解消してからは、職人町として工業村に隣接する場所を指定し、そこに集めたんだ。

職人町にいる人の中には、当然、他国と繋がりがある人もいる。あちこちから集まっているからね。そんな町なので機密になることは教えられないが、わら半紙はそこまで神経質になるものでもない。他国に広まっても困らない技術だし、機密にするものでもない。

「紙の需要が多すぎて生産が追いつかないからさ。欠点はあまり保存向きじゃないことかな」

わら半紙を実用化した理由は紙の需要が増大したことにある。曲がりなりにも文治統治にしたので、書類はきちんと作り報告させることにした影響だろう。

美濃紙で有名な美濃を筆頭に諸国から紙を買っているけど、一時的な文章や、かわら版まで和紙にする必要はない。今後も増えるだろう紙の需要を考えると、わら半紙が必要で、まずは学校で消耗品として使っていく予定だ。

もっとも、藁《わら》はこの時代では重要な資源だ。草鞋《わらじ》や笠《かさ》や蓑《みの》などの着るものから、籠や縄など日常に欠かせないものの素材になる。さらに冬には保温寝具として使われ、庶民の命綱なんだよね。

もし、他国が安易にわら半紙を真似た場合、冬を迎えると大変なことになるかもしれない。

織田家に関しては領国である尾張以外も、美濃や伊勢など近隣はこの時代では日本有数の米所になる。

近隣の中ではあんまり裕福でない三河も、藁を売ることで多少は楽になるだろう。オレたちは藁を売った領内の村や町で、藁を頼りにする人たちから凍死者が出ないようにするだけだ。

今後は稲わらや麦わらを買ってわら半紙を生産していこう。美濃がもう少し安定したら、わら半紙は美濃での生産に移行することも考えている。

産業を尾張以外にも広げないと間に合わないし、尾張だけ豊かになると不満が出るだろう。美濃は紙で有名なこともあり、高品質高価格な美濃紙と低品質低価格なわら半紙で住み分けも可能だ。

「又助殿、どう?」

「親しい者への文や清書前の報告などならば、これで十分でございましょう」

メモ魔であり、最近は関東に行った時の記録を道中記として書いている太田さんも呼んで感想を聞いてみるが、反応はいい。

「麻からも紙を作ってみているけど、今のところこれが一番多く作れそうなんだよね。八郎殿、清兵衛殿と相談してもっと作らせてみて」

歴史的な観点から見るとちょっとしたメモも貴重になるが、残したいものと残したくないものは分けたいのがこの時代に生きている人間としての本音だ。

資清さんも太田さんも忙しいから、工業村の取りまとめをしている鍛冶屋の清兵衛さんに相談して試作を続けてもらおう。

side：山の村の長老

山の村にわしらが来てから、もうすぐ一年になるか。尾張北部の山中にあり、周りは山で囲まれておる。

米は作っておらぬ。畑を耕して山の木々を糧とすることで、わしらは生きておる。

わしは甲賀の山で育った故、山の暮らしには慣れておる。殿が山の中に村を作り新しい試みを行うと聞き、自ら願い出たのじゃ。

わしの歳では忍び働きをしてお役に立つことは出来ぬ。飢えることなく人並の暮らしを与えてくだされた殿への恩は決して軽くはない。死んでこいとの申し付けならば、子や孫のために喜んで死地に赴こう。老い先短い命程度でお役に立てるのであれば、いくらでも差し出す覚悟はある。

されど、御家では死ぬよりも生きて務めを果たせと言われるのじゃ。

村では、冬には木を伐り山の手入れをした。殿は間伐とおっしゃられていたが、山の木がよく育つように間引くんだそうな。

他には冬の寒さを用いて、凍み豆腐や寒天という新しい品も作ったな。

まるで焼き物でも焼くような立派な炭窯を作り、炭焼きの生業も始めた。他では野焼きで作るところもあると聞き及ぶが、このやり方がいいと教えを受けた。

炭焼きの際に木酢液という売れるものも作ることが出来た。木酢液は田んぼに撒くと虫を退治出来るんだとか。あとは使い道のなかった炭の粉で炭団とやらを作り売るようにもなった。

春から秋にかけては、畑を作り芋や野の菜を植えておる。他には竹と桑の木、柿や葡萄の木なども植えたな。

山で食えるものを採って、塩漬けにしたり清洲に売ったりすることもしておる。わしのような年寄りは、木彫りで箸や椀などを作ることも始めた。

ああ、文字の読み書きが出来ぬ者には教えるようにと命じられた故に、若い者や子たちのみならず女や年寄りも加わり、皆で日時ごとに集まり学問を学んでおる。

暮らし自体は驚くほど楽だ。わしらは皆、久遠家に仕える身。禄が出ており働きに応じて褒美もあるのじゃ。

木酢液や凍み豆腐や寒天などの品物はすべて殿のものとなるが、品の数と質によって褒美が出る。

皆、張り切って日々励んでおる。

「源三爺様！　源三爺様!!」

先ほどからわしは殿にお届けする書状をしたためておったが、若い衆が血相を変えて駆け込んできた。野盗でも来たか？

「し……し……し……」

「なんだ。なにがあった⁉」

なにか言おうとしておるが言葉が出ぬほど驚いておるらしい。なんだ。死人でも出たか⁉

「し……しいたけが生えてる!!」

「なっ、まことか!!」

近頃、弱った足腰に力を入れて立ち上がると、若い衆がようやく言葉を口にした。

殿の命でここでは椎茸を作ろうとしておったのだが、まさかこれほど早く出来たのか⁉

椎茸はわしらのように山で生きておっても、なかなかお目に掛かれるものではない。干して売れば驚くほど高値になる。

「なんと……」

歳も忘れ、わしは若い衆と共に椎茸を作るべく試しておった場に急ぎ向かう。だいぶ前に間伐として伐った木を干して、一定の長さで切って並べてあるところだ。

それらの木には、確かに椎茸が生えておった。まだ小さいが椎茸だ。

「すぐに殿に知らせを出せ！」

椎茸は御家の商いでよく売れる品のひとつだ。長島の願証寺などが高値で買うてくれる。これを作れれば山の村は安泰じゃ。

とはいえ、喜んでばかりはおられぬ。他国の間者にこれを気付かれぬようにせねばならぬな。

御家の秘術を探ろうと、ここにも間者が来ることがあるからの。守りを厳しくせねばならぬな。

後日、殿から褒美として金色酒や銭が届き、村の皆で祝杯を挙げた。

ここの収穫がなくてもわしらは飢えぬが、それでは申し訳が立たぬ。殿は先々には山で生きる者たちの暮らしを楽にしたいとお考えなのじゃ。

わしらにその手伝いが出来た。そのことがなにより嬉しい。

いつの日か、日ノ本の山に住む民が飢えぬ日が来ることを願わずにはおられぬ。

そのためにわしは、この命が尽きるまで励むつもりじゃ。

side：久遠一馬

尾張では稲刈りが始まった。文官衆はデスマーチとまでは言わないが今年も忙しいことに変わりはなく、ウチの家臣の中にも実家や親戚の手伝いに戻った者がちらほらといる。

そういえば、清洲城では寺のお坊さんに文官仕事を手伝ってもらっている。信長さんの結婚式の時に祝いの品を横領しなかった人なんかを中心にね。

政治に宗教を関わらせたくはないが、現状ではそれは不可能な理想論でしかない。まあ寺社のほうも織田と敵対する気がないところは、積極的に織田と交流して存在感を示したいんだろう。まったく問題がないわけではないが、許容範囲内だとエルも言っている。

さて、この日の最初の報告は、セレスからの警備兵の現状だった。

「二千人かぁ」

「練度も規模もまだまだですが、一定の役割は果たしています」

二千人とは警備兵の総数だ。それなりの規模と形になったけど、セレスは気を緩めていない。とはいえ二千の警備兵は、今後の織田家の鍵を握る存在になるだろう。彼らは武装した治安維持部隊だからね。

もちろんウチの私兵ではないんだけど。警備兵が始まった時の慣例から、ほとんどジュリアとセレスが訓練を施していて、そのまま差配している。

正式には信秀さんと信長さんの直轄兵だ。

織田家中にはその点について危惧する声もあるらしい。清洲・那古野・津島・熱田・蟹江という尾張下四郡の主要なところの治安部隊が、ウチの子飼いという状況は確かによくないとも言える。これは、今後の課題だろう。

力を持ち過ぎた家臣が殺されたりするのは珍しくないからなぁ。

もっとも、信秀さんと信長さんはまったく気にしていないけど。信秀さんに至っては塚原さんの一件を理由に、ジュリアを織田家の剣術指南役にしちゃったくらいだ。

「どのくらい必要なの？」

「この先を見越すと五千は最低でも欲しいです。国境警備兵や広域警備兵も、創設するにはまったく足りません」

ジュリアが武術や兵法の指導をしている割合が多い分、現状ではセレスが警備兵の運用を担当している。

細かい差配は任せているが、国境を警備する国境警備兵や織田領内全体を警備する広域警備兵の創設は、オレやエルも加わって相談していて、信秀さんの許可も貰い準備をしているんだ。

史実の江戸時代のように領国の関所を厳しくは出来ないが、国境警備はそろそろ必要なんだよね。人の流れは把握する必要がある。現状でも偵察衛星や虫型偵察機などで、ウチは密かに把握しているけど、表立って把握が必要な時期だ。

広域警備兵は、他国からの流れ者が一部では治安悪化に繋がっていることもあって必要になる。流れ者が野盗になって盗みを働いたり、逆に流れ者を狙って銭や荷物を奪う領民もいたりするんだ。もっとも、この時代の国人衆の領地は一種の独立領なので、織田家も本来は自由に出来ないんだけどね。度重なる争いの根源には領地の問題が根深く存在する。

ただ、広域での治安維持の必要性は信秀さんも理解していて、警備兵の創設を決断した。

「人が余っていたんだけどね。来たばかりの頃は」

オレたちが尾張に来た頃は、町なんかには暇を持て余していた連中が結構いたんだけどね。最近ではそんな人、ほとんど見なくなったなぁ。賦役だけじゃない。お金が回っているから様々な仕事で人手不足なんだ。

「警備兵としては使えない人材もそれなりにいます。家柄などから厚遇することを繰り返し望む者などは辞めてもらっていますので」

セレスも困った表情をしている。警備兵の立場が定まらないことで、武士階級だと二の足を踏む人も多いんだ。身分に合わない仕事なんかしたくないというのが普通にある。

彼らの言い分も理解するが、家柄や血筋で勝手をされると困るからなぁ。

「新しいことだからね。ある程度は仕方ないけど……」

「他国から来た者は素性を偽る者が多いですし、国人衆などの二男や三男以降は、当人が望んでも家柄に合わない立場だと一族などが許さないからと辞めていく者も多いですね」

実は尾張で暇なのは国人衆の子弟なんだよね。当主と嫡男以外の二男以降と叔父なんかは暇だが賦役に行くわけにもいかないし、身分や地位があることで警備兵としても働けない人がいる。

学問が出来るなら文官という選択肢もあるが、文官って馬鹿にされているんだよね。警備兵にしろ文官にしろ、当人というより一族の年寄りなんかが反対する。

信秀さんからは、無理に彼らに合わせなくていいと言われている。

旧来の価値観のまま、偉そうにしてお役人様になる人に警備兵は務まらないからなぁ。最近は織田家の力も桁違いになったので、積極的に働こうとする人もいるんだけどね。まだまだ以前と変わらない人は多い。

価値観の違いはオレたちにとって、難しい課題だ。警備兵はまだ形が定まっていないだけに、おかしな前例を作らせるわけにいかない。

「どうしようかね。その人たち」

「戦でならば、まとめて先兵として使えます。用兵や兵法が私たちとは違うので、雑兵は任せられませんが。一定の技量を持った精鋭は必要ですので」

扱いに困る人たちに悩むが、セレスの言う通り少数精鋭部隊は確かに欲しい。そんな人たちは規律さえ守ってくれれば腕っぷしだけでも大丈夫だけど。

「軍事の改革も、そろそろ検討が必要かな？」

「そうですね。頃合いが難しいですが検討をしてもいいかと」

国人主体となる領民動員型の軍事行動は、正直、あまり望ましくないと思う。軍事も専門化していくのが望ましいんだけど。自衛を含む武装と軍事権は、この時代だと必要なものだからなぁ。

改革するにしても、みんなが困らないように慎重にしなくてはならない。難しいね。

side：堺の会合衆

三好長慶が勝ったか。これでいい。

管領様には天下は治められぬ。あのお方のせいで、いかほど世が乱れたか分からぬほどだ。

力を持ち気に入らぬ者がおれば、武家や国人、寺社もお構いなしに巻き込んで戦火を広げてでも潰すというあのお方のせいで、畿内は一向に戦がなくならぬ。

此度も自ら兵を率いてさっさと助けに行けばよかったものを。六角が来るまで勝てぬのは理解するが、自ら動いておれば顛末は変わったはず。

管領様は三好政長を見捨てたのだ。

「おい、あの不味い金色もどきを止めさせなくていいのか？　朝廷からも文句が来ておるのだぞ！」

この日の会合衆の集まりでの議題は、そんな三好に織田との仲介を頼むかということと、偽金色酒の件だ。

三好は堺のありがたみを理解しておるはずだ。このまま織田に商いを持っていかれることを快く思うてはおらぬはず。

仲介くらいはしてくれると考えておるが、厄介なのが偽金色酒だ。

本願寺では、露骨に不快の意を露わにして商いに支障が出ておる。偽物を売るような者とは安易に取り引きは出来ぬ、織田から買えるものは織田から買うと言うておるほどだ。

しかも朝廷からも勅使ではないが、織田の金色酒の名を汚すようなことは止めよと言うてきた。朝廷には織田が折々に金色酒などを贈っておるからな。ここで見て見ぬふりをして織田からの贈り物が途絶えるのを危惧しておるのであろうが。

今やたいしたことが出来ぬとはいえ、朝廷から叱責の使者が来たのはさすがにまずい。

特に今の帝様は朝廷の衰退を憂いておると聞く。伊勢の神宮と朝廷に人一倍配慮する織田は帝様の覚えもいいとか。

「止めろと言うて止める男ではあるまい」

「なんだと！　朝廷に逆らうのか⁉」

「銭でも贈って黙らせろ！」

相も変わらず、会合衆の者たちの意見は一致せぬ。朝廷が出てきたことで一気に態度を変える者もおるが、朝廷がその時々で言うことが変わるのはようあること。

織田に負けたとみられるのを嫌い、偽金色酒を止めさせることに異を唱える者もおる。

だが朝廷を味方にするにはかなりの銭がいるぞ。誰が出すのだ？

織田は、ことごとく我らを無視しておる。大湊と本願寺と近江の商人とは取り引きをしておるので売る相手には事欠かぬのであろう。東国との商いもしておるしの。

商いを頼む文を送ってみたが。返し文すらない。

近頃では西国の商人の中にも、堺を素通りして大湊に行く者すら出てきておるのだぞ。

明の密貿易商人は高値で買うて繋ぎ留めておるが、おかげで利が少なくなるばかりだ。奴ら、なにかといえば、堺に買えぬのなら……と、尾張のことをちらつかせおって！

職人の中には、そんな堺に見切りをつけて尾張に行く者までおるというのに。会合衆はまた決められぬのか。

偽金色酒は、造っておる者が儲かっておる以上は止めぬのであろうな。ここで、織田が和睦の条件でも出せば話は変わるが、織田は堺など不要だとその気配すらない。

止めさせたところで堺の状況が変わらぬのならば、やりたいようにやればいいと考える者が少なからずおるのだ。
この件は当分解決せぬな。三好もまだ忙しいようだしな。困ったものだ。

わら半紙の歴史は古く戦国時代にまで遡る。

尾張の織田家に仕官した久遠一馬が、天文十八年に紙の需要が増大したことから作らせたとの記録が、『資清日記』にある。

織田学校や久遠病院などを創設し、尾張の統治においても税や諸雑務をきちんと明文化することを始めていた織田家では、慢性的な紙不足が発生していたとされる。

『資清日記』によれば、いくつかの方法を試していたものの、実用化が簡単で素材が手に入りやすい、わら半紙が一番量産に長けていたとある。

なお『資清日記』には久遠家では貴重な紙が、あっという間になくなるという愚痴のような記載もある。

最終的には子供たちの字の練習や玩具として使われていたようである。

皇歴二七〇〇年・新説大日本史

第三章　生きる形

side：久遠一馬

　気持ちのいい秋晴れのこの日、オレとエルは信秀さんに呼ばれて清洲城に来ている。

　同席しているのは、信秀さんと信長さんと土田御前の三人だけになる。割と頻繁に顔を合わせているけど、近習などをすべて下がらせるのは、よほど重要な話の時ぐらいだ。

「一馬、お清と千代女のこと、いかがする気だ？」

　話を切り出したのは信秀さんだった。てっきり今川か三好の対策かと思ったのに、滝川家のお清ちゃんと望月家の千代女さんのことか。随分と唐突だなぁ。

「本人の望む相手と婚礼を挙げることが出来るようにしてやるつもりです」

　対外的にふたりはオレの側室か妾のような扱いだけどさ。それは縁談を断るポーズなんだよね。

　当然、信秀さんたちも知っていることだ。

「ふたりは、そなたに嫁ぎたいのではないのか？　貰うてやればよかろう。それが無理ならば誰か紹介するなりせんと、周りは皆、そなたの側室だと思うて近寄ってこぬのだぞ。このままでは可哀想ではないか」

　なんというか、大丈夫なのかと心配するような様子だ。特に信秀さんと土田御前は。

「エル、そなたはいかがなのだ？　滝川と望月から嫁いでも、そなたたちに大きな障りはあるまい？　このままでは両家が案じて懸念を持つことになるぞ。娘を余所に嫁に出せというのではないのだ。受け入れてやれぬのか？」

ちょっと返答に困ったオレを見て、信秀さんは優しく諭すようにエルに語り掛ける。その表情は柔らかく、武士というより子を案じる親のようだ。

ただ、問題はあるんだ。オレたちには、信秀さんと信長さんたちにすら語れない秘密がある。

「わしは久遠の婚姻には、今後も口を出す気はない。そなたたちが血縁を好まぬことも存じておる。だが、あれだけ尽くしておる家臣だ。なまじなままでは誰も幸せにならぬ」

オレとしては現状のまま、ふたりにはもう少しいろいろな経験をして、自分で伴侶を見つけてほしいんだけどな。ふたりはまだ十代だよ？　焦る年齢じゃないんだけどなぁ。

「かず。下手なところに出せぬのならば、オレが嫁に貰うてやるぞ」

どうしようかと悩んでいると、信長さんまでそんなことを口にした。

「一馬殿、なにか言えぬ懸念があるのですか？　ならば私たちに打ち明けてくれませぬか？　共に考えることくらいは出来るはず」

信秀さんと信長さんと話すオレたちの顔色を見ているんだろう。最後に土田御前にそこまで言われてしまった。

価値観の違いだろうな。今年に入ってからは、織田家の女性陣だけで宴やお茶会をしたりする機会が増えている。

エルたちも参加しているし、千代女さんたちも侍女として参加したことがある。

周りから見ると、このままでは駄目だと見えるんだろうな。この時代で二十代まで独身だと婚期を逃すって言われるレベルだし。

「少しお待ちください。決断はふたりと話してから下したいと思います」

こればっかりは、エルも無言で困った表情をしている。重要な決断は、オレが自分でしなくてはならない。


「エル。どうしようか？」

信秀さんたちの話はそれだけだった。帰りの馬車でエルとふたりになったことで、ずっと表情が芳しくないエルに声を掛けた。

「本人たちが望むのならば、受け入れるべきだと思います」

「でもさ……」

「秘密は、外部には漏れませんよ。そもそも外部に理解出来る秘密ではありませんから。ただし、ふたりが嫁いでくるならば、頃合いを見計らって秘密を明かす必要はあるでしょう」

エルはなんとも言えない表情だな。個人としてお清ちゃんと千代女さんは嫌いじゃないが、どうしても複雑な心境になるのだろう。

オレとしては、この問題は時間が解決するかと先送りしていたんだけどさ。信秀さんたちに言われるってことは、資清さんと望月さんはもっと心配しているんだろうなぁ。

信秀さんが人払いをしたのは、この話を自分がしたと外部に漏れないようにするためだろう。他の人が聞いていたら命令になってしまうからね。

気遣いするほど心配させてしまったなぁ。

「ふたりの禄は、どれくらいになっているんだっけ？」

「五十貫ですね。他家に嫁げば生活水準が一気に落ちます」

お清ちゃんと千代女さんの禄は、身分と女性という立場を考慮すると高いほうだろう。養う人もおらず滝川家と望月家の家禄は別にあるので、本当に個人で自由に使えるんだ。それだけ働いているんだけどさ。

ふたりは侍女として食事とかも一緒に食べているし、着物などもエルたちが贈ることがある。今更、貧しいところの嫁には行きたくないよね。ウチと同じ水準なのは本当に信長さんくらいか。

「みんなと相談するか。あとオレは資清さんと望月さんと話すから、エルはお清殿と千代女殿に気持ちを聞いてみて。こういうことは、きちんと話したほうがいい」

とりあえず話をしてみよう。この時代で生きていくんだ。受け入れるべきことは受け入れないといけない。

ただ、子供が出来たら悩むだろうなぁ。息子はいいけど娘は……。

身分社会では、身分ある者は婚姻に関する個人の自由がほぼない。婚姻は家の都合で行われるからだ。その分、側室などがいるけど。

オレたちに子供が出来たらどうするのか。きちんと考えておかないと駄目だろうな。

side：滝川資清

やれやれ、もう若くはないの。殿の下で文官として働くだけだというのに疲れを感じるとは。

近頃は蟹江に出来た港の件で忙しい。町の普請も本腰を入れて始まり、多くの人が出入りしておるが、人の出入りがあれば隙が生まれて懸念となる。

他国の間者は排除せねばならぬが、流れ者をいちいち疑うわけにはいかぬ。

それに坊主どもは、これ幸いにと新たな寺を造るべきだと騒いでおり、津島や熱田や清洲の商人は当然の如く己たちが遇されると思うておる。

武士は新しい町と城での役職を得られるかもしれぬと動いておるが、皆、己の都合は考えても蟹江、ひいては尾張のことを見据えて、考えてはくれぬのだ。

商人に関しては、今までの織田家との取り引きなどから考慮して店の場所を割り振った。まあ商人は湊屋殿が上手くまとめるであろうし、御家の力があれば逆らう者はおるまい。

厄介なのは寺社だ。殿が気前よく寺社に寄進をしておられることから、信心深いのだと勘違いをしておる者が多い。

殿もご自身では神仏を信じていると言うておられるが、神仏と寺社と坊主はそれぞれ別だとお考えで、寺社の坊主というだけで信じることはまずない。

無論、蟹江にも寺社は置くが、普請の費えは各自で出すように話しており、決して見栄え良きところに広大な土地を許すことなどない。

それと蟹江では武装も認めず、守護使不入などの特権も一切認めぬという前置きをしておる。当然ながら市を開くのも座を持つのも織田家の利権で、寺領や社領すら与える気はない。

其処彼処《そこかしこ》の寺社からは不満も聞かれるが、不満ならば来なくても構わぬのだ。少なくとも殿は、そうお考えだ。

少し厳しい気もするが、殿は先々には寺社の力を落としたいのだ。叡山や石山の行動を聞くと分からんでもない。

寺社の内情を探り、共に生き助け合える寺社を自ら選ぶ。わしはこの歳まで考えたこともなかったが、今では殿のおっしゃることが正しいように思える。

甲賀の地で田畑を耕しておれば分からぬことであったが、寺社のやっておることは土豪や国人と大差ない。特に失望したのは本證寺だ。

二言目には仏罰だと領民を脅して従えんとする様子には呆れるしかない。そのくせ、己たちは酒も飲めば女も抱くし博打もしておる。

一向宗は妻帯を認めておるが、それにしても坊主どもの行状は酷い。尾張の武士が大人しく見えるほど好き勝手にしておるからな。

まあ尾張の寺社もそこまでは酷くないが似たようなものだ。単に織田家の力を恐れて命には従うておるだけだ。

少なくともわしは、坊主の言葉を素直に信じる気はもうない。

「殿、お呼びと伺い、罷り越してございます」

蟹江の差配に関する献策が一段落した頃、わしと望月殿が殿に呼ばれた。

殿のお側にお方様がたも侍女もおらぬのは珍しく、殿以外にはロボとブランカしかおらぬ。

「うん。お清殿と千代女殿のことでちょっとね」

少し言いにくそうな殿は言葉を選びながら、わしと望月殿の娘の婚姻について話し始めた。

なにがあったのかと思うたが、大殿が案じておられるとは。お清と千代女殿はお方様の供として、土田御前様などの織田家の女衆の茶会などにも侍っておるが、土田御前様からもふたりの今後を案じていただいたと漏らしておったからな。

まあ齢《よわい》も齢だ。わしも案じておったが……。

殿はこの類いの件になると、頑なところがある。無論、生まれた地から離れた異国に来たのだ。ご懸念やご苦労が多いのは察しておるが。

わしもご本領のことはよく分からぬ故、世継ぎが出来るまではこちらで側室は無理なのかと考えておったがな。

しかし、織田の若様がふたりを側室として貰ろうてくれるとまで言われたとは。恐らく殿にご決断を促すためであろうが。

殿からはなるべく当人たちに婚姻相手を選ばせてやりたいと言われておったし、それ自体は嬉しく思うておった。

されど、良い家に嫁がせてやりたいのが親というもの。女の扱いなど、他家に嫁げばいかになるか分からぬ。

側室で構わぬので、殿のお側に置いていただいたほうが安堵致すのは確かだ。御家以上の待遇などあり得ぬ。まして殿とお方様がたのように、細かな気遣いをしていただけるところはあるまい。もっとも、望月殿とは両家で互いに嫁に出すことも考えたが、当人たちは殿のお側を望んでおったからな。殿のお考えもあって、その話は進めておらなんだ。

「ふたりにはエルが確認する。オレは八郎殿と出雲守殿の考えを聞きたくてね」

ようやくご決断なされたということか。わしも望月殿も、久遠家中に力を振るおうなどと考えておらぬ。いや出来ぬというべきか。船の運用も出来ぬ我らでは、久遠家に邪なことを企むなど出来ぬというものだ。

「殿、左様なことは命じてもよろしいのでございますよ」

思わず望月殿と顔を見合わせて苦笑いが出てしまい、望月殿はそのまま殿に進言する。

未だに殿は家臣どころか下働きの者ですら呼び捨てにはされぬ。例に漏れるは気に入っておられる慶次郎くらいのものであろう。あやつはそういう意味では、別格だ。

左様な意向が殿の有様であり、なにか仕事があっても命じるのではなく頼むという殿のやり方に不満はない。

とはいえ、本来は臣下にそこまで気を使う必要もないのだがな。

「でも、こういうことはきちんと意見は聞いておきたいんだ」

「そうでございますな。側室としていただけるのならば、家督についてまずは厳然と定めるべきかと思いまする。某たちは家督に口を出すつもりなどはございませぬが、なにひとつ定かならぬのが今の世。ご本領の皆様のご不快だけは避けとうございます」

こういうことを話すのは、それなりの地位であった望月殿のほうが向いておる。殿に今後の火種にならぬようにと上手く進言しておる。

殿が今後の御家をいかがなさるおつもりか分からぬが、ご本領と尾張で争うことだけは避けねばならぬ。

もっとも、現状でご本領の者たちから不満などを言うてきたことは一度もない。お互いに折々の挨拶はする。向こうからは珍しい南蛮の酒などを贈ってくれるし、こちらからは茶や干し柿などを贈っておる。

以前、ご本領の長老殿に人を配さぬわけを聞いたが、慣れ親しんだ島での暮らしがいいことと、久遠家のご領地が他にもあって大変だと聞いたことがある。

言い方が適切ではないかもしれぬが、久遠家にとって日ノ本の武士であることは必ずしも必要でも大事でもないのであろう。

殿が若様に仕え始めの頃に口にされた言葉である、織田家に疎まれたら尾張から出ていけばいいというお言葉も、ご本領があってこそというもの。

まあ織田家としては出ていかれては困る故に、いろいろと案じておられるのであろうが。

「そうだね。その辺は決めたほうがいいか。ふたりには、もっと思うままに生きるひと時を与えたかったんだけど……」

「そのお心遣いだけで十分でございます」

殿の本音に、わしは心から感謝して頭を下げた。

織田の大殿は、殿と我ら日ノ本の者は生き方が違うと言うておられたが、この件がまさにそうなのだ。

殿は娘たちには自ら嫁ぐ相手を選び、学ぶことや遊ぶ時を与えたいと考えておられる。

以前一緒に酒を飲んだ時に殿がこぼしておられたことだが、殿はご自身がお方様がたに選ぶことをさせてやれなかったと悔やんでおられた。

娘たちに対する扱いには、それが関わるのだとみておる。

縁談が悪いとはわしには思えぬが、殿は各々の心情を本当に大事とされるのだ。

ただ、お方様がたが多い割に女の扱いには慣れておられぬし、女の心情も理解しておられぬがな。

殿のお立場を考えると、それも致し方ないと思える。

とはいえ、胸のつかえが下りたというのが親としての本音か。

織田の若様が貰うてくださるのならば悪い話ではないが、お清も千代女殿も今の久遠家の暮らしが続くことを願っておった。

多くを望まぬ。いずれ殿と娘の間に出来た孫でもこの手で抱けたらそれでいい。

しかし殿も器用に見えて不器用なのだと改めて思うな。

side：帰蝶

殿が清洲よりお戻りになられ、私と内密に話すことがあると近習や侍女らに下がるように命じました。

「そなたから見て、かずとお清と千代女はいかに見える？」

美濃の父上となにかあったのかと案じましたが、話はまったく違うことでございました。

「特に懸念があるようには見えませぬが……」

久遠殿は常に周囲に気遣いをなさる人。本心をあまり表に出しませんが、それでも上手くいっていると思うのですが……。

「親父と母上があのふたりの扱いを気にしておってな。偽りのままではようないと、かずに言うたのだ」

そこは私にも分かりません。そもそも久遠殿は他家と血縁を結ぶことを好まれぬお方。ただ、滝川と望月との血縁まで望まぬのか、そこまでは察することが出来ません。

「本領を知らぬからな。オレも強くは言えぬ。ただ、扱いに困るのならば、オレがお清と千代女を貰うてやると言うた。もしかすれば、ふたりが来るかもしれぬ」

「畏まりました」

久遠の仕来りは、よく分からぬところがありますからね。久遠殿がふたりを大事に思うているのはまず間違いない。とすると下手なところには出せぬでしょう。確かに殿が奥に迎えるのがいいと思えます。

「恐らくあるまいがな。かずが内に抱えた者を望まぬ形で出すとは思えぬ。お清と千代女はかずの側におりたいのだ」

「はい、私もそう思います」

奥に迎えられぬ懸念があるとしても、なにかしらの手はあるはず。

ふと、そこまで考えていると、殿は珍しく悩んでおられる様子でございます。

「オレがかずを臣下としたことで、難儀な思いをさせておるのであろうか？」

殿のお言葉に私は返す言葉が浮かびませんでした。ただ……。

「悔いておるようにはお見受け出来ません。考え過ぎでございましょう」

「だと、よいがな」

臣下としたものの、本来は武士でも日ノ本の者でもない。盤石に見える織田と久遠の難しきところは、そこなのでございましょうね。

よき形に収まると良いのですが……。

side：滝川お清

「あら、上手ね」

季節はもうすぐ冬です。マフラーという首を温めるものを作っていると、ジュリア様にお声掛けいただきました。

「はい！　エル様に教わったのでございます！」

編み物というものはなかなか難しゅうございますが、エル様に教わりながらようやくひとりでも作れるようになりました。自身で少しずつ形にしていくのは楽しゅうございます。

冬の外出は寒さが堪えると言っている父上に贈りたいのです。

「アタシは駄目なのよね。ちまちまと編むの」

「私は、ジュリア様のように武芸など出来ませぬから。正直、羨ましゅうございます」

ジュリア様にお褒めの言葉をいただくとは思いませんでした。私からするとジュリア様は雲の上のお方でございますから。

私はなにも出来ませんから。武芸も医術も絵を描くことも、殿のお役目を手伝うこともなにも出来ません。

ですから決めたのです。私は……、私は久遠家と殿にこの身のすべてを捧げようと……。

私の生まれは近江国の甲賀です。御家とは違い豊かとは言えず、父上は田畑を耕していました。さすがに売られるほど貧しくもありませんでしたが、一族や家中の者は男衆が他国に働きに行ってやっと食べていける暮らしでした。

領内の民の子が人買いに連れていかれるのは幾度も見ています。残っても飢えて死ぬだけ。たとえ、いかな境遇になろうとも飯が食えるだけいいからと、親は泣く泣く我が子を手放します。

近江にいた頃は、私の歳ではそろそろ嫁ぎ先が決まる頃でした。近隣の武士でしょうか。一族でしょうか。詳しく聞いていなかったので存じません。

あれは秋の収穫の頃でした。突如、父上が家族ばかりか親族、郎党の主だった者を集めました。

何事だろう。皆がそう話して案じるような表情をしていたのが忘れられません。

家を出た兄が尾張で仕官した。その報告でした。

つまらぬいさかいで家を出ましたが、兄は働き者で面倒見もよく民にも好かれていましたから、仕官出来たことに皆が喜んでいましたね。

ただ、その後が驚きでした。皆で尾張に移り住もうと思うという父上の意思が明かされました。兄の禄が思った以上に高いことが理由でしたが、尾張の池田家に婿に入った叔父はすでに亡くなっています。伝手が確かなところではない他国です。

親族や郎党は異を唱えた者も多かったと思います。見たこともないところに移り住むのは、それだけでも恐ろしいことでした。

先祖代々の土地を捨てて行くのですから尚更のことでしょう。

ですが殿が私たちの暮らしの面倒を見るとの念書をわざわざ送ってくれたことと、このままではまた今年も他国に働きに行かねば飢えるということから父上が決断しました。

見たこともないような多額の良銭が送られてきたことも理由となります。ただ、すべてが良銭の銭を見た時、私は嬉しいというより少し怖かった。

尾張に来るために支度する銭として頂いたものですが、この先になにが待っているのかと案じるところもありましたから。

そのあとは早かった。父上は稲の刈り入れを前にした田畑をそのまま一族に譲ると、一族や近隣の者たちが止めるのを振り切り、親族と郎党とその家族も連れた百数十人で尾張を目指しました。

　年寄り故に役に立たないので残るという者も、父上が説得して連れての出立でした。

　途中野盗に襲われそうになったり、不審だと道中の土豪に捕らえられそうになったりと大変でしたが、私たちは尾張にたどり着きました。

　尾張で真っ先に驚いたのは、津島という湊町にあった黒くて見たこともない大きさの南蛮船という船でした。

　海はどこまでも広く対岸が見えない。大きな船で旅をするんだと父上に聞いたことがありましたが、まさかあれほど大きいとは思いませんでした。

　父上でさえも驚いておりましたし、あの南蛮船が今お仕えしている御家の船だと、あの時は知りませんでしたが。


　あれからもうすぐ二年になります。尾張に来て驚いたことは数知れず、甲賀でも無名だった父上が今では近隣では知らぬ者がいないほど出世しました。

　甲賀で滝川家の元領地を継いだ者たちは、最初こそ喜び、私たちを愚か者だと笑っていたと聞き及びました。しかしあれからも甲賀では田畑だけでは生きていけず、今では尾張に移り住む者が後を絶ちません。

　元領地を継いだ者は、今では恨み言を言っているとも……。父上でいいならば自身もと、多くの者が御家に厚遇されると思い込んで甲賀から来ましたが、結局、厚遇されたのは領地も家督も弟殿に明け渡してきた望月家だけ。

私にも尾張に来てからは縁談が信じられないほど舞い込んでいると、父上が言うておりました。

すぐにでもどこかに嫁に行けと言われると覚悟しておりましたが、いつまで経ってもそんな話はなく、私は望月家の千代女殿と共に、いつの間にか殿の側室なのだと周囲から見られるようになりました。

それとなく父上や母上からは添い遂げたい相手がいるかと聞かれたことはありますが、命じられるのならばいずこにでも参りますが、添い遂げたい相手と言われると……。

私はこのまま殿のお側に上がりたいです。飢えることがなく生きられるのも理由ですが、殿とお方様がたは、皆様、仲睦まじいのです。

常に笑顔が絶えず、私のことも本当に気にかけてくださいます。

まるで胡蝶の夢のような気がするほど。

私もそんな殿とお方様と共に生きられたらと、こんな日々がずっと続けばいいと思わずにはいられません。

無論、そんな望みは決して言えませんが。

side：望月千代女

清洲から戻られた殿とエル様の様子が少しおかしいです。なにかあったのでしょうか？

悩んでいる？　いえ、困っておられるのでしょうか？　もしかすれば今川になにか動きでも？　そんな時、私とお清殿がエル様に呼ばれました。人払いをした時の様子から、ただならぬお話なのだと感じます。

「ふたりの今後について、はっきりさせる必要が出てきました。どうしたいのか、ふたりの望みを聞かせてください」

今後をはっきりさせる。つまり今のままは難しいということでしょうか。

今の私とお清殿は、殿の内々の側室に見られるようにしております。少なくとも外向きには。あちこちから届く縁談を断るためには都合がいいのが理由でしょう。

それが突如、変えねばならなくなった。織田の大殿からでもなにか言われたのでしょうか？

「一切、お任せ致します」

先に返事をしたのはお清殿でした。あまり難しいことは分からないと言うておりましたし、他に返事のしようがないのでしょう。

ただ、その表情は感情を押し殺したものに見えます。

「殿は常々、ふたりが共に生きる相手を選べるようにしてやりたいと考えていました。自ら選んでほしいというのはそのためです。無論、このまま殿のお側にというのでも構いません」

エル様はいつもと変わらぬ様子で話されていますが、それでもこの件を喜んでいるようには思えません。それに、やはり殿とエル様は命じてくだされないのですね。主命だといえば逆らえませんし逆らいません。

お清殿は困惑していて、助けを求めるように私を見てきます。

とはいえ、私も返事をするには少し事態への知見が足りません。本来ならば臣下が心情を察するべきなのでしょうが、残念ながら私如きでは計れぬのが、殿とお方がたなのです。

「エル様、私たちは殿やお方様がたのお考えが知りたいと思います。誰のお考えでもない、殿とお方様のお心をお教えください」

「そうですね。最初から話しましょう」

エル様は私の言葉に、事の発端を話してくださいました。やはり織田の大殿が案じておられましたか。

先日お茶会に行った時、私たちが本当にただの侍女でしかないと知った土田御前様が、私たちが行き遅れにならないかと案じてくださいましたので。そんな気はしたのですが。

御家のことを思えば、同じ家中か他家に嫁に行くべきでしょうか。すでに百二十ものお方様がおられるのに、今更、私たちが入っても殿のご負担にしかならないでしょう。

ただ、一度でいい。ひとりの女として見てほしかったという思いはあります。

side：エル

ふたりの苦悩に満ちた表情が目に焼き付いていています。

私は言えなかった。ふたりは司令の側室となるべきだと。それが一番いい方法なのは大殿でなくとも分かることなのに。

卑怯なのかもしれません。怖いのです。お清殿と千代女殿が……。私はどこまでいっても人にはなれないアンドロイドなのですから。

司令と同じ人である彼女たちが怖い。私のすべてを奪われる気がして怖いのです。

もちろん彼女たちにはそんなつもりなど、まったくないでしょう。たとえ彼女たちの心に家のため自身のためという打算があったとしても。

人が生きるうえで完全な打算なき愛などどれほどの人が持ち得て、また貫くことが出来るのでしょうか?

彼女たちが司令のみならず、私たちも慕ってくれているという事実もまた確かです。それなのに……、私は不安から彼女たちと司令の距離をこれ以上詰めたくないと考えてしまう。

人としての経験がなく、知識や情報というデータはあっても自らの経験ではないのが欠点と言えるのでしょうね。

気持ちを抑えられない。

「エル様。このままというわけにはいかぬのでございましょうか? 殿は私たちを望んではおられぬようにお見受け致します。ならば私はこのまま……」

千代女殿はやはり他の方に嫁ぐくらいならば、今の暮らしを望みますか。

ですが、大殿や土田御前様に心配をかけた時点でこのままでは無理でしょう。

時代的に女性の意見よりは男性の意見が優先されます。もっとも史実の江戸時代と違い、戦国時代は女性が比較的自由な時代です。

女性が財産を持つのも当然ですし、離縁……元の世界でいう離婚も女性から言えると聞き及びました。まあ武家の政略結婚は違いますが。

少し話が逸れましたが、司令はふたりのことを嫌いではないでしょう。ただ、自らふたりを求めるようなタイプでもありません。

仮にメルティが最初に、夫婦と名乗ると決めた時に強引に契りを結ぶように言わなければ、私たちも彼女たちと変わらぬ仮初《かりそめ》の夫婦だったことは確かだと思います。

恋だ愛だというだけで結婚出来る人と出来ない人がいる。まだ私たちが仮想空間にいた頃に司令がこぼした言葉です。

なにがあっての言葉なのかまでは聞き及んではいません。だいぶ昔のことですし、司令も覚えているのかどうか。

「もし今のままが無理ならば、いずこかに嫁に出していただいて構いません」

「私もそのようにお願い致します」

感情を押し殺して決断する、千代女殿の強さに私は少し驚かされます。お清殿もまた、今にも泣きそうですが、決して涙は流すまいと千代女殿の言葉に続きました。

強いですね。人間の女性は。いえ、この時代の女性が強いのかもしれませんが。

側室になるのならば、望まれてなりたい。それがふたりの本音であり、自ら側室になりたいと言わないのが、彼女たちの忠義なのでしょう。

side：久遠一馬

今日は月が綺麗だ。あいにくと満月じゃないけどね。

ひんやりと冷たい空気が、この瞬間を現実だと教えてくれる。

お清ちゃんと千代女さんが側室を望んでいるのは知っている。どっかの漫画の鈍感主人公じゃあるまいしさ。そのくらいの空気は読める。

ただ、オレの精神年齢はアラサーなんだ。

結婚というと結婚生活よりも、親戚付き合いとか当人同士以外の問題が気になるのが本音だ。特にそれが顕著な時代だしね。

もう恋だ愛だというほど若くはないし、親戚付き合いは過去に少しトラブルがあったから、出来れば親戚なんて持ちたくないと思っていたほどだ。

お清ちゃんと千代女さんはどうなんだろうか。久遠家の裕福な生活や地位が欲しいというのが主な理由ならば、別の選択肢もあるだろう。

若いんだし、ウチには若い家臣もいっぱいいる。もう少し自由にしておけば恋愛のひとつもすると思ったんだけどなぁ。

ひとりで縁側で考えていると、メルティが姿を見せた。

「まだ悩んでいるの？」

「結婚なんて経験ないしさ。人の人生を背負うのは重いよ」

まるで困った子供でも見るようにオレを見るのは止めてほしい。オレの悩みに気付いているだろうに。

「嫌いなの？」

「そういうわけじゃないよ。ただ……」

そう。嫌いではない。ただ、一生添い遂げる相手として見ていなかったというのが本音だ。

そもそもオレは結婚自体をどういう位置付けにするのか、自分でもよく分からない。

客観的にみると政略結婚はなくしていきたいと思うが、見合いなどは否定しない。

オレみたいなタイプだと、見合いでもしないと結婚出来ない男が出てくるだろう。

正直、オレ自身は生体強化の影響で不老化したこともあるし、エルたちがいることで結婚についてそれほど深く考える必要がなかったんだよね。

仮想空間の頃と同じでよかったからさ。

「なら受け入れてあげたら？　愛情も打算もすべて受け入れてあげたらいいじゃないの。大丈夫よ。私たちがいるわ。なにがあってもなんとかするから」

「メルティ……」

「生きるということは綺麗事じゃないもの。だから私も司令とみんなで確かな絆を求めた。彼女たちの気持ちも分かるわ」

迷いから抜け出せないオレに、メルティはそっと寄り添い囁くように自身の意見を口にした。

「私たちも後戻りは出来ないのよ。仮に元の世界に帰る手段が見つかったとしても、帰れるのは司令だけ。あの世界のように個人の基礎情報の管理が行き届き、出生と所属が明確でないとなにも出来ない時代だと、私たちアンドロイドは普通に生きていけないわ。下手をすれば、私たちはモルモットにされて技術を吸い上げられるだけの存在になる」

メルティは淡々と語ったが、確かにその通りだ。オレたちにはもう戻るところがない。宇宙に逃げることは可能だが、それをやれば悠久の時をオレたちだけで生きねばならなくなる。

自然に人の社会に紛れるなら、ここで生きていくしかないんだ。

「私はね。正直、政略結婚もあっていいと思っているわ。そこから幸せになった人もきっといるはずだもの。要は本人たちの結婚後の努力次第なのよ」

政略結婚について否定的なのはオレの意見だ。メルティは以前からそこまで政略結婚に反対ではなかった。

確かにこの時代では一般的に必要なことなんだ。それは理解するが……。

どうしても最後の決断が出来ずに言葉が出ない。

「そういえばエルは？」

「通信機で尾張にいないみんなと話しているわ」

「そうか」

「随分悩んでいるわ。エルは真面目だから」

きちんとみんなをまとめられない。司令官としてもオレは失格だなぁ。エルが悩んでいるという言葉に心が痛くなる。いつも助けられてばかりいるのに。

「メルティ、エルのこと頼む」

「もう、そういうのは自分でするべきよ。……でも、まあいいわ。それが私の役目でもあるんだし。任せて。ただし、ちゃんと司令の言葉で伝えてあげて。エルはそれをなによりも求めているんだからね」

メルティはオレの頼みを笑って引き受けてくれた。彼女も古参のアンドロイドなんだ。エルのサポートのために創ったのが当初の目的だ。彼女なら上手くサポートしてくれるだろう。

あとはオレがどう決断するかで、すべてが決まる。

重いな。やっぱり。でも決断だけは自分でしないと、オレはエルたちの夫である資格すら失ってしまうだろう。

なにも出来ないんだから、せめて決断だけはしなくては……。

side：メルティ

来るべき日がきたと言うべきかしらね。

私たちとこの時代の者たちには、互いに理解しようとしても出来ないことがいくつかある。婚礼、結婚に関しては特に価値観の違いが大きい。

家を存続させることが第一で、一族や家単位で力を合わせて生きて、子を作り次の世代に繋ぐことをなにより考えているこの時代と、生涯独身も珍しくなかった時代を生きた司令の価値観の隔たりは未だに大きい。

「司令はまだ悩んでいるのかい？」

司令の部屋を出るとジュリアに声を掛けられた。

「覚悟はすでに決まっているわ。ただ、司令もエルも選択肢が多すぎるのよ。選べる故に悩んでしまうわ」

臣従や家臣という形も、私たちにとっては初めての経験だった。司令としては従業員でも雇ったほうが気楽で良かったのでしょうね。

社会の仕組みが違う。最低限の安全も人権もこの時代には存在しない。

仕事や生き方を選べないことが当然の人たちと、選べることが当然の司令の価値観は完全に一致することはないのかもしれない。ただ……。

「みんなはどうかしら？」

「受け入れるべきだという意見で一致したよ。あのふたりはずっとアタシたちに合わせて待っていたんだから。自ら選んだんだよ。司令が与えた機会を生かしてね」

そう。自ら選んだお清殿と千代女殿の意思を私たちは尊重して守ってやりたい。あとは司令とエルの決断ね。

なにかが大きく変わることではない。ほんの少し家族が増えるだけ。

それが、生きているということなのだと思うわ。

side：滝川お清

いつの間にか夜明けです。こんなに眠れなかったことは初めてかもしれません。

いずれ他家の嫁に行くのは女として当然のこと。分かっていたはずなのに……。身分が違うということなのでしょうか。

求められて縁を結ぶことが幸せというものなのでしょう。

尾張に来てもうすぐ二年になりますが、本当に楽しかったです。戸惑うことも多く、よく分からないことも多かったのも事実ですが。

自ら働いた禄で、反物を買って着物をあつらえたり、贈り物をしたり……。

私たちから側室にしてほしいと言ってはいけない。それは私にも分かります。

エル様は私たちの望みを聞いてくださいましたが、命じていただけないということは、やはり殿もお方様がたも、側室として私のことが必要ではないということなのでしょう。

母も祖母も、家同士で決めた縁で滝川家に輿入れしたのです。私もそれが当然なこと。私は久遠家のため滝川家のため、いずこにでも嫁ぐ覚悟があります。

よい夢を見せていただきました。この感謝を終生忘れることはないでしょう。

side：望月千代女

夢を見ていました。なかなか寝付けず起きているのか夢なのか分からぬ中、貧しい信濃に嫁いで、甲斐に従い苦労する夢でした。

父上は尾張に来る前に、久遠家への仕官が叶わねば信濃の本家に嫁に出すといっておりましたから。そのせいでしょう。

近江の中でも決して豊かと言えぬ甲賀に生まれた父上は、旧主である六角家に従っておりました。六角の御屋形様は管領代という地位を公方様に頂いておりますが、甲賀は変わることなく甲賀衆でしかありません。

六角家に従っても望月家に先はないかもしれない。久遠家に挨拶に行くと決めた際にそう語っておりました。

幸いなことに御家に仕官が叶い、尾張望月家の現状は甲賀の家ばかりか信濃の本家よりも実入りは大きいでしょう。無論、家禄で比べれば、まだ信濃のほうが多いかもしれません。

ただ、御家では家禄以外の禄や褒美を頂けるのです。

何気に聞けば、辻褄の合わぬ話ですが、望月家の当主である父上の禄は、それほど多くはありません。しかし、望月家と郎党すべての者の禄を合わせると、悠々と信濃の本家を超えております。

これは殿が家中を従えると共に、新参者である望月家が他の織田家家臣に妬まれないようにするためでしょう。

また、御家は日ノ本にご領地を求めないので、当然、望月家にも領地はありません。領地の維持の費えが不要なのです。このため、信濃の本家とは違い、頂いた分はすべて思うままに使える禄になるのです。

父上は御家ばかりか織田の忍び衆をも束ねております。以前から大殿に仕えていた直轄の忍びもおりますが、現在は大殿の命で彼らの面倒も見ております。

表向きな立場は久遠家家臣ですが、久遠家の望月と言えば、すでに織田家中のみならず外にも知られておるほど。

先日には武田に臣従した本家から使者が来たので、返礼にとこちらの使者も出しましたが、本家には、言葉を濁しつつも氏素性の怪しい南蛮崩れ如きに仕えた恥知らずと、嫌みを言う者がいたそうです。

そればかりか、戦で戦って負けたのならば仕方ないが、父上のことを、ただ銭が欲しくて旧主を裏切ったのだと酒の席で言われたと聞き及んでおります。

それを聞いた尾張望月家の者の中には、怒りのあまり絶縁してしまえと言うた者もおりました。

ただ、父上は冷静でした。あんな本家でも、いずれ織田家が武田と相対すれば使えるのだから放っておけとの一言で終わりです。

まあ、揉めているのは甲賀も同じですが。

私たちのあまりの暮らしの変貌ぶりが面白くないのでしょう。若い者はまだまだ尾張に来たい者が多いものの、甲賀の家を継いだ叔父が許さなくなったようです。

甲賀を見渡せば望月家だけではなく、同じく尾張に来ることを禁じた家がいくつかあるそうです。

ただ、それでも逃げるようにやって来る者が後を絶ちません。さらに、人が増えると間者や裏切りを働く者も出ます。

家老である滝川様は、家族を人質に取られるなど望まぬ裏切りを避けるために、来るならせめて家族を連れてくるように言うております。

そのせいか、ここ二年で甲賀から来た者は二千人を超えました。

無論のこと女子供や老人も多く、すべてが御家の力になれるわけではありません。されど目端の利く者や秀でた者から抜けていく状況が面白くないのでしょうね。

私の嫁ぎ先は滝川家でしょうか。それが最善でしょう。

信濃に行かなくてもいいことを喜ぶべきでしょうね。武田と村上の戦が続く信濃になど行っても苦労するだけです。

まして御家のことを侮り、嫌みを言う者など許せません。

殿やお方様がたが家臣や民ばかりか、世のことをいかに考えているか知りもしないで。

大義もなく、奪うために戦うことしか頭にない武田などに降った己らを悪びれることもなく、他者を批判する本家など不要です！

殿には短い間でしたが、いい夢を見せていただきました。

この恩は生涯忘れることはないでしょう。

久遠家のため。望月家のために、私は……。

side：久遠一馬

昨夜はエルとふたりだけにしてもらった。最近は複数で夜を共にすることが増えたから久々だったな。

夜が明けて部屋が明るくなった頃、一緒に寝ていたエルと目が合った。

エルからはお清ちゃんと千代女さんの本音と言葉を聞いたし、エル自身の本音と不安も一晩かけて聞いた。

いろいろと考えて、わけが分からなくなるほどだったが、ここまでくると受け入れないという選択肢は取りたくない。

「エル。ふたりを側室に迎えようと思う」

「それがいいと思います。私たち以上にふたりにとっては人生を左右する重大なことですから」

オレとエルも本音を互いにぶつけたせいか、エルに、この件に関して今までにはなかった余裕が見えるようになった。

優しく微笑むエルもまた、自身の本音とお清ちゃんと千代女さんへの想いで悩んでいたんだ。

どちらにしても得るものと失うものがあると思う。ただ、オレとエルやみんなの関係だけは、なにがあっても変わらないというのは確信が持てたはず。

身近な女の子の願いすら叶えてやれないで、この先この時代を平和に出来るとは思えないしね。

まだ十代だし早い気はするんだけど。

「でもさ。結婚って難しいね」

「私と司令は難しく考え過ぎだとジュリアに言われました。元の世界の価値観なんて忘れてしまえと……」

「ジュリアらしいなぁ」

妻たちも、個々の見解や本音は様々だろう。ジュリアとかはこの時代に一番適応して楽しんでいるからね。エルのことを心配してアドバイスしたんだろう。

オレもちょっと前にジュリアに言われたんだよね。好きなことしていいんだって。遊女屋とか飲み屋に行ってもいいし、バカ騒ぎとかしてもいいってさ。

ただ、お清ちゃんと千代女さんは、本当に喜んでくれるのだろうか。そこは少し不安がある。

客観的に見ても、ふたりはオレの側室になることを望んでいると思うけど、実は違った、なんてこともあり得なくはない。

エルたちのように付き合いが長いと、その辺はお互い気心が知れているからいいんだけどね。

答えは早いほうがいいだろう。今日の午前中にでも伝えよう。

もし、望んでいなかったら……。その時はその時だ。また、みんなで考えよう。

エルはすっきりした様子で着物を着ると朝食の支度に行った。いろいろと決まったら気持ちが楽になったんだろう。

オレも起きて鶏小屋の掃除でもするか。

しかし、あれだね。結婚と言えば、もっとこう当人同士で話し合って、相手の家族に挨拶に行って、婚約するとか、元の世界だとそれなりの手順があるけど、この時代だと違うんだよなぁ。

まあ滅ぼした家の娘を強制的に側室にした人もいるしね。あの人に比べたらマシだけど。

side：エル

お清殿と千代女殿はどんな朝を迎えたのでしょうか。それを思うと胸が痛みます。

人とアンドロイドの違いで、これほど悩むとは思いませんでした。抑えられないほどの感情を抱えながら人は生きている。なんと強く難しいことでしょう。

「おはようございます」

「おはよう」

台所ではすでに女衆が集まっています。当然、お清殿と千代女殿も。いつもと変わらぬ様子で挨拶を交わしますが、やはり眠れなかったのでしょう。そんな顔をしています。

大殿にふたりの心配をされたことは、すでに屋敷に詰める女衆も知っていること。ウチでは珍しいくらい張り詰めたような雰囲気です。

ふたりに伝える前に、私はふたりの母に司令と私たちの決定を密かに伝えます。私たちの暮らしに合わせて、ずっと働いていたのです。だからこそ、私の口から伝えたかった。

「ありがとうございます」

八郎殿の奥方であるお梅殿は言葉少なく頭を下げました。多くを語らないことが彼女たちの忠義。

私は……、私たちはふたりと共に生きる覚悟を決めました。ふたりが望むならば、共に悠久の時を生きることになるでしょう。

それが、人にとって幸せなのか。望むべくことなのか分かりませんが。

ただ、ふたりは選んだ道を悔いることはないでしょう。それだけは分かります。だからこそ、百二十人のみんながふたりを迎えることを同意したのですから。

side：久遠一馬

朝食を食べて、お清ちゃんと千代女さんと資清さんと望月さんを呼んだ。

なんだろう。お清ちゃんと千代女さんの表情が硬い。

緊張するなぁ。こんなに緊張するのは久しぶりかもしれない。

「昨日、エルから説明したふたりの婚姻の話なんだけど……」

感情を押し殺したような表情をされると言いにくいな。緊張しているんだろうけど、まさか結婚そのものが嫌なのか？　エルもみんなも側室を望んでいると言っていたし、オレもそう思っていたんだけど。

ここで結婚自体を嫌だって言われると困るなぁ。

「ふたりを側室として迎えたいと思う。もしふたりがそれを望むなら……」

「えっ⁉」

ホッとした表情の父親たちとは対照的に、お清ちゃんと千代女さんは驚いている。なぜだ？　家中に嫁がせると思っていたんだろうか？

まあ、嫌がっている様子はないので、話を続けてもいいだろう。

「こういう言い方がいいか分からないけど、血縁で家中を従えようとは考えていないんだ。あくまでも、オレの望みとして迎えたいと思う」

オレの意志として、最初に政略結婚ではない形にしたいんだ。個人と個人の意思からの結婚にしたい。

「忠義や働きには報酬とか地位とか形あるもので返すつもりだ。ただ、ウチは日ノ本とは違う価値観で動いている。もしかすると苦労もあるかもしれない。そこは覚悟してほしい」

ふたりに対する秘密の開示は当面行わないことにした。将来のことは分からないが、隠居して島にでも引っ込む時が来れば、その時の状況で考えよう。

それと懸案である老化しない問題については、オレとエルたちの不老化は一時的に効力を無効化することも可能なので、それで対処することにした。老化のスピードはこの時代よりはだいぶ遅いけど、それでもマシだろう。

遺伝子操作で若返りも可能なので、久遠一馬としての人生が終わったら、また若返ればいいだろう。お清ちゃんと千代女さんに関しては、その時にでも選んでもらうつもりだ。

さすがにふたりだけ老化していくのは可哀想だからね。ふたりもエルたちと一緒にアンチエイジングをすれば若さの水準は同じになるだろう。

ただ、それでもふたりが側室になると、元の世界で外国に嫁ぐくらいの苦労はあるかもしれない。

「あの……」

オレの言葉は意外なものだったらしい。戸惑うお清ちゃんは困ったように資清さんや千代女さんを見ていた。

「本当によろしいのでございましょうか？　御家と殿のためには、私たちは互いに滝川家と望月家に嫁ぐべきではありませんか？　せっかく他家からの縁談を断っていたのが無駄になるのではありませんか？」

そんなお清ちゃんの代わりと言ってはなんだが、千代女さんが口を開いた。ただ言っていることは正しいが彼女も混乱しているのだろう。珍しく直接的な言葉の連続で疑問をぶつけられた。

やはり千代女さんは頭がいい。この時点でウチの損得をおおよそだが理解している。

「損得とか利害とかはいいんだよ。家中で上手くやる方法は他にいくらでもあるし、家臣と他家とは違う。大殿には以前から他家からの輿入れは遠慮すると言ってある」

「ですが……」

千代女さんはそのままエルを見た。やはりエルの複雑だった心境も感じ取っていたのか。

「私たちも歓迎します。人数が多いので多少は寂しい思いをするかもしれませんが」

「……よろしくお願い致します」

「よろしくお願い致します！」

エルの言葉に千代女さんは、ほんの僅かな瞬間止まったが、すぐに返事をして深々と頭を下げて、お清ちゃんもそれに続いた。

でもさ。今にも泣きそうなほど喜ぶのはどうなんだろう。お清ちゃんと千代女さんも資清さんと望月さんもさ。みんな感極まった様子だ。

エルと話し合って結婚式は正月にすることで考えている。妻たちが尾張に集まる正月がいいだろうからね。それとエルたちには言っていないが、彼女たちとの結婚式も一緒にやろうかとオレは考えている。

一度きちんとするべきかなって思ってさ。

とりあえず一歩前進かな。若いふたりを望まぬ形で結婚させることにならなくてよかった。

side：望月出雲守

よかった。よかったな、千代女。

頭を下げたまま涙を堪える娘の姿に、思わずわしも感極まる。

殿とお方様のお側におりたいと願い、ずっと待っておった甲斐があったというものだ。

殿は家臣ばかりか怪しげな他国の素破にまで温情を掛けるお人だ。忍び衆の子が熱を出したと聞かれれば、体にいいからと高価な食べ物を差し入れされ、婚礼を挙げると聞かれれば祝いを惜しみなく贈られる。

にもかかわらず、血縁による繋がりを好まれぬ。

皮肉なことだが望月家の娘という立場が、千代女の側室入りを難しくしておった。お方様が多い

ので不要と言えばそれもあるのであろうが、お側におってまったく手を出されなかったのは、むしろ血縁が理由であろうからな。

　家中の若い者が好きな相手を探せるようにと宴や花見を開いても、千代女は加わらずにお方様がたの手伝いをして待ったのだ。

　血縁でなにかを求めるつもりはない。されど、わしも千代女も、近江にはもう戻れぬのだ。

　まさか禄と暮らしの違いが、近江の家ばかりか信濃の本家とも上手くいかぬ理由になるとは。人の欲というのは恐ろしいものよ。

　わしは一度も望月一族の惣領など望んだ覚えがないのに、信濃にはそれを危惧されておるし。近江の弟は、暮らしの違いが羨ましくて仕方ない様子だ。

　近頃では、弟がわしに対して尾張に来た者たちを返せと文を出そうとして、年寄りらに止められたと聞く。わしは殿のお許しを頂き、近江の家には銭を送っておるのだ。それが止まると困るのが、あの弟には分からぬらしい。

　甲賀の様子も様変わりしつつある。伊賀と違い、もともと束ねる者がおらぬため、皆が好きにしておった。それ故に尾張に次々と人がやって来たが、それを禁じる家が出ておる。

　左様なことをしても上手くいかぬと分からぬとはな。尾張に人が来すぎて甲賀に残る者の質が落ちたということか？

「どうしたのでござる？」

「いじめは駄目なのです！」

そのまま、なんとも言えぬ静けさが続いたが、すず様とチェリー様が来られると一変した。

「いや、いじめていないって。ふたりを家族として迎えることにしたんだ」

「おお！　なるほど!!」

「よかったのです。後輩をビシバシ扱いてやるのです！」

失礼ながらお二方は、お歳のわりに幼いというかなんというか。

ただ、千代女とお清殿のことを喜んでいただけたのはよかった。お方様の数が多いとはいえ、常に尾張におられるお二方に嫌われれば困るというもの。

「すず様、チェリー様、よろしくお願い致します」

「駄目でござる！　家族に様と付けるのは禁止でござる！」

「やり直すのです。愛情と親しみを込めて呼び捨てにするのです！」

「ですが私たちはまだ……」

千代女とお清殿は少し落ち着いたのか顔を上げてお二方に挨拶をするが、早くも口の利き方を注意されておる。世の習わしと違い、他人行儀な呼び方がお二方としては駄目なのか。だが、ふたりはまだ婚礼も挙げておらぬのだがな。

「すずもチェリーも、ふたりを困らせては駄目ですよ」

最後はエル様が笑うて仲介してくだされたが、すず様とチェリー様は遊ばれておったような感じだな。

これで武芸が並の男をも遥かに凌ぐというのだから信じられん。

天文十八年、夏。滝川資清の娘、清。望月出雲守の娘、千代女。両名が久遠一馬に輿入れすることが決まったと『久遠家記』に記されている。

この以前から両名は一馬の内縁の妻だと見られていて、織田家中では特に驚きもなかった様子が関係する資料に散見している。

ただ両名に関しては、自由に考え生きる時を与えたいとの一馬の意向により様子を見ていたというのが真相であり、清は看護師として、千代女は文官として自ら役目を見つけ後の世で評価される道を歩んでいた。

きっかけは清と千代女の行く末を案じた織田信秀が、一馬にふたりの扱いをどうするのか問うたことだと『資清日記』にある。

この一件に関しては土田御前も案じていたという記録も残っており、信秀と土田御前は主君と家臣というより親が子を案じるように一馬たちに話したとある。

当人の意志を重んじる一馬は本人に確認をして、自ら血縁のためではなく妻に迎えたいと語り、ふたりを妻として迎えることを決断した。

皇歴二七〇〇年・新説大日本史

第四章　秋の台風

side：久遠一馬

側室の件は結婚式の日程が決まり次第、正式に公表することになった。ただ、織田家中における反響はそれほど大きくならないと思う。

以前から彼女たちをオレの側室と見せることで、対外的な彼女たちへの縁談を断る言い訳にしていたことから、それが事実となるだけだ。世間の認識は正式にお披露目するというだけ。

ふたりを受け入れたからといって、ならば自分の娘もと安易に考える者はいないと思う。

まあ、ウチの侍女として働かせたいという話はくるだろうが、メリットがないので断るつもりだ。今のところ侍女を他家から迎える気はない。

そもそも家臣の娘を妻に迎えるのと、他家から妻を迎えるのはまったく意味合いが違う。

他家から妻を迎えるとすれば織田家が先であり、それがないうちは言い訳に使えるだろう。

すべては信秀さんが、他家との縁談を断れるようにしてくれていることだ。

そんなおめでたい雰囲気の中、望月さんが申し訳なさげにひとつの報告をしてくれた。甲賀望月家のことだ。ウチに仕官する時に弟さんに家督を譲っているものの、援助しつつ交流があるところなんだけど。

「まことに申し訳ございませぬ」

甲賀の旧領を継いだ望月さんの弟さんと上手くいっていない。

望月さんにとっては血を分けた弟だ。ウチに仕える尾張望月家にも血縁者が多い。随分前に分かれた信濃の本家とは違う。情もあれば、即切り捨てというわけにはいかない。望月さんは援助したり働きに出る者を尾張で受け入れ、役目を与えたりしていた。

ところが弟さんは、そんな現状に不満を持ち始めた。院政を敷かれていると思っているみたい。

確かに影響力はある。ただ、随分と援助しているはずなんだけど、それを感謝じゃなくて逆恨みするとはね。

望月家は信濃の本家ともあまり上手くいっていないことから、今後、問題が出るかもしれない。

そんな状況で、滝川家のお清ちゃんと共に千代女さんがオレの側室になるんだ。素直に喜ぶとは思えないな。

同じく側室となるお清ちゃんの滝川家は、甲賀の伴一族として由緒ある血縁であるとはいえ、婚礼の影響はあまり大きくないようだ。

縁がある者たちも常識的な対応で、若い者を使ってほしいと仕事の斡旋は頼んできたものの、それ以上は特に余計な行動をせずに様子を見ている。

「銭とか贈り物で大人しくなるなら、黙らせたら？　必要ならウチからも出すよ。そのうえで弟殿の好きにやらせたらいい。尾張の望月一族はちゃんとウチで生きていけるようにするから」

少なくとも望月さんと千代女さんは、未練などないだろう。弟さんに任せてもいいと思うが。

「それには及びませぬ。弟はともかく、他の者は理解しておりまする」

まあ、それもあるんだよね。実績もない。武勇もない弟さんに甲賀望月に残った一族家臣が従わないことも、この件の原因になる。

「本家は武田に従属しているし、離れているからね。騒いでも、なにも出来ないと思うけど」

望月家だけじゃない。ウチの家臣はこの手の問題が多い。太田さんもそうだったが、信長さんの悪友のみんなは、悪ガキがいつの間にか仕官していたことで親戚とかと揉めたりする話は本当によくあった。

あの悪ガキでいいならば自分も雇えとか、優遇しろとか求める人が一定の割合で存在したんだ。

もっとも、信秀さんの猶子となったことと、太田さんの一件でそんな人たちは随分減ったけど。

オレたちも配慮してばかりじゃないと太田さんの一件で示したし、織田一族となったウチにおかしなちょっかいを出すところは、少なくとも尾張ではなくなった。

「甲賀は望月家のみならず、いずれ騒ぎになりましょう。織田と六角が争うことも、あり得ぬと言えぬようになりつつございますれば……」

資清さんは望月というより、織田家やウチの立場の変化による今後に懸念している。

ウチの問題は甲賀衆が多いことだ。家臣の半数は甲賀出身だからなぁ。今のところ織田と六角の関係は悪くない。だけど、いつ対立するか分からないのがこの時代だ。

実際には、ウチの甲賀衆が裏切る可能性はあまりないんだけど。待遇はきちんとしているし。

仮に千代女さんを側室にすることで甲賀の弟さんが騒いでも、出来ることは多くないだろう。領地を捨てて尾張に来るならそれなりの待遇で迎えてもいいけど。話を聞く限り、弟さんは素直にそういう決断をしそうにない。

一応、信長さんと信秀さんの耳に入れておくか。こっちとしてはあまり動けないけど。

side : エル

土田御前様に呼ばれて、メルティと共に清洲城に参りました。

「えるー、めるー」

私たちを待っていた市姫様の笑顔が嬉しい。市姫様と乳母殿に案内されて、土田御前様のところに参ります。

「市、少し下がっていなさい。エル殿たちとは後で遊べますから」

土田御前様はいつもと変わらず、ただ、なにか重要な話があるようです。私とメルティの間でニコニコとしていた市姫様は、少し頬を膨らませて抗議するものの乳母殿に抱きかかえられて下がりました。

「用件はお清と千代女のことです。少し無理を言うたのかと案じております」

本当に我が子の如く案じてくだされていますね。大殿に問われた際に見せた、私の複雑な心情を見抜かれていたのでしょう。

メルティと顔を見合わせて少し思案します。本音を明かしたほうがいいでしょうね。

「難しい懸念があるわけではございません。ただ……、少し怖かったところはございました。私は日ノ本の女ではございませんので……」

司令の考え、価値観。それが根本にあったのは事実です。ただ、突き詰めると、司令と同じ人であるふたりが私は怖かった。それに尽きるでしょう。

「ふふふ、エル殿も日ノ本の女と同じ悩みを持つのですね。安堵しました」

安堵した。その言葉通りの表情でしょう。人は喜びや怒りばかりではない。悲しみや苦しみ、私たちはまだまだ未経験なことが多くある。今回の一件でそれを痛感しました。

「少し出過ぎた真似かとも思いましたが、日ノ本と久遠は別の世を生きてきました。故に、いつまでも見せかけだけの形が良いとは思えませんでした」

確かに、おっしゃる通りかもしれません。自由と選択する時間をふたりに与えることは出来ましたが、他の選択肢は難しかったでしょう。一緒にいる時間が多い司令を選ぶのが当然です。

なにより選択肢を与えることが出来るような伴侶は、他にはいないのですから。

「なにかあれば、打ち明けなさい。私に出来ることならば力になりますから。エル殿はもう少し人に頼ることも必要だと思います」

「はい、ありがとうございます」

人として生きる。その難しさを私は今回学びました。能力や経験だけではない。人の心の難しさ。

これを乗り越えていかねばなりませんね。

side：久遠一馬

今日もお市ちゃんが馬車で遊びに来ていて、オレの部屋でロボとブランカと一緒に遊んでいる。

ロボとブランカも大きくなったなぁ。犬は成長が早いや。

「今日の予定はなんかあった？」

「はい。稲刈りがありますね」

「そっか。じゃあ、支度を頼むよ」

当然、オレには仕事があるんだよね。エルに確認したところ、今日と明日は農業試験村と太田さんの領地での稲刈りだ。

手伝いと言えるほどのことは出来ないけど、ちょっとした差し入れと激励が主な仕事になる。この時代の領主は半農のような武士がほとんどだ。みんな一緒に農作業をやるし、信秀さんや信長さんでさえも自分の領地は見て回り激励したりしている。

顔を見せて歩くのも仕事だ。城に籠ってなにをしているか分からない人よりは、断然いいのは確かだろう。

元の世界ですら、政治家が地元に顔見せや、災害現場とか開発現場に赴くのは効果があるんだ。この時代なら尚更効果的だ。

「姫様はいかがされますか？　私とエルは出掛けますが」

「わたしもいく！」

遊びに来たばかりのお市ちゃんだけど、危険や機密がない時は一緒に連れていくことが多い。今日も一緒にお出掛けしたいらしい。

ちなみに織田家では、今年に入ってから女性陣の外出が増えている。

土田御前ですら、寺社に参拝したり信秀さんと一緒に視察に同行したりしている。周りは驚いているけど、変わった理由は当然ながらウチだろう。

信長さんが帰蝶さんを連れて歩くのも、オレがエルたちと一緒に出掛けるのを見た結果だし。

領民の評判もいい。笑顔で声を掛けるだけで支持率がアップする感じだ。

信秀さんは出歩くエルたちの評判の良さから、自分も真似て土田御前を連れ出すことにしたみたいなんだよね。この件はなんのアドバイスもしていないんだけど。

肝心の土田御前は外出を楽しんでいるらしい。

ただ、馬車を使えるのが清洲から那古野近郊だけなのが不便だと、女子会の時にエルに言っていたらしいけど。

一般的にこの時代の道は、人ひとりと馬一頭が通れるくらいが普通で、橋が架かっている川なんてほとんどない。それどころか、近隣の土豪がせっかく架けた橋を壊しに来ることさえあるそうだ。

現時点では、清洲から津島・熱田・蟹江まで馬車が使えるように整備する予定なんだけどね。工事は立て込んでいるから順番待ちの状況だ。

あと、馬車はとりあえず生産の目途が立った。ただし、ウチが持ち込んだ馬車はシンプルな木製の馬車だけど、織田家が正式に使用する馬車は漆などで装飾を施すので製作に時間が掛かる。

馬車を簡素で小型軽量化して、ロバや馬が一頭で牽けるタイプの開発も頼んだけど、これはまだ試行錯誤中らしい。

「ろぼー、ぶらんかー、いくよ！」

お市ちゃんはお出掛け用の着物なので準備は必要ない。真っ先にロボとブランカにリードを付けてやると、一緒に馬車に乗って出発を待ちわびている。

すっかりお出掛けに慣れたなぁ。

お市ちゃんがお出掛けを好きな理由は馬車にもあるのだろう。まだ尾張でも珍しいガラス窓が嵌めてある馬車は中から景色が見えるんだ。

透明なガラス越しに見える景色が好きらしい。駕籠にも小窓はあるんだけどね。景色はよく見えないし、覗き込んでばかりいられないからね。

馬車が走り出すと、お市ちゃんとロボとブランカは並んで馬車の窓から黄金色の稲穂を見ていてご機嫌だ。

「あれはたんぼなんだよ」

「ワン！」

「ワン！　ワン！」

お市ちゃんはロボとブランカに見えるものを教えてあげている。多分、日頃から乳母さんが教えていることの真似だろう。

馬車の周りには馬に乗った護衛がいる。ウチでは去勢した馬が増えているので、暴走する心配もあまりなくて馬車の護衛は全員が馬を使っている。

徒歩の護衛は移動速度が遅いんだよね。最近は行動範囲が広がったから、馬車を使わない時でも基本は全員が馬での移動になった。

身分？　そんなものはウチには関係ない。家臣だろうが、忍び衆だろうが、全員が馬での移動だ。馬に乗れて一定の技量があると仕事の幅が増やせるから、ウチでは乗馬は資格みたいな扱いだ。不定期だけど、牧場では乗馬教室や技能検定みたいなこともしている。

最近では忍び衆も自分の馬を持つ人が増えているくらいだ。馬を牧場で預かることも始めたしね。家で馬が飼えない人でも大丈夫なんだ。

秋晴れの天気がいい中、揺れる馬車に身を委ねながらのお出掛けもいいね。

side：丸屋善右衛門

「よかったな。大出世じゃないか！」

「断ったんだがな」

この度、わしは久遠様に誘われて店を蟹江に移すことになった。その話を聞いた馴染みの商人が店に来て、わしを祝ってくれるが、素直に喜べぬのが本音だ。

「なにを言うんだ⁉　あの新しい湊は、いずれは日ノ本の海を束ねるに相違ないのだぞ！　あそこに店を出したくても出せない奴も大勢おるというのに……」

久遠様と商いをして以降、ウチの商いは格段に大きくなった。されど急に大きくなった故に、上手くいかぬことも増えたのが実情だ。

特に新たに取り扱いを始めた久遠様の品物は引く手数多で、あちこちから欲しいと頼まれる。

それだけならばいいが、それで済まぬのが世の習いだ。力なきは悪なりを日の当たりにさせられたのだ。わしの子や店の者を拉致しようとしたり、牢人を連れてきて脅迫なども日常茶飯事だ。

特に酷かったのは堺の商人だ。偽の手形や偽金色酒など造る堺になど売れぬと言うと、わしばかりか、縁の有無も構いなく大湊の商人相手に嫌がらせをあれこれと始めたからな。

まあ、奴らは堺の商人でも会合衆のような立場ではなく端の商人だ。そんな奴らに限って威張り散らして態度が大きく、なにをするか分からぬ。

大湊の会合衆には随分と世話になった。店や家人を守る手助けから、後ろ盾や糸引きなどをした者を探すなど、なにかと助けてくれた。あとは久遠様が寄越してくれた警護の者にも幾度も助けられたな。

もっとも、会合衆とはよく話して久遠様との橋渡し役として働いたので、それなりに貢献したつもりだ。

されど思い返せば、己の甘さで上手くいかぬこともそれなりにあったのだ。

「わしはそんな器ではないのだがな」

久遠様にはこれ以上大きな商いを営むような器ではないと、文を出したのだが……。説得に久遠家に仕官した湊屋殿が名代で来られては断り切れなんだ。それに、信じられる商人がひとりでも多く欲しいと言われる理由は理解するし、悪い気はせぬ。

久遠様も堺の商人とは上手くいっておられなんだからな。

堺の商人とはいえ様々だ。商人のくせに世の趨勢《すうせい》をあまり理解しておらぬ者がそれなりおることには、わしも驚きであった。

未だに織田様の力を知らぬ愚か者がよく来るのだ。端の商人など、そんなものかもしれぬが。

堺の商人だと偉そうにしておる愚か者に限って、大湊が織田様を操っておるなどと荒唐無稽な戯言を信じておるのだから始末に負えぬ。

確かに大湊は織田様と合力しておるが、むしろ織田様が商いの助言をしてくださるのだ。堺への不売は織田様の意向だ。わしらには、いかんともならぬ。

「だが、織田様の商いのやり方はそなたが一番近いではないか」

「まあ、考えておられることはなんとなく分かるが……」

わしの強みは、織田様というか久遠様のお考えがある程度分かることか。

信義を重んじ、一時の利よりも長い目で見て商いをする。織田様や久遠様のように力がなければ出来ぬことだ。

これが意外にも、他の者はあまり理解出来ぬらしい。会合衆ともなれば、それなりに理解しておるらしいがな。

久遠様は堺との商いは今後もせぬだろう。そのために蟹江に湊を作られたのであろうからな。

銭の価値を確と定めて、嘘偽りのない品物を売る商いをしたいのだ。疑心なき商いが広がれば広がるほど、今よりは世が鎮定致すはずだからな。

とはいえ、尾張に行くのは案じるところが多いのが本音だ。湊屋殿が助けてくれるというし、なんとかなるとは思うが……。

side：久遠一馬

秋も半ばを過ぎると、清洲郊外の運動公園では武芸大会と同じ場所で鍛練に励む人が増えている。昨年優勝した石舟斎さんたちが戦で活躍したことで、大会の意義を証明した。他にも活躍した人を信秀さんが取り立てるなどしているからね。みんな気合いが入っているんだ。

しかも今年は武士ばかりではない。近隣の領民が、綱引きや短距離走や長距離走の練習をする様子がちらほらと見られる。褒美が効いているんだろうな。

この日、オレは庭で焼き鳥を焼きながら、湊屋さんの報告を聞いていた。周りでは家臣や忍び衆の子供たちに、信長さんと信行君やお市ちゃんたち姉妹もいて、熱々の焼き鳥を美味しそうに食べているところだ。

「しかし、本願寺は凄いね」

「まったくでございますな」

近くで控えていた資清さんは、湊屋さんの報告に対するオレの言葉に同意するように頷いた。

実は石山本願寺から品物を売ってほしいという文が信秀さんに届いたんだ。

金色酒や鮭や砂糖などの高価な嗜好品は当然として、絹織物や綿織物や陶磁器に加えて、信秀さんが褒美として一部の人に与えているガラスの盃なんかも欲しいらしい。

ここまでだと、まだそこまで驚くことでもないんだけどね。

「言い値で構わないって、一度でいいから言ってみたいね」

文にはすべて織田の言い値で買うとある。その文にさすがの信秀さんも本願寺は恐ろしいと言っていたね。オレもこの時代に来てお金には不自由していないけど、さすがはこの時代で一番勢いがある本願寺だ。

形式としては今までと同じく願証寺を介しての取り引きとなるが、明確に欲しい品を注文されたのは初めてだ。

「されば、殿。米は大湊が任せてほしいと返事を寄越してございます」

また、注文にはウチ以外でも扱っている品も含まれている。どうも本願寺領ではこの秋の米が不作になっているらしく、可能な範囲でいいので、まとまった量の米が欲しいみたい。

そっちはエルと湊屋さんと話し合い、大湊に手配を頼むことにした。

去年の豊作と今年のやや豊作の影響で尾張は米がたくさんある。その気になれば織田領からも集められるんだけどね。

「かず、尾張の米では足りぬのか?」

信長さんはそんな状況で、わざわざ大湊に頼んだことについて、疑問を口にした。

「そうでもないですけどね。堺の件もあるので味方は増やしたいですから」

織田家としては飢饉や不作に備えて米や雑穀は一定量の備蓄をしているし、織田領の米の流通量は多いので本願寺に多少の米を売っても影響は大きくないんだけどね。大湊には利益を分けていかないといけない。これは経済的な視点から見ると当然のことなんだ。

「こちらは焼けましたね。どうぞ」

周りでは焼き鳥が焼けるのを子供たちがじっと待っているから、焼けたものを順番に配っていく。次は信行君の番だ。

「一馬殿。伊勢は敵方なのでしょうか？　味方なのでしょうか？」

ちょうどよく塩が利いた焼き鳥をぱくりと食べた信行君は、オレと信長さんの話を聞いていたせいか、伊勢に関しての疑問を口にした。

いい質問だね。信行君も学校で勉強しているから、広い視野での、ものの見方が出来るようになってきたらしい。将来が楽しみだ。

「敵方ではないですが、味方でもないですね。そもそも伊勢を一括りには出来ません。また政と商いはすべて同じと考えることではないので……。ただ、伊勢大湊は織田と争うことを止めた町ですよ。今は商いでお互いに力を合わせて利益を得ていますので」

実は現状はそんなに難しい状況じゃないのに、未だに尾張と伊勢の関係を理解していない人が多いんだよね。

敵か味方かでしか物事を見ない人もいるし、商いと政治の関係もまったく理解していない人もそれなりに多い。

伊勢の商人たちは経済力もあることから、尾張の商人とは比べものにならないほどの影響力を持っているんだ。油断出来ない相手だが、一方で彼らが単独で戦を挑んでくることはまずない。商いや流通という面では競争相手や敵になる可能性もあるが、なるべく味方にしていきたい相手になる。

まあ、そういうことを考える必要がなかった人が、織田家中には多かったということだろう。これはオレたちが教えていく必要がある。

尾張と伊勢の商人が目指す関係は、一言でいえば共存共栄だ。無論、主導権はこちらにあるが、従うのに見合うだけの利益は回している。

まさに、金の切れ目が縁の切れ目だ。織田以上の利を与えない限り、利に聡い商人ならばそう簡単に敵対したり裏切ったりすることはないだろう。

本願寺からの注文は、米以外も大湊に頼むつもりだ。大湊はその注文を近い場所にある宇治や山田の自治都市などにさらに頼んで、味方を増やしている。

完全に堺対尾張伊勢の対立になりつつあるからね。無論、和解の提案がないわけではない。堺に有利な提案で悪銭造りも続けるという、こちらが呑めない条件だけど。

今のところ、そんな条件で交渉する気はない。織田手形の偽造に対するけじめもなく、偽金色酒へのけじめもないのに交渉は無理だ。

堺はそれも交渉材料にしたいらしいが、こちらはそれをきちんとするのが交渉に入る前提条件なんだよね。

時代的に仕方ないのかもしれないけど、オレたちからすると悪事を交渉材料にするのはテロリストと一緒なんだよね。

「クーン」

おっと、ロボとブランカも焼き鳥が欲しいと切なそうな瞳で見上げているね。

「お前らは塩のかかってないものな」

ロボたちは塩分の取り過ぎはよくないので、塩をかけていない焼き鳥になる。もちろん串からは外してやる。

尻尾を飛んでいきそうなほどにフリフリとさせながら焼き鳥を食べる二匹を、子供たちも微笑ましげに見ている。

こういう姿から命の大切さを少しでも学んでほしいね。

side：セレス

台風が来るという知らせが、シルバーンから届きました。

台風自体は珍しいものではありません。ただ、規模によっては生死に関わり、被害によっては新たな争いとなることもあります。

台風が来ると周囲に知らせるべきか。シルバーンでも検討してくれましたが、オーバーテクノロジーを使う情報を出すべきかどうかは議論が分かれたようです。最終決定は司令ですが、シルバーンの議論を基に、私たちで司令に献策する内容を詰めるべくエルたちと相談します。

「あれも駄目これも駄目って言っていると、なにも出来ないからねぇ」

「うん、そう思う。時折、外せば大丈夫だと思う」

ジュリアとケティは活用するべきという立場です。確かにケティの言うように適度に外せばそこまで騒がれることはないでしょうね。

「まず久遠家中と親しいところで試してみるべきかもしれないわね」

「そうね。今回はそれがいいかもしれないわ」

医療に関しては、ケティの考えからオーバーテクノロジーを比較的多く使っています。メルティとエルは、その前例から徐々に気象予測の影響を試しつつ調整するつもりのようですね。

それならば、こちらの対応も決まります。警備兵にも天気が荒れる可能性を伝え、それとなく警戒してもらいましょう。どこまで出来るか分かりませんが、すべては経験です。

side：久遠一馬

稲刈りもだいぶ進んで武芸大会の準備も順調だったが、恐れていた事態のひとつが起こった、台風だ。この時代では野分というらしいが。

当然ながら、元の世界とは違って天気予報はない。もちろんオレたちは気象衛星のおかげで事前に予測出来ていたので、ウチの関係するところは天気が荒れそうだからと注意を促していたが、他は特に対応が出来なかった。

「牧場村、工業村、山の村、農業試験の村、太田殿の領地、共に人の被害はございませぬ」

野分の凄まじい暴風雨から一夜明けたこの日、ウチには各地からの報告が次々と舞い込んでいる。

特に指示は出してないのに報告が来るようになり、みんな成長したんだなと思う。

資清さんが報告をまとめてくれているが、多少の建物の損壊などはあるものの、人的被害と大規模な被害報告は届いていない。

太田さんの領地は古い家もあり、壊れた家が何軒かあるらしいけど。

あとは干していた稲が飛ばされたとか、二毛作のための遅植えの田んぼは稲刈りがまだなので、稲刈り直前の田んぼの稲が倒れたなど相応に被害はあったが。

「分かっていると思うけど、冠水している田んぼは水を抜いて、土砂が流入した田んぼは稲刈りを急いで。あと家の修復とかも出来ない人が出ないように。必要なら助けるから」

結構強い野分だっただけに、被害が少なくてホッとするよ。

「殿、三河から知らせが！　矢作川が氾濫したようでございます！」

一通り報告が集まり大きな問題にならなくてよかったと思ったが、それがフラグになったのかもしれない。

望月さんが三河から伝書鳩による緊急報告を知らせに、少し慌てた様子で部屋に入ってきた。

実は伝書鳩の数も増えてきたので、一部の場所では試験的に運用を開始したんだ。もちろん暗号を組んで、伝書が余所に漏れても内容は解読が出来ないようにとの訓練も兼ねている。

忍び衆の伝令システムも新たに構築しており、織田領内のあちこちに忍び衆の拠点を置いて情報伝達がスムーズに行くように試しているんだ。

三河方面は今川対策もあり、伝書鳩と拠点の整備が進んでいたんだけど。拠点は商家もあれば民家もある。最近は人の流入が多いので、忍び衆ということを隠しながら進めていたんだ。

まさか野分の被害報告に役立つとはね。

「清洲にも知らせて。あとすぐに詳細を確かめて。事と次第によっては大変なことになる」

「はっ！」

川の氾濫と水害はこの時代では珍しくはない。大きな川でなくとも支流とか小さな小川とかでも氾濫することはよくあるんだ。

ただ、三河で起きるとは、また厄介な……。

side：ウルザ

矢作川が氾濫した。その一報に皆が慌ただしく動いているわ。

三河という難しい土地で広がっていた格差。昔からあったものならばいい。ところが、私たちの影響で織田領だけが食べていけるようになりつつある。

その現実は確実にこの地で波風を立てていた。この天災は、そんな三河に争いを呼ぶことになるのかもしれない。

後手に回るのは避けたい。忍び衆を率いて三河に行く支度をしていると、望月殿と共に忍び衆の状況確認をしていたヒルザが戻ってきた。

「下流、特に本證寺領で被害が大きいらしいわ。でも、私たちで行くの？　司令からはまだ言われていないけど」

「もし本證寺が動くと、三河にいる忍び衆だけだと不足よ。それに三郎五郎様でも後手に回るかもしれないわ」

この一件、ひとつ間違うと織田家は泥沼の争いに巻き込まれる。

私はあまり目立つことをしたいとは思わないんだけどね。三河に精通していて、すぐに動けるのは私とヒルザになる。

司令も反対まではしないはず。危険なことをするのはあまり好まない優しい司令だけどね。それでも私たちとシルバーンを信じて、決断出来るようになった。

「分かった。ケティに頼んで医療知識のある人も追加してもらうわ」

「ええ、お願い。一向衆を甘く見ると私たちも足を掬われる。心してかかりましょう」

寺社の厄介さ。宗教権威の厄介さ。実際に現地に行かないと実感が違うこともある。ここで苦戦をすると、長島の願証寺もこちらを甘く見るかもしれない。

織田はまだまだ盤石にはほど遠い。

side：久遠一馬

台風の翌々日、オレとエルと資清さんは清洲城に来ている。三河の被害の報告と対策のためだ。幸いなことに尾張と美濃の織田領に大きな被害はない。細々とした被害はあるが、具体的には各領主がすることで直轄領は信秀さんたちが対応している。

この時代は農民も災害に慣れているからね。自主的に対応しているんだ。とりあえず元の世界と違って家なんかの建物が脆いので、被害に遭った家の修復を手助け出来ないかとウチから助言していて、その検討もしている。

あとは衛生問題だ。もう秋なので食中毒の心配はあまりないが、念のため食中毒や流行り病が出ないようにするための対応策を、織田領全域に命じてもらった。

「三河織田領に関しては田んぼが水に浸かったところはありますが、被害はまだ深刻ではありませぬ。ただ、本證寺領と対岸の今川領などでは幾分深刻なようでございます」

説明役は資清さんだ。まだ具体的な数値は出ていないが、織田領では矢作川の氾濫に備えて対策を一部でしていたことが功を奏しているみたい。

三河の国人衆も少し素直になったからね。今年の夏には緊急性が高いと判断した矢作川の治水対策を実施していた。

まだ始めたばかりなので、どこまで効果があったかは分からないけど。

「面倒なことになるのかもしれんな」

信秀さんは報告に渋い表情をした。野分自体は結構強かったが、数年に一度は来る程度の規模だ。

それほど珍しくはない。

　とはいえ、爆発寸前の火薬庫のような三河に被害が出るなんて。

「三河に送る食料と銭はすぐに用意出来ます。もともと、この冬には矢作川にて賦役を大掛かりに始める予定でしたので」

　被害対応にお金がかかるけど、この冬には矢作川の治水工事を予定していたので大きな問題はない。ただなぁ。

「懸念は本證寺や配下の寺と、名目上は今川方が多い矢作川より東ですかな？」

　この場には信秀さんの他に、信長さんと政秀さんと信康さんも同席しているが、政秀さんが困ったと言いたげな表情で問題を口にした。

　そう、正式な織田領は大変でも大きな問題とまでは言えない。こんな事態を想定していろいろと対策はしている。この二年、三河にどれほど気を使ったか分からないくらいだからね。

　それと比較して織田との交流がほとんどないところは、対策などしていないので混乱している。

「矢作川の東はまだ分かりませぬが、本證寺領は大水が広くに流れ込んでおりまする」

　政秀さんの懸念に資清さんは、本證寺領の状況をさらに説明するものの、正直あまり良くない。

　そもそも治水工事は、一部だけやると別のところに影響が出る場合もあるんだよね。織田は本證寺領のことまでは関与しないから、治水工事による影響が本證寺領で出た可能性もある。特に本證寺領は織田領の下流に位置しているからね。

　本当に面倒なところで問題が起きたな。ただでさえ本證寺領と織田領では、統治方法が違うことで格差が広がって軋轢がいろいろとあるのに。

特にこの二年でやった報酬の出る賦役の影響は計り知れない。本證寺の影響力は史実より確実に落ちている。未だに本證寺の寺領から領民が逃げてくる状況が続いているくらいだ。

いくら仏様の名前で仏罰だと脅しても、隣の領地では飢えていないんだ。それにいくら本證寺と織田との関係が疎遠とはいえ、さすがに織田が悪いとは表立って言えないからね。

去年はあの辺りも豊作だったし本證寺領も同じだったんだけど、特に備蓄するわけでも開発するわけでもない。例年通り税を徴収して余裕があるとみると追加で税を搾り取ったくらいだ。

その税は石山本願寺に送られたり、ウチから金色酒や嗜好品を買うのに使ったりしていて貯めている様子はない。

「エルよ。いかが思う？」

資清さんの報告にしばし沈黙があったが、信秀さんは無言だったエルに問い掛けた。エルの表情が厳しいのはみんな気付いているんだろう。

「三河が荒れるかもしれません。戦の支度も必要でございましょう。それと石山本願寺との取り引きも急ぎましょう。三河が荒れたときに石山本願寺が本證寺の味方することだけは避けなくてはなりません」

地獄の釜の蓋が開くか？　ただ、史実の徳川家康による知行時の三河一向一揆よりはだいぶマシな情勢だろう。この二年間で三河の情勢を大きく変えたからね。

本證寺が動くかは分からないが、問題はこの時代は領民も一揆を起こすことだろう。領民は決して武士や寺社に怯えているだけじゃないんだ。

それに矢作川の向こうはだいぶ痺れを切らしているんだよね。支配はしても動かない今川に対して。武士も領民も。

織田家としては正直、好機ではあるが、本領安堵や厚遇をしてまで三河をすぐに欲しいわけではない。

ただ、この流れは止められないかもしれない。オレたちでも……。

side：太原雪斎

秋も深まるこの時期に、野分か。野分など珍しくはないが、地揺れの復興も済んでおらぬところに野分が来るとは、天は今川家にいかほどの試練を与えれば気が済むのだ？

「和尚様。顔色が良くありませぬが……」

「なに、少し疲れがあるだけだ」

わしは近頃、あまり眠れぬ日々が続いておる。休むべきなのであろうが……。

「三河はいかが致しましょう」

三河の矢作川が氾濫したとの知らせに、深いため息を漏らしてしまう。

織田の勢いが増しておる三河は扱いが難しい。

もっとも、此度は織田方でも大水が出たとあり立場は同じなのだが、懸念は本證寺か。西三河に大きな影響を持つ本證寺の寺領が大水の難を受けるとは。

織田は尾張と伊勢の境である長島の願証寺とは誼を得ておるが、三河の本證寺とは上手くいっておらぬ。

現状の西三河は織田領が一番食うに困らず、それを羨むように本證寺や松平などがおる。織田は本證寺には手を出しておらぬが、言い換えれば手を貸してもおらぬ。

今川家や他家ならばそれでよい。だが、豊かな織田は三河の復興や賦役に多額の銭を使うておる。その恩恵が、同じ西三河にあるにもかかわらず本證寺では得られておらぬのだ。

本證寺にはそこに大きな不満がある。織田からすれば寺領を認めておるうえに、誼を持つ素振りも致さぬのだから当然だと考えるのであろうが、一向宗の坊主は強欲だ。

「一向衆に気を付けるように知らせを出せ。飢えた者のやることはひとつだ」

「まさか、本證寺が兵を挙げると？」

「さてな。だが、現状で一向衆が織田と今川、いずれから奪うかと考えれば……」

数人の文官と今後のことを話し合うが、むしろ織田よりも本證寺が剣呑だ。奴らは気付いておろう。今川と織田がぶつかれば今川が不利であることを。

寺領の民の不満のはけ口をいずこに持っていくのか考えると、こちらに牙を剥いても驚きはない。それを手土産に織田に恩を売ることすらあり得る。

もっとも、今の織田からすると本證寺の勢いが増すことを喜ぶとは思えぬが。

まてよ。この件では織田も本證寺を疑うておるのではあるまいか？

相容れる利と目的があれば、共闘することも叶うことではあるまいか。因縁と疑心が重なる今より、悪うならぬように出来るやもしれぬ。

本證寺が動かずとも、これを口実に織田と話をする形を整えるだけでもよい。駄目でもともとか。御屋形様に進言して早急に手を打たねばならぬ。

この状況、上手く使わぬ手はないな。

side：久遠一馬

あれから数日、ウチでは情報収集を続けているが、本證寺領の状況は第一報よりも酷い。

「野分など珍しくないのでございますが……」

各地から集まる情報は、相変わらず資清さんと望月さんがまとめているけど、資清さんは野分がこれほど大きな問題になると思わなかったのだろう。なんとも言えない表情だ。

歴史に残らない小競り合いなんていくらでもある。僅かな食料や水の利権を求めて、村単位だったり土豪や国人単位だったり大名単位で戦が起こる。

この場合、国人以下の争いは相当大規模にならなければ、まず歴史には残らず、大名を巻き込むような戦になって初めて歴史に残るようなものだ。それだって天下取りに関わらない地方での戦のほとんどは埋没してしまうだろう。

野分の被害もあまり歴史には残らないが、特に珍しくはなく尾張は落ち着いている。

ただし、今年の三河は村単位の争いを除けば、大きな戦がないのが不思議な状況なんだよね。この時代では、誰が治めても暮らしは大差ないのが当然だ。寺社に国人に土豪なんかは基本的に変わらない。大名クラスの領主が変わるくらいだ。

街道の整備は攻められやすくなると考えてやらないし、流通や商業は寺社や商人の座が権力を持つから、よほど力のある大名でないと基本的には手を付けない。

大名自体が国人や土豪の連合体のトップでしかないので、元の世界の物語なんかで見るような絶対的な力はまずない。

まあ新田開拓と治水くらいはやろうとする人がたまに出てくるが、経済に手を付けないのにそんなお金のかかる事業が出来るはずがない。

食べ物が足りなくて飢えているから、食料などを奪うために他国に攻め込む時代なんだ。

足りない銭と食料を得るために、近隣との戦に明け暮れる。その結果、あちこちで田畑が荒れて耕作放棄地が増える悪循環が続いている。

それとまったく違うのは、ウチが改革している織田家だ。

東は関東から西は畿内まで、あちこちから富が集まるので、それを用いて開発が出来る。三河には長年の戦で荒れた土地や開墾していなかった土地がたくさんあるから、その開発に資金を投入して安定させている。

今回被害が大きい本證寺の属する一向宗は、一説には治水に長けていて水難の多い地域を得たとあるが、それは確かだと思う。とはいえ現状ではそこまで治水に力を入れていないし、そもそも石山本願寺は地方の寺のことなど考えていない。

織田の近隣にある長島の願証寺にしても三河の本證寺にしても、宗派内の争いや自分たちの体裁は気にするが、織田家の動きに合わせて寺領を良くしようとしているわけではない。

最低限の治水で暮らせる以上は現状維持しかしていないんだ。三河の本證寺領も、エルの話ではもともと水難の多い地域だからこんなものらしい。

ただし何度も言うようだけど、近隣の織田領との差が三河のバランスを壊して波風を立てている。

「食料は送ったし、これで収まればいいんだけど」

すでに二千の兵と、銭と米や雑穀を中心にした支援物資の第一陣を安祥城の信広さんに送った。多くの流民が大量に来る可能性が高いからね。

あと現地で緊急対応する必要があると判断して、自ら志願したウルザとヒルザにも忍び衆の精鋭を連れていってもらった。信秀さんに頼んで、緊急時には信秀さんの名代として動けるように書いてもらった書状を持たせた。

それと美濃の道三さんや信秀さんの実弟、義弟や婿なんかには三河が荒れる可能性を早くも伝えていて、最悪の場合は戦になるとの考察から、あちこちで準備が始まっている。

「難しいかもしれません。本領から船を呼び寄せましょう。戦に使えなくても抑止力にはなります」

佐治さんも建造中の和洋折衷船の仕上げを急がせているくらいだ。そんな状況にエルは小笠原諸島から船を呼び寄せることを提案してきた。

三河で海戦はないだろうが、今川と伊勢の水軍衆相手の抑止力にはなるか。

ああ、もう一方の願証寺だけど。あっちも輪中という堤防で囲まれた土地だから、結構被害が出たらしいが、最低限の復興をしながらも尾張への出稼ぎに来る人は変わらない。

領民からすると出稼ぎに行けば食べていけるからね。田畑が全滅していてもあまり気にしていないのかもしれない。同じ一向宗なのにこうも違うとは。

「戦かぁ。金色野砲も早めに送っておきたいけど、逆効果だよね」

「駄目ですね。誰かに目撃されると、矢作川より東の国人衆や本證寺領の農民が暴発します」

戦は避けられるならば避けたいが、抑止するのもまた難しい。現状を変えるために、織田と今川の戦を待ち望んでいる人が三河には多すぎる。

「本證寺はどうなんだろう？」

本證寺も馬鹿じゃない。織田との間に侵略してでも覆したい格差があるとはいえ、勝てない戦を仕掛けてくるとは思えないんだけど。

「面白くはないでしょう。それでも織田に敵対まではしないかと……」

「だよね。なら松平や今川には？」

「それはなんとも言えません」

問題は西三河では一向宗が大きな影響力を持っており、矢作川より東側はほとんど一向宗の影響力が落ちていないことなんだよね。

松平や今川が相手ならば織田を巻き込んでしまえば勝てるとか、勝手に考えないか心配なんだけど。

「なんか手はない？」

「そろそろ限界といえば限界です。格差が開く一方ですから。ただ、松平宗家には他者を介してでも知らせるべきかと。織田に敵対の意志もあまりないようなので」

「それは大殿と若様に報告してからだな」

本證寺よりは今川家のほうが信頼出来ると思うのはオレだけだろうか？　エルはすでに戦を想定して、どこを落としどころにするか考えている。

武芸大会も予定通り開催しなきゃいけないし、織田家の文官衆は当分忙しそうだな。

デスマーチとか可哀想だから、ウチも手伝わないと。

side：本證寺領の農民

「おらの田んぼが……、家が……」

まるで地獄のようだ。お坊様の言う本物の地獄がどんなところかは知らん。けど、おらたちには今が地獄だ。見渡す限りの景色が変わってしまった。家も田んぼもすべてが水で流されてしまい、土砂だけが残った。

生き残ったのは、なんとか逃げ出せた僅かな者だけだ。着の身着のままで村の者は半分もいない。あとは水に流されてしまったんだ。

流された家族を捜しに下流に行った者もいたが、無事に見つかった者は誰もいない。

おらの家族は幸いなことに、皆、助かったが、隣に住んでいた弟一家は、皆、流されてしまった。

「おっとう。お腹空いたよ」

末の子が腹を空かせて泣いているが、おっかあが抱いてなだめてやるしか出来ない。

なんで、おらたちがこんな目に遭わなきゃならないんだ？

「ちっ、ここもか。よいか、税はいつも通りに納めよ。遅れるのは許さぬからな！」

打ちひしがれるおらたちにとどめを刺したのは、本證寺のお坊様だった。僧兵を連れたお坊様はこんな状況にもかかわらず慰めの言葉のひとつもない。

「お待ちくだされ。せめて期日の猶予を……」

「なんだと？　汝は、仏罰を下されたいのか？」

若い者が亡くなったのに生き残ってしまったことを嘆いていた長老のひとりが、死を覚悟して、せめて税を納める期日の猶予をしてほしいと願うが……。

「いえ、ですがご覧の通り。ここにはなにもございませぬ」

「仏に逆らう愚か者が！」

苛立った様子の僧兵に、ろくに話を聞いてもらうこともないまま長老は殺されてしまった。

「手段は問わん。必ず税を納めよ。よいな!!」

こうなると分かっていた。前に川の水があふれた時も同じだったからな。お坊様にとって大切なのは仏様だけで、おらたちのことなんて考えてくだされぬ。

子を売ってでも、近隣の無事な村から奪ってでも税を納めよと言うのがいつものことだ。

野分から三日、土砂の中から刈り入れ前だった米を僅かでもと掘り出していたが、そんなところに流された家族を捜していた奴が帰ってきて、近くの織田様の村の様子を皆に話している。

「聞いたか？　織田様のところだと尾張から運んできた飯を食わせてくれるらしい。しかも今年は税を払わんでもいいそうだ」

織田様の領地ではここよりは酷くないというのに、飯を食わせてもらうばかりか税が免除になって村の復興が始まっているとは……。

村の皆が落胆している。

いつもそうだ。流行り病に罹れば薬を飲ませてくれるし、食べ物が足りなければ賦役で食わせてくれる。

おらの村からも流行り病の時には、こっそりと出掛けて助けてもらった奴が幾人もいる。

なんで仏様はおらたちばっかりに……。

side：本證寺の僧

今年もなんとか稲の刈り入れまでこぎつけたかと思うていた矢先に、野分が来て川が氾濫した。

矢作川の辺りは大雨で氾濫するところが多い。我が本證寺では被害が甚大だ。

「駄目だな。税は例年の三割も集まればいいほうだろう」

「織田では被害が軽いらしいな」

「あっちは夏に賦役で堤を直しておったからな」

落ち込んでもおられぬ。なにがあろうと税は納めさせねばならぬ。我らは織田などに卑下しておる願証寺などには、なにがあろうと負けられぬ。

「織田では大掛かりに復興と治水をやるらしい。税も免除だそうだ」

織田は相も変わらずか。矢作川より西の領地は織田と隣接しておるところが多数あるが、織田がおかしなことをするので困る。

「なんだと⁉　税を取らずに、いかに食うていくのだ？」

「織田の本領は尾張だ。三河からの税など、いかようでもいいのであろう」

賦役だと言いつつ飯を食わせて報酬を与えるなど、愚かなことを。しかも、さらに税を取らぬだと？　領地を治めることをなんだと思うておるのだ？　今川ばかりか我ら本證寺にまで嫌がらせをするつもりか？

「また逃げ出す者が増えるな」

「逃がしてはならぬ！　逃げた者は草の根分けても追いかけて捕らえろ！」

「そうは言うが、織田領に入れば手は出せぬぞ」

「そうだ。織田に介入の口実を与えるわけにはいかん‼」

確かに、織田がいくら埒外《らちがい》であっても、織田に介入させるような口実は与えられぬ。

憎らしいが、相手は尾張一国と美濃と三河の西側まで治める大国だ。伊勢の商人ですら従える織田を敵に回すのだけは避けねばならぬ。

織田は逃げていく流民を受け入れておるが、本心では歓迎しておるのか迷惑なのかは分からぬ。

されど落ち度はこちらにもあるのだ。逃がすなと言われればその通りだからな。

逃亡する者は織田領に入る前に捕らえねばならぬ。とはいえ、逃亡者なのかそうでないのか区別は難しい。

織田領の親戚に会いに行くと言えば止められぬ。一時、子を連れていくことを禁じたこともあったが、向こうから銭を借りるので借金のかたに子を連れていくと言われると、駄目だとは言えずうやむやになったからな。

「なにも織田を相手にすることはあるまい？　織田を巻き込むのはいかがだ？」

このままでは銭が足りぬと悩んでおると、ひとりの僧が面白きことを言い出した。

「まさか……、今川方から奪えと言うのか？」

「今川は織田を恐れておるという。構うまい。もし今川が兵を挙げたら織田に戦わせればいい」

確かに織田を敵に回せぬのならば、その敵を攻めればいいか？　上手くいけば織田に恩を売れるかもしれぬ。

民の不満は溜まっておる。確かに今ならば今川相手に適当な口実で一揆を起こせるか？　不《ふ》遜《そん》極まりないが仏と呼ばれる織田ならばともかく、今川には西三河の者は不満を抱えておるからな。

出来なくもないが……。この件は根回しをして、上人の裁定を仰がねばならんな。

side：織田信広

たった一度の野分が、三河にこれほどの亀裂を走らせるとはな。それにも驚きだが、父上の動きに三河の国人衆たちが目を丸くしておるわ。

「僅か数日で、これほどの兵糧と銭が送られてくるとは……」

水害のあった村には税の免除、税が得られぬ国人衆には助力を確約したばかりか、復興と川の堤を補修するための賦役に使えと、先遣の兵糧と費えの手付けが当然のように送られてきた。

この動きに三河の国人衆は恐れを抱いておる。

その気になれば、いつでも三河を落とすことが出来る。それを理解しておらぬ者はおるまい。

とはいえ、此度は懸念もある。

水害が酷い本證寺がいかに動くか。また本證寺の民がいかに動くか分からぬのだ。久遠殿からは忍び衆を増やすので配慮を頼むという書状が届いた。

一揆が起きればいかになるか分からず、本證寺が蜂起することもあり得るとのこと。久遠殿がそこまで考えておる以上、こちらも相応に対処せねばならぬ。

まあ久遠殿の文にもあるが、本證寺がこちらを攻めてくるよりは今川方の国人衆を攻めるほうがあり得ると思うが。本證寺とて父上の恐ろしさは理解しておるはずだ。

ただ、懸念はこちらの家中にもある。三河の国人衆には一向宗の信徒が多い。勝手に動いた者には厳罰だと命じておるが、誰かが本證寺に味方して兵を挙げることはあるかもしれぬ。

久遠殿もそこを懸念しておるのだ。兵糧の横流し程度ならばいいが、兵まで挙げれば黙っておるわけにはいかぬ。

「美濃とは落ち着いたからな。大きな障りはあるまい」

「されど、流民がまた増えておりまするが……」

「賦役で使えばよかろう。無論、乱暴狼藉は厳罰にする。だが、流民が求めておるのは食い物だ。野盗をしておるような者らではないのだ。食わせておけば安易に騒ぎを起こさぬであろう」

其処彼処で、すでに本證寺領や矢作川対岸からの流民が来ておる。それにこちらの村が襲われたという報告もある。

状況は予断を許さぬ。ただ、わしが兵を挙げることはまだ出来ぬ。

父上は現状で三河攻めをする気がないからな。助力ばかり求める三河には、今川への備えとしての意味はあっても、それ以上の価値を見出しておらぬのかもしれぬ。

わしのところにも戦では任せろという三河者からの文が届くが、織田を真似て所領を自ら食えるようにするという者は皆無だ。

出来ぬと言うたほうが正しいのであろうが。織田とて久遠殿が差配しておらねば同じだ。

まあ、今や久遠殿は義弟でもある。わしにも金色酒から砂糖まで随分と送ってくれておるのだ。忍び衆への配慮くらいでいいならばいくらでもするわ。

あとは、とにかく食わせて働かせるしかあるまい。銭ならばいくら使うてもいい。父上と久遠殿は銭で解決出来ることは、銭で解決したいらしいからな。

天文十八年、秋。台風が日本に上陸した記録が残っている。

この時、三河の矢作川、現在の矢作古川が氾濫している。

当時、織田弾正忠家による尾張統一の影響は三河の地にも及んでいて、織田信広が治めていた三河安祥城が織田家の三河拠点となり一帯の国人衆を従えていた。

織田家では久遠家の献策を基に、三河統治における改革も天文十六年の冬頃からしていて、同年には氾濫の恐れがあった矢作川の治水工事をしている。

その甲斐もあってか、この時の台風では織田領での被害は軽微だったものの、当時下流にあった本證寺領で大きな被害が出ていた。

織田家と本證寺の関係は良好ではなく、西三河にある織田領では本證寺の影響力が落ち続けていた。そんな状況での台風による被害は、本證寺暴発を引き起こす原因となった。

皇歴二七〇〇年・新説大日本史

第五章　動き出した西三河

side：久遠一馬

香ばしい匂いがする。

そろそろ寒くなってきたので火鉢を出したところに、ちょうど知り合いの商人に松茸を貰ったので焼いているところだ。

元の世界では高級品の代名詞のような松茸だが、この時代では割とよく採れるキノコになる。

外国人には靴下の臭いなどと言われて不評だなんて話もあるが、日本人のオレは嫌いじゃない。

炭火でチリチリと焼ける松茸の匂いはいいね。まずは塩を適量振ってそのままいただこうか。

「美味しそう」

うん。でもその前に、松茸の匂いに誘われてやって来たケティにあげよう。火鉢の前でじっと焼けるのを見つめて待っているんだ。

「美味しい。でもカボスが欲しい」

確かにカボスがあれば完ぺきだったね。

「ああ、試しに植えてみたいね。佐治殿のところなら育つだろうし」

「うん」

ケティと一緒に縁側で焼きたての松茸を食べる。独特の歯ごたえも香りもいいなぁ。

適度な塩が、松茸そのものの味を引き立てて美味い。

続けて匂いを嗅ぎつけてきたらしいロボとブランカが、尻尾を振って物欲しそうに眺めてくるので彼らにもあげよう。

「それにしても三河は困ったね」

「逆に好機とも言える」

新しい松茸を焼きながらケティに三河の愚痴をこぼすが、ケティはこの一件をポジティブに捉えているのか。

実は今川から密使が来た。対一向衆の共同戦線を提案した義元の密書を持ってきたんだ。

雪斎がその件で動いたのはシルバーンからの報告で知っていたが、義元の決断は早かった。一向衆と組んで織田と敵対する選択肢もあっただろうに。義元は雪斎の策に決めた。

やはり、あのふたりの間の信頼は凄い。

まあ、織田との関係を改善する数少ない機会であることは確かだからね。ここで関係を改善しないと、織田が遠江を奪還するまで和睦すら難しいだろう。

「この状況を利用するとはね。さすがは今川家の宰相と言ったところか」

本證寺はなにかと動きがある。三河の一向宗で有名な上宮寺と勝鬘寺と連絡を取り合っているし、本證寺の領民が織田側の田んぼでこっそりと刈り田をしたり、干してある稲を盗んだりと問題が出始めている。

兵に警戒させて一部は捕らえたみたいだけど、盗まれたところは報復をすべしと怒ったんだ。中には盗人を村人が殺しちゃったところもある。

それは矢作川流域の水害があったあちこちで起きている。織田領では領民が賦役に参加しているので余所を襲ったりしていないが、今川方の国人衆たちも稲を盗んだり盗まれて報復したりと急速に事態が悪化している。

西三河は、主に矢作川から東は今川と織田の支配が曖昧な地域であることが仇となった。矢作川東岸は正確には今川方であるが、親織田と親今川がいて、統制が取れなくなりつつある。

松平宗家は大人しくなっちゃったし、小身の国人衆はやりたい放題とまでは言わないが、織田に手を出さなければ問題ないと思って勝手をしている。

あと、この情勢に困惑しているのは、織田や今川ばかりじゃない。願証寺も同じで慌てている。織田と一向宗の関係が危うくなれば困るのは願証寺だからね。信秀さんのところとかウチにも願証寺から使者が来ていて、なんとか穏便に済ませようと動き出した。

このまま織田と本證寺の対立が深まる前に仲介して収めたいみたい。願証寺では本證寺に支援することを考えているみたいだけど、本證寺が願証寺をよく思っていないらしく、上手くいっていないんだよね。

願証寺が織田に媚びているのが気に入らないとか、織田に臣従する気かと反発しているんだ。もともと願証寺と本證寺はそんなに親しいわけではないらしく、織田家と誼を深めることで金回りがよくなった願証寺が気に入らないんだろう。

願証寺からすれば、北伊勢は北畠や六角の勢力が入り乱れている土地だし、尾張は織田が統一した。美濃も親織田であり、とてもじゃないが意地を張って生きられる場所じゃない。ましてや目と鼻の先を、月に数回はウチの船が通るんだ。友好を深めていくしか選択肢がない。

「美味いか？」

「ワン！」

おお、ロボとブランカは松茸も美味しそうに食べるね。最近では美濃なんかの品物が尾張に入ってくるから、松茸とかも美濃産が結構ある。

経済と流通が活発になっているから、あちこちの品物が尾張に集まる。おかげで美味しい松茸が遠慮なく食べられる。

「かじゅまー、けてぃ！」

「松茸か。美味そうだな」

ロボとブランカに松茸を食べさせていたら、今度は信秀さんと土田御前とお市ちゃんが、匂いに誘われてウチにやって来た。

正確には、お出掛けのついでにウチにも立ち寄ったらしい。

とりあえず焼きたての松茸を信秀さんたちにお出しして、オレは次の松茸を焼く。

「守護様はいかがでございましたか？」

「特になにも望まれなんだ。遠江のことがあるので喜んではおられまいが、今川と一向衆が組むのが困るのは理解しておられる」

信秀さんが来たので、今日のおやつを作っていたエルも呼んで三河の話になった。

今川との共同戦線に信秀さんは乗り気だった。信秀さんの言うように、重要なのは今川と本證寺を組ませないことだ。

ただ、今川と斯波家は宿敵と言ってもいいほどの因縁がある。守護である義統さんには事前に知らせて了承してもらう必要があるんだ。

義統さんが反対しなかったことで、対一向衆では今川と敵対するのは避けられそうかな。とはいえ三河の扱い次第では、解決後にそのまま今川との戦に突入することも十分にあり得る。

それに石山本願寺次第では願証寺すらどう出るか分からない。現状での宗教との全面戦争は避けたいんだけどなぁ。

史実とは違うが、現状で全面戦争になれば、解決までには畿内と争うこともあり得るので十年はかかるかもしれない。前途多難だ。

「一揆は起きると思うか？」

しばし松茸を食べながらのんびりとしていたが、信秀さんの問い掛けに悩む。オレたちも確証は持てない。シルバーンからの報告では、本證寺内部でさえ揺れているらしいんだ。

「どうでしょうか。本證寺は領民の統制が取れておりません。さらに小競り合いはあちこちであります。なにが起きてもおかしくありませんが……」

普通に考えると一揆まで起きるほどではない。台風も水害もよくあることなんだ。本證寺領の領民にとっても珍しいことではないだろう。

ただ違うのは、やはり近隣の織田との格差が急激に開いたことだ。危ういバランスの上でなんとか平穏を保っていた。今回の水害は、そのバランスを崩しかねない一撃だ。

一揆の問題は、先の展開が読めないことだろう。暴動だからね。扇動者がいて、その扇動者をなんとかすれば落ち着く可能性もあるが、現状を踏まえると食料が得られるまでは簡単に落ち着かない可能性がある。

「はい、ろぼ。あーん」

「ワン！」

少し重苦しい雰囲気の中、話を理解出来ないお市ちゃんはロボとブランカに松茸を食べさせながらもふもふしている。

飢える辛さはお市ちゃんばかりか、オレも理解出来ていないのかもしれない。甘過ぎる想定は、この時代に生きる人々から憎悪を買うことになりかねない。

「つぎはぶらんかだよ」

「ワン！　ワン！」

でも食べ物を分けて一緒に食べるお市ちゃんとロボとブランカの姿に、ホッとするのが本音だ。

そもそも、この一件は本證寺の統治が問題なんだよね。オレたちが悩むのは筋違いだ。

いっそのこと、これを機会に三河の一向衆を壊滅させるべきか？　領民はともかく坊主と僧兵は問題を起こしたら遠慮してやる必要はない。

ただ、願証寺や石山本願寺の動きも考えないといけない。宗教を相手に戦う難しさを痛感するよ。

side：織田信広

我が安祥城の一の間、評定の間は静まり返っておる。無理もない。わしですら驚いておるのだからな。

「直にお話しさせていただくのは初めてでございますね。久遠ウルザと申します」

「同じく久遠ヒルザ」

黒い肌をした若い女だ。織田の家紋の入った父上の書状を持っておったことで、身分が明らかとなった。

この者らに出来る限りの便宜を図れというものだ。父上の名代とするともあるな。

ふたりは配下の忍び衆と共に、本證寺領と隣接する村で野盗の如く村を襲ってきた者どもを事前に察知して捕らえたのだ。

残らず生かしたまま捕らえたということで、ここ安祥城まで連れてきたというのだから騒ぎとなった。

わし以外は顔を知る者がおらなんだが、正月に久遠殿の屋敷に行った際にちらりと顔を見た覚えがある。

まさか久遠殿の奥方が、かように剣呑なところに来ておったとは。

「よう参られたな。とはいえ、さすがに少し驚いたわ」

「お騒がせして申し訳ございません。情勢が少し難しいので直に差配しておりました」

噂で聞いたことがある。久遠殿の抱える忍び衆の中でも選りすぐりの者を従えた者がおると。なんでも忍び狩りを行った今川の兵をことごとく始末し、物頭の武士の首を差配した国人の寝所に据え置いたとか、はたまた『賠償頂戴致す』の紙一枚を残して国人自慢の鎧兜武具一領を気取られぬうちに失せさせたとか。今川方は恐れを込めて『影の衆』と呼んでおるらしい。

真偽の怪しい噂だとばかり思うておったが、満更、嘘ではないらしいな。

「やはり、それほどか？」

「はい。一揆が起きて織田領に来てもおかしくはない状況でございます」

ウルザ殿の言葉に、控えておる者たちが息を呑んだのが分かる。

清洲にはこちらの情勢を日課の如く文で送っておるが、西三河ではすでに戦が始まっておるような状況だ。

本證寺は織田に向ける敵対の意思はないと使者を寄越しておるが、すでにこちらの所領が襲われたのは一件や二件ではない。

相手が寺なので、襲われた国人衆も勇んで攻めるとは言わぬが、憤懣《ふんまん》遣《や》る方ない者や、このまま一揆が起きて攻めてくるのではと恐れる者はおる。

それに一向宗を信仰しておる者は家中にもおる。一揆に加担する者が家中から出るのではと疑いにとらわれる者もおって、疑心暗鬼になりかけておるのだ。

「それは困ったな」

「お言葉でございますが、たとえ一揆が起きても、この城を落とせるほどの軍勢には至らないでしょう。末寺は本證寺の動きに同調しないところも多くあります。それに、狙いは矢作川の東岸だと思われます」

たかが女如きと侮る者が数人おるようだが、ウルザ殿はそんな者など眼中にないとばかりに堂々とした態度だ。

このふたりは揺れる家中の様子を理解しておるらしいな。周囲の戸惑いにも落ち着いたまま微笑んだわ。

しかも、つい困ったと口を滑らせてしまったことに、あっさりとこの城は落ちないと言い切るとは。肝も据わっておる。

「それも困ったことだ。東岸には内々ではあるが織田に臣従をすると言うておる者が少なからずおる。見殺しには出来まい？」

わざわざ城に姿を見せたわけがあろう。そう思い、こちらから問う。

「それに関しては、すでに策が動いておりますれば……」

「あの件が上手くいっておるのか？」

「はい」

本證寺に策が漏洩することを懸念して三河の国人衆には知らせておらぬが、今川と対一向衆で共闘致す話があるのは父上から知らされておる。

三河におれば、あの今川と共闘などあり得るのかと半信半疑な思いであったが、ウルザ殿たちが来たことが、それと関わることは確かだな。

「殿、策というのは……」

「まだ言えぬ。下手に漏れれば策が無駄になるからな。父上と久遠殿が進めておる策だ」

策という言葉に国人衆たちは驚き戸惑う者もおるが、父上と久遠殿の名を使うと静まり返った。

今川の太原雪斎から打診された策だと聞いたが、まだ一族や重臣にも内密な策のはずだ。

それにしても父上と久遠殿の名は凄まじいな。いかになるのだと案じる三河者の表情が一変したわ。

「ただ、その前に領内を荒らす不届き者を捕らえるべきかと。こちらで得た情勢の知見をお役立てください」

「そうだな。済まぬが詳しい話を頼む」

やはりそうだな。父上と久遠様殿が助けとしてこのふたりを寄越したのだ。これ以上領内を荒らされると、こちらの民が決起するか国人衆が離反する恐れもある。

にしても、さすがは久遠殿の奥方だ。噂以上だな。無論、久遠殿と奥方衆を知っておれば甘く見るつもりはなかったが。

名を馳せておる奥方でなくても、これほどだとは。弟となった男の嫁御でなくば、配下に欲しいくらいだ。

side：久遠一馬

このまま何事もなく武芸大会を開催したいのだが、三河は日々情勢が悪化している。

正直、困っているので助けてほしいと言ってくれれば、飢えない程度に援助はするんだけどね。

先日には野分の見舞金を願証寺宛に織田家と連名で少し贈ったが、その御礼言上にと清洲城の信秀さんを表敬訪問した帰りに、那古野のウチに挨拶を兼ねて訪ねてきた願証寺のお坊さんも困惑していた。

本證寺の中でも個人では現状を危ういと考えている人はそれなりにいて、一部ではなんとか事態を収めようと願証寺と密かに通じて動いているお坊さんもいるそうだが、本證寺上層部は織田への警戒と自分たちの既得権を維持することで頭がいっぱいらしい。

最後に、加賀のようにはしたくないと複雑な様子でポツリと語ったお坊さんの憔悴した姿には、願証寺を見直したくらいだ。

もともと石山本願寺は一揆には否定的であり、石山本願寺を戦に駆り立てて一揆と武装化に傾けたのは畿内での幕府内の対立だ。

加賀の一向一揆でも石山本願寺はやり過ぎだと介入したらしいが、それがさらなる泥沼になったという有様でもある。

今回も願証寺からは石山本願寺に仲裁を求める使者を送ったらしい。

そんなこの日、ウチの屋敷で火縄銃を撃っていた信長さんに、先日願証寺からもたらされた極秘情報を知らせたが、信長さんは少し考え込む様子を見せている。

「本證寺の狙いは今川か」

「恐らくは。さすがに織田を敵に回したくはないようで」

実は、本證寺の情報が本證寺内の穏健派から願証寺に伝わって、ほとんどそのまま織田に流れてくるんだよね。

今のところ本證寺上層部の坊主は松平狙いで動こうとしているが、他の一向宗の上宮寺と勝鬘寺の内部では、そんな本證寺の動きに対して賛成と反対で割れているらしい。

「だが、こちらとの小競り合いは増えておるのであろう？」

「そうですね。本證寺領では領民も坊主も殺気立っているので、忍び衆も危うい場所からは撤退させました。余所者というだけで襲われますから。願証寺が内情を流してきますし、行商人や薬師にも本證寺領には行かないように命じてもらっています」

信長さんも懸念しているが、本證寺領は殺伐としていて上の思惑と関係なく荒れ始めている。狙われるのは近隣で食えるところ。つまり織田領とこちらの行商人なんかだ。

危険を知らせていたものの、縁があるからと商いに行った尾張の行商人とか通りかかった旅人が何人か殺されている。忍び衆も旅の薬師として救助活動をしていたが、殺されそうになったこともあって、急遽現地入りしたウルザとヒルザが撤退させた。

年貢の現金化とかで商人が動く時期なんだけどね。命には代えられない。

本證寺上層部の坊主たちはなにがなんでも税を払えと命じているため、本證寺領の領民が旅人や織田領から奪っているんだ。

オレからすると十分織田への敵対行為に見えるが、この時代だと、この程度の小競り合いは同じ家中でもあることだ。本證寺は織田が動かないと高を括っている。

無論、織田として戦を仕掛ける大義名分にはなるものの、本格介入はまだ避けたいのが本音だ。

「そういえば、今川が出すのはやはり西三河の人質を軸にした者らだったな。そなたとエルの読み通りか」

今川からは、西三河の者を中心とした兵を出すと密かに知らせてきた。信長さんはそのことでオレとエルを褒めてくれた。

「すでに今川から離反しつつある西三河の人質を旗印に据えて、後詰めとしていくらか送ることで、実のところ今川に損はない。所詮は維持出来ぬ西三河の処分と引き換えに織田との和睦の足掛かりが出来るのならば悪うないか。油断ならぬ相手だ」

もともと、この話が最初に今川から打診された時にエルが賛成した理由が、この件で今川が西三河の損切りをする可能性が高いと推測したことだ。

兵を出すならば、織田への鞍替えを考えている西三河の国人衆の人質を中心とした者だろうと予測していたんだよね。人質がいなければ堂々と今川と手を切れる。まあ、西三河だけでは兵力が足りないので、駿河や遠江からも兵を連れてくると思うけど。

今川にとって織田と和睦をする障害のひとつが、矢作川流域にいる国人衆の扱いだ。

今川とすれば西三河の放棄にはそれなりの大義名分がいる。一向一揆で荒れて国人衆が裏切ったとなれば、放棄は仕方ないと言えるんだろう。裏切られたことで多少の面目は失われるが、今の今川にとっては些細なことだろう。

雪斎は東三河で踏ん張って、甲斐を攻めて活路を開きたいらしいが。

エルなら虫型偵察機などの情報がなくても、この程度のことならば簡単に予測出来ることだ。織田と北条が誼を深めた以上、攻め込めるのは北の武田以外、選択肢がないからね。

まあエルに言わせると、今川が生き残る可能性が一番高い方針がこれらしいから、雪斎はやはり凄いんだろうね。

side：リンメイ

武芸大会が目前に迫ったこの日、私は津島神社に来ている。

「もう少し間を開けたほうがいいネ」

ここでは書画の展示をする予定で準備が進んでいるネ。そもそもこの時代では、貴重な書画を多く展示して不特定多数の人に公開するなんてこと自体がまずない。

「楽しみでございますなぁ」

津島神社の者たちも、どうなるのかと楽しみにしてくれているよ。

昨年、清洲で展示公開した時の経験を生かして、書画と見物する人の間には縄を張り近付けないようにする。

近くで見たいと近寄る人や、安易に触ろうとする人がいて問題になったからネ。

「清洲と熱田と同じ祭りをする。なんとも面白きことでございます」
「争うのではなく共に励む。楽しみでございますなぁ」

同じ尾張でも、津島と熱田と清洲はそれぞれ治める者も違う。私たちが来て以降は争いもなく協力しているけど、共に祭りを開催するなんて今まではなかったからネ。

争い足を引っ張るのではなく共存共栄する。流行り風邪の対策や花火や祭りの協力など、いろいろと積み重ねがあったからこそ出来たこと。

商いや経済としては、最早、ひとつの町で利益を独占出来るレベルじゃないこともあるけどネ。

「尾張はまだまだ後れを取っているネ。伊勢や近江、そして畿内には……」
「気を抜けぬ日々が続くのは確実でございますからな」

ウチの商いが尾張を変えようとしている。それを尾張のみんなも理解し始めた。奪われるわけにはいかない。尾張内で争っている場合でないと変わりつつある。

必要とあらば協力するのがこの時代では当然だけど、それでも頼もしい限りネ。

side：久遠一馬

那古野は多くの人で賑わっている。明日からは、いよいよ第二回武芸大会なんだ。

メイン会場の清洲はもとより、那古野や津島や熱田にも多くの人が集まっている。美濃や伊勢からの訪問者は天気が悪いと川止めなんかで移動出来ないこともあるので、数日前から来ている。

三河は相変わらずで、最悪の場合は一揆が織田に向きかねない。それもあって、ウルザとヒルザが安祥城にて信広さんの手伝いをしている。

現状だと史実の三河一向一揆よりはマシな状況だろう。規模がまったく違う。

実のところ、本證寺上層部以外はそこまで一揆をやる気がない。願証寺が本気で止めていることも大きい。特に本證寺の末端の寺にまで直接説得に行っているみたいだからね。

織田に臣従している国人衆の中には、苦しい本證寺に寄進している人がいるけど、織田を裏切ってまで一揆に参加する人は恐らくほとんどいないだろう。

あまり知られていないが、史実の徳川家康は、今川から独立する際に西三河の国人衆たちの人質を見殺しにしている。そのことも一揆に加担した家臣が多かったことと無関係ではないはずだ。

それに織田の統治で飢えないと分かっているのに、寝返ってまで飢えを強制する本證寺に従いたい者なんているとは思えない。

さすがにオレたちも心の中までは覗けないし、信仰心と現実の生活が切っても切れないのが、この時代の人たちの生き方だけど。この状況で一揆が必要だと思っている人はほとんどいないと思いたい。

それに織田方の国人衆は特に困っているわけではない。本人が一揆に参加したくても、一族や家臣、領民が反対するだろう。

賦役という食事や銭を得られる働き口を織田家が提供していることが大きい。どんなにモラルを教えたところで、食べるものがなければ犯罪に走るしかないんだ。

また、ウチが信広さんに送ってテストを頼んだ試作兵器や、お酒とか甘味の効果もかなりあったみたいだし。

三河の国人衆からすると、見知らぬ武器や、高くて買えないような酒や甘味が季節の変わり目になると大量に届くことで織田の力を理解したようだ。

「本證寺はどうなるんだろうね」

今日は那古野の屋敷で資清さんやエルたちと武芸大会の打ち合わせをしているが、ちょうど三河からの報告が届いたので話が三河の問題になる。

「本證寺の影響力、三河に及ぼすすべての力、信仰・財力・縁故・地盤などの一切を確実に落とします。この機会は逃しませんよ」

優しく微笑むエルだが、怒っているらしく言葉が厳しい。それが現状の厳しさを物語っている。

それもあって三河では、本證寺領から来る流民と、織田領に米を盗みに来て捕らえた人たちを臨時の兵として本證寺領との境界に配置した。

罪人は情状酌量の余地があり、本證寺領の領民をこれ以上追い詰めるのは適切でも得策でもないからね。

三河の織田領から兵を集めてもいいが、下手に集めると一揆の引き金になるかもしれない。本證寺の影響力を落とす目的として、本證寺領の人たちに織田領を守らせることにしたんだ。

どん底を体験して非道な仕打ちをされた末の流民や盗みなんだ。温かいご飯と生活の安定と引き換えに織田を守らせる。エルたちの考えた策だけど、恐ろしいほど効果を上げている。

流民はもとより盗みを働いた者も喜んで働いているんだ。まあ、この策はこの時代でもそこまで斬新な策ではないんだけど。

割と非道な武士が多い時代だけど、本證寺も負けず劣らず酷いからね。

「この紙芝居も役に立っているね」

「うふふ。当然よ。自信作だもの」

悪だくみをしているような意味深な笑みを浮かべるメルティに思わず笑ってしまうが、メルティの新作紙芝居が三河織田領を中心に評判なんだ。

内容は織田の災害対応を分かりやすくして紙芝居にしたものだ。みんなで飢えないように頑張っているということと、余所を襲うようなことは駄目だということ。

特に本證寺領から来た流民や盗人たちにも見せて理解してもらっている。本證寺の名前はさすがに書いていない。でも本證寺との違いが気になるような内容になっている。

織田の関与を拒否・拒絶しているのは本證寺だ。それは紙芝居にはしていないが言葉として広めてもらっている。

領民だって馬鹿じゃない。特に最近は同じ一向宗の願証寺が一揆を防ぐために動いているからね。一揆が起きても参加する人がなるべく出ないように、紙芝居できちんと広めているんだ。

「あの殿、本證寺が怒るのでは？　一揆がこちらに向いたら……」

オレとエルとメルティの強い意志を感じたのか、控えているお清ちゃんが少し不安そうな顔で疑問を口にした。

「先に手を出してきたのは本證寺なんだよ。こっちの領地から刈り田をしたり干していた稲を奪ったり。支度が出来ていないから報復はしていないけど」

お清ちゃんは一揆が怖いものと考えるみたいだ。この時代では一般的な感覚なんだろうな。

でも本證寺が織田領からの略奪を強要して、織田家が我慢しているのが現状で一番の問題なんだよね。

信秀さんやオレたちでなだめて抑えているんだ。

本證寺としても織田と敵対したくはないらしいが、領民には奪ってでも税を払えと言っている。どこから奪えとまでは言っていないものの、領民の立場で周囲を見渡せば、近隣で奪えるほど豊かなのは織田だけだ。

今年は松平宗家が大人しくなって随分と減ったが、昨年までは今川方の国人衆や村から攻撃をされたり略奪されたりしても、織田は最低限の反撃以外は動かなかったからね。

織田は刈り田くらいでは動かないと舐められているんだって、資清さんが指摘していた。

すでに願証寺にはそれとなく伝えているが、織田領内からの略奪を黙認したつもりはない。時期を見計らって、きちんと責任を追及する。

願証寺みたいに協力する姿勢なら別だが、守護使不入の権利を盾に独自運営するならば当然責任は取ってもらう。

「武芸大会の期間内は大人しくしていてほしいね」

オレの一番の懸念は、織田の武芸大会を狙って本證寺が蜂起することだ。松平と今川を狙うなら関係はないが、織田が動かないと分かっている期間を狙う可能性もあり得る。

side：松平広忠

また矢作川が氾濫した。珍しきことではない。矢作川は数年に一度は大なり小なり氾濫することがある川だ。

こちらの所領でも田畑が水に浸かったところがあるが、一番酷いのは本證寺領だという。

「本證寺が一揆を起こすかもしれぬと？　しかも狙いはこちらだと‼」

半蔵の知らせに耳を疑った。

大湊の商人からも本證寺の動きがおかしきとは聞いておる。それに広きにわたり水害にあった本證寺の民が、織田や我が松平方の者の所領に刈り田に来ておるのも知っておるが……。

何故、こちらを攻めるというのだ！　松平と本證寺とは争う理由などない。織田とは上手くいっておらぬと聞いておるが。

「申し上げにくくございますが、織田に手を出せば勝てぬばかりか、根切りにされる恐れすらあり得るのが理由かと」

「つまり弱きこちらを狙うと？」

半蔵が済まなそうに頷いた。

おのれ、本證寺め。それが仏に仕える者のやることか⁉

拳を握る手に力が入る。まことのことならば、今すぐにでも攻めて滅ぼしてやりたいくらいだ。

だが、わしにそれが出来ぬのも織り込み済みか。

「ここ数年、織田と本證寺や松平の諸家一党などとの差は開く一方。織田は地道に荒れ果てた田畑の復旧や川の治水をしておりました。今年はそれが結果として出ておる頃でございます。本證寺としては面白うないのが本音でございましょう」

「寺領には手も口も出すなという奴らの言い分を、織田もそのまま受け入れておったはずであろう？」

「はっ、手も口も出さぬ代わりに助けもしないのが織田の考えでございましょう。今では同じ西三河であるにもかかわらず、本證寺領は貧しいまま。驕り高ぶる本證寺がそれを素直に受け入れるはずもなく……」

坊主も所詮は人か。信秀は仏などと言われておるが、奴がまことの仏に見えるほど本證寺は腐っておる。

ありもせぬ口実をでっち上げて弱き松平から奪い、あわよくば寺領を広げるか。今川が出てきたら織田にでも擦り付ける気であろう。

勝鬘寺と上宮寺も動くのか？

今の松平では戦えぬ。家中からも離反者が出るぞ。すぐに今川に知らせて後詰めを頼まねば。織田にも万が一を考えて助けを求めるか？

今川は動くのか？　駄目ならば織田に臣従してでも……。

side：本證寺領の農民

川が氾濫して、近隣にある多くの村の田んぼが駄目になった。ただ幸いだったのは、この村は無事だったことだ。もともと米があんまり作れねえ村だから、暮らしが苦しいのは変わらんがな。

この村でも冬になると死者が出る。食べる物がなく、寒さから身を守ることも出来ずに死んでいくんだ。昔からのことだ。誰もがそんなもんだとずっと思うておった。

僅か三つ先の村が、松平様から織田様のご領地になったのはいつだったか。

最初は同じ苦しい暮らしだと親戚が愚痴をこぼしておったが、いつの間にか愚痴が聞かれぬようになった。向こうは夏と冬には賦役で飯が食えて銭もくれるらしい。

羨ましい。村の者も大半がそう思うているだろう。

「おい！　聞いたか⁉」

そんなことを考えつつ田畑で働いていると、面倒な奴が来た。

「なんだよ。忙しいんだ。話ならあとにしてくれ」

「逃げた奴らが織田の兵として働いているってよ！　しかもだ！　刈り田して捕まった奴まで兵として働くことで許されたって言うんだ‼　おかしいだろ‼」

納得がいかぬ様子でやって来た男に顔をしかめてしまった。仏様が一番の男だ。なによりも仏様が先に立ち、村の決め事にも素知らぬ様子で、坊様たちの言葉ならばなんでも信じる男だ。

　ちょっと前から、仏様を疎かにする織田様のご領地が豊かなのはおかしい、仏様に捧げるべきだと言うて村の者から疎まれている面倒な奴だ。

「知らねえよ。仏様の話はお坊様たちとしてくれ」

　本證寺のお坊様たちには大層気に入られておる男だ。でも、なにかあるたびに仏様だ仏様だと騒ぐのは迷惑でしかねえ。

　織田様も仏様のようなお方だって聞いたがなぁ。それに、そもそも織田様のご領地にだって寺はある。なんでおらたちの村ばっかりが、苦しい思いしなくちゃならねえんだ？

　お坊様たちは立派な寺に住んで、そのお坊様たちだけ朝な夕なに酒を飲み美味いもんを食っていると聞くぞ。

「大変だ！　賊だ！　起きろ!!」

　一段と冷え込む夜更けのこと。突然、村に大声が響いた。

　藁にくるまって寒さを凌いでおったおらは、その声に驚きながらも、すぐに起きて刀を手にして家族を起こし、怯える家族を守ると思い定めて辺りを窺う。

　ここんところ、多いんだ。近隣の水害にあった村の者がおらの村に盗みに来ることが。

「お坊様！　なんでだ!!　税なら払っただろ!!」

「ええい。煩いわ！　恨むなら織田を恨め！　織田が兵を置いて米が手に入らなくなったのが悪いのだ！」

家の戸の隙間からこっそり見ると、この村によく来る本證寺のお坊様と隣村の奴らだった。

隣村の奴らは税が払えぬからと、織田様の領地で刈り田をしておったと聞いたが。今度はおらの村に来たのか。

「おっとう……」

おらの村じゃ、若い娘たちを売った銭で村の税は払った。ここにいてもろくなことがねえと、泣く泣く娘たちを売った銭でな。それなのに……。

もういい。お坊様なんか信じねえ。

そう思うた時、あの仏様一番の奴の言葉が頭をよぎる。織田様の領地では盗人も許されて兵として働いておると。

「逃げよう。織田様の領地なら罪人も許されると言うていた。ここはもう駄目だ」

お坊様と隣村の奴らは盗みに夢中でこっちまでは来てねえ。逃げるなら今しかねえ。

「あいつ……」

おらたちは隣の家の者と一緒に着の身着のままで逃げ出したが、そんな時、ふと見えた。仏様一番の男が、なんと隣村の奴らと一緒におった。

お坊様に村のことを教えて、村を売ったんだ。

殺してやりたいほど憎いが、それどころじゃねえ。奴らはおらたちの村を乗っ取るつもりなんだ。隣村は田畑も家も流されたからな。

悔しい。おらの親父が建ててくれた家も家族でなんとか耕しておった田んぼも、みんな盗られるなんて……。

「逃げたぞー！」

「捕らえろ！」

村の者が逃げ出し始めると、仏様一番の男がそれに気付き声を上げた。最後の最後まで村を売るのか！

悔しいが、向こうのほうが人数は上だ。僧兵もいる。

ひとりふたりと追い付かれ捕らえられるのを見ながら、おらの家族はなんとか織田様の領地の村に逃げ込もうとしたが……。そこで仏様一番の男に追い付かれた。

槍を持った隣村の奴らが一緒で、おらたちを売り飛ばして村を乗っ取ると自慢気に語っている。

「おのれは、村を売ったな！」

「仏様の言葉に従わねえのが悪いんだ‼」

一緒に逃げている隣の家の者が奴に怒鳴ったが、最後まで仏様か。付き合いきれん。

「おい！　あれは‼」

「まさか！」

捕まってなるものかと子らを逃がしながら奴らと睨み合うが、そんな時、隣村の奴らがおらたちの後ろを見て慌て始めた。振り向くと、松明を持った兵がこちらに迫ってくる。

織田様の兵だ。それもひとりやふたりじゃねえ。

「よく走ったわね。もう逃げなくていいわ」

聞こえてきたのは、女の声だった。声の主は泣きながら必死に逃げておった幼子を抱きしめると、周りの兵がおらたちを守るように駆け付けてくれた。

「おのれら！　ここは本證寺様の！　仏様の領地だぞ」

隣村の奴らはさすがにまずいと怯んでおるが、仏様一番の男が織田様に食ってかかる。

「そんな勝手極まる言い分は聞けないわ。ここは本證寺と織田の係争地よ。織田も来るわ」

それに答えたのは幼子を抱きしめておった女だ。一番身分が高いのはおらにも分かる。

「一度しか言わないわ。退きなさい。さもないと戦よ」

「覚えてろ！」

松明に照らされた女は真っ赤な鎧を身に纏っている。さぞや名のあるお方なのだろう。さすがの奴らも戦という言葉に怯えたのか、すぐに逃げ出していった。

「ウルザ様、ヒルザ様、いかが致しましょう」

「領境の警戒を厳重にする必要があるわね。三郎五郎様に知らせて」

「手傷を負った者を治療するわ。血を止めないと……」

助かった。ただ、それだけだった。追い付かれて捕らえられた村の者たちを案じつつも、おらたちにはなにも出来ない。

ふと織田様の旗印と、見たこともない船が描かれた旗印が見えた。

尾張では第二回武芸大会の準備が進んでいた頃、三河では本證寺を中心に不穏な動きがあったことが関連する資料に散見している。

当時としては当然のことであるが、税を集めようとする本證寺と矢作川の氾濫で困窮する領民の様子が、『織田統一記』などの関連する資料に克明に記されている。

これは久遠一馬の進言により残されたものであり、後世で本證寺や一向宗が都合のいいように事実を改ざんすることを警戒したためだと語ったという逸話が、『資清日記』にある。

当時は武士が政や戦に関する詳細を後世に残そうとしていなかった時代であり、現代では名前以外の詳細が不明な者も少なくない。

一馬は本證寺との争いに関する細かな状況を残すことで、織田家の正当性を揺るがないようにと考えていたことが分かっている。

皇歴二七〇〇年・新説大日本史

第六章　武芸大会

side：北畠具教

同じ年に二度も尾張に来ることになろうとはな。もっとも、此度は北畠家嫡男として尾張に来ておる。

尾張に来た理由は、尾張守護である斯波武衛殿と織田弾正忠殿の連名で、武芸大会観覧に招かれたからだ。

花火のあとも久遠殿と今巴殿とは文のやり取りをしており、織田で武芸大会を行うというので行きたいと返書をしたら招いてくれた。

これには父上も驚いておられたが、わしも驚いたのが本音だ。

斯波家は落ちたとはいえ三管領の家柄で、織田は今や尾張と伊勢の内海を制しておる。北畠家嫡男として行っても構わぬはずだと父上の許しを得た。

織田に出来るのならば北畠にも出来るのではなどと、愚かなことを言う重臣に現の厳しさを見せてやる絶好の機会だ。

それもあって相応の者らを引き連れてきておる。

久遠船で熱田に入ると、織田方の出迎えが待っておった。家老の平手殿と久遠家の今巴殿か。

「ご尊顔を拝し、恐悦至極に存じまする」

平手殿とは初対面だ。今巴殿とは花火の折に酒を酌み交わしたが、形としては今日が初めて会うたように挨拶を受ける。

「そう畏まらずともよい。楽に致せ」

招かれておる身で権威を示す気などない。第一、かような扱いが続けば武芸大会を楽しめぬではないか。

ふと今巴殿と目が合うと、少し面白げに笑みを浮かべておった。わしの心情を察したらしい。さすがというところか。

それにしても奇縁よな。わしは尾張になど興味がなかった。

師と仰いでおる塚原殿が尾張にて新たな師を得たと教えてくれねば、今も同じであったと思う。

ましてその相手が、自身の武芸とは違う技を持つ南蛮の女だと聞いた時には、にわかには信じられなんだが、左様な嘘をつくお方ではない。

羨ましきことだと思うた。旅先での予期せぬ出会いを嬉々として語る師が。

北畠家の嫡男として、軽々しく旅になど出られぬだけに余計にな。

そんな折、城に出入りしておる商人が、尾張に噂の花火とやらを見に行くと聞くと我慢がならなかった。

幸いにして、尾張には大湊から船が出ておる。出入りの商人に頼み、もっとも頼みと致す近習と共に商人に扮して尾張に来たのが夏のことだった。

戻ったあと、父上には叱責されたが、織田のことは気になっておられたらしく見聞きしたものを問われた。

安易に敵に回していい相手ではない。わしは父上に左様に申し上げた。

兵は鍛えられており、町は大いに栄えておるのだ。領地が隣接して攻め寄せてくるならばともかく、現状で敵対などしても北畠家にはなんの得もない。

今のままでは北畠は織田に勝てまい。優れた武芸者とはいえ、南蛮の女を剣術指南役にすることなど出来るのか？　北畠家に。

もっとも、久遠はすでに織田の一族入りをしたと聞く故、そこまでおかしきことではないがな。

されど、裏を返せば氏素性の怪しき者を猶子として一族に迎え入れることが出来るのかということだ。

side：久遠一馬

今日はいよいよ武芸大会だ。

オレはエルと那古野の屋敷から馬車で清洲に向かっているが、那古野から清洲への街道は多くの人が歩いていて馬車もスピードを出せない状況だった。

時代的に交通ルールとかないしね。馬車を初めて見る人も多いらしく、物珍しさから見物されているほどだ。

護衛のみんなは周囲にいるが、何人かはもう馬から下りて、道を空けるために人の流れを整理している。もちろん、ウチには乱暴に人をどかすような家臣はいない。ただ、子供などが不用意に近付いてきたら、最悪の場合は力尽くでも止めることになるけど。さすがに馬車にひかれると怪我だけじゃ済まないからね。

まあ駕籠や輿とか馬だけならまだ避けてくれるんだけど、馬車は珍しいから仕方ないんだろう。移動に馬車を選択したのは失敗だったな。

第二回武芸大会に関しては、昨年から変更されているところがある。

一番の変更点は、今年から職人が作る工芸品の品評会を加えたことだろう。

刀剣・槍・弓・火縄銃・鎧兜・織物・木工品・陶磁器・漆器・料理という様々な品評会が予定されている。

目標を与えることで職人の地位や技術の向上に加えて、やる気を出させる目的がある。

昨年もやった芸術部門と、この技術部門は清洲ではなく、津島・熱田にて分けて行われることになっていて、それぞれ津島神社と熱田神社が会場になる。

清洲から津島と熱田への人の流れを生むことで、相応にお金が使われることを期待してのことだ。

織田弾正忠家と久遠家はこの数年で大きくなったが、以前から従っていた津島や熱田の商人の力も大きくなっていて無視出来る状況ではない。

それに現在も広がっている織田主導の経済圏を維持して発展させるには、彼らの協力が必要不可欠なんだ。一緒に頑張ってほしい。

「結局、本證寺は来なかったな」

今年も招待客には道三さんや願証寺に大湊の会合衆などがいるし、新顔として北畠具教さんも正式に招待している。当然、本證寺も招待した。

「来ませんよ。こちらも本證寺が望むような一方的な配慮などしていませんので」

エルが冷たい口調で言うように本證寺は来ていない。来てくれたら関係改善の最後のチャンスだったのにさ。話し合おうという姿勢もないところは、オレたちでもどうしようもない。

肝心の本證寺は混乱している。

今まで文句ひとつ言わずに本證寺領からの流民を受け入れて、刈り田などがあっても本證寺相手には報復したことがほぼなかっただけに、いきなり前線に本證寺の元領民を兵として配置したことに相当驚いたらしい。

織田が本證寺の一揆を疑っているのはさすがに向こうも気付いているし、織田家に従った三河国人衆の中にも、本證寺の信徒である人が一揆を止めようとしていることから、今更ではあるけど。

「ここまで騒がれても、争うことを止めないっていうのがね」

「このままではジリ貧ですからね。織田に呑み込まれず勢力拡大するには、今しかないということでしょう」

本證寺が騒ぐ理由はいくつかある。改革により飢えなくなりつつある織田と以前と変わらぬままの本證寺領の格差、水害で税が減って贅沢が出来なくなりそうなことなど。いろいろとね。

そんな情勢の中、エルとしては、織田が矢作川の対岸に本格的に進出する前に、本證寺は自分たちの領地を広げたいのではと考えている。

「それってさ。もう考え方が武士と同じだよね」

「そんなものですよ。中にいる者は大差ありません」

史実にはないことだが、そもそも矢作川西岸における本證寺の影響力は確実に落ちている。紙芝居なんかでは津島神社や熱田神社を宣伝しているし、織田と関係が深い他の宗派のお坊さんなんかが説法をしていることなどが理由だ。

すべてエルたちが一向一揆を潰すために実行した策になる。

分かりやすい一向宗の教えは庶民のウケはいいが、本證寺領の貧しさが間近にある矢作川西岸では、彼らより織田や織田と親交があるお坊さんの言葉のほうが信じてもらえるようになってきた。賦役の昼食の時なんかに説法をして、領民の愚痴なんかも聞くようにと頼んだからね。

仮に本證寺が影響力の減衰を気にして暴発したというのならば、オレたちのせいでもあるのかもしれない。

side：すず

清州の町は朝から賑やかでござる。

運動公園に入ると、連れてきたロボとブランカは楽しげに尻尾を振って、人混みにも慣れた様子でリードを引っ張るように歩く。

本当はすぐに警備兵の手伝いに行こうかと思ったけど、楽しげな二匹に少し散歩をしてから行くことにしたのでござる。

「ワン！」

「おお、これはいい匂いなのです！」

ロボとブランカが揃って立ち止まりお座りしたのは、屋台というか露店。美味しそうなお魚さんが焼ける匂いに立ち止まったようでござる。

チェリーと顔を見合わせた瞬間、同じタイミングで焼いてある魚を頼む。ロボとブランカには塩を振っていないものを焼いてもらい、一緒にいるみんなで食べるのでござる。

「ほほう、美味しいのです！」

うん、確かに美味しい。新鮮なのに下拵えがきちんとされているから、素材の味がよく生きているのでござる。

「クーン」

おっと、ロボとブランカのお魚さんは、骨を取ってあげないと。悲しそうな顔で見つめないでほしいのでござる。ちゃんとあげるから。

side：久遠一馬

メイン会場となる野外競技場と運動公園内は、昨年以上に混雑している。

「いろいろと面白そうな見世物とかもあるね」

ただ、それ以上に驚きなのは、露店や屋台、大道芸を見せる人などが増えたことだろう。

もちろん露店や屋台や大道芸は織田家で管理している。届け出と認可は、この時代では寺市などでお馴染みの制度だ。税は管理費として多少取っている。織田家で管理した期間限定の市になるだろう。

あと、今年もこの武芸大会の期間は、関所を領民に限り無料にしている。見物人が大勢集まっているのは、その成果であるとも言えると思う。

馬車は清洲城に置いて運動公園まで歩いてきたが、エルがひとつの屋台に興味を示して立ち止まった。

「あら。これは……」

そこは食べ物の屋台だ。

「こりゃ、驚いた。久遠のお殿様でございますか⁉　ウチの藤吉郎がお世話になっております」

年は三十代半ばだろうか。なんというか普通のお母さんといった容姿の人だが、彼女の言葉にオレは目を丸くしてしまった。

「藤吉郎……、清兵衛殿のところにいる藤吉郎殿の母御ですか？」

「ええ。そうでございます。なかと申します」

うわぁ。史実の大政所だ。この世界ではウチと微妙に関係がある。家臣であり現在は工業村の職人頭を務めている鍛冶屋の清兵衛さんの奥さんは、彼女の従妹で藤吉郎君も職人見習いとしてウチで雇用しているんだ。

「これは煮卵ですか？」

「はい。藤吉郎がこれなら売れるからって教えてくれて……」

なかさんは煮卵を味噌溜まりベースのスープで煮たものを売っている。エルは煮卵が気になって立ち寄ったみたいで興味深げに鍋を覗いている。多分、醤油は値が張るので、味噌溜まりを使ったのだろう。

確かに料理も美味しそうだけど、呼び込みの手伝いをしている小学生くらいの子供がいて、オレはこの子のほうが気になった。

「なか殿の子かな？　名はなんと言うんだい？」

「小竹でございます！」

声を掛けたら元気に答えてくれた名前で確信した。この子が史実の秀長だ。

「学問は……、手習いとかはしているかい？」

「はい！　読み書きは学んでおります！」

「今度、学校においで。同い年くらいの子たちが、みんなで手習いや教えを受けたりしているんだ」

確か小竹君は学校に来ていなかったはず。ここで誘っておこう。なんか放っておいてもウチで働いていそうだけど、教育をしたらもっと活躍してくれるかもしれない。

問題はこの位の年齢でも働き手になるから、家長の父親をどうにかしないと、いつの間にか死んでいても不思議じゃないことだ。

ただ、なかさんならオレが誘ったことで学校に通わせてくれる気がする。

「あら、美味しい」

「工業村の飯屋から、味の秘訣をあの子が教わってきてくれまして」

エルのほうは煮卵を味見しているが、美味しいらしい。さすがは藤吉郎君だ。商売の才能もありそうだ。エルの味見に合格するくらいなら、早めに完売するだろう。

肝心の藤吉郎君は、数日前から北畠具教さんの接待に付いている。なんか気に入られたらしいんだよね。藤吉郎君。

もちろん他にも接待役の人は付いているけど、彼もウチで働いているからね。まだ正式な家臣じゃないけど、清兵衛さんの弟子になるので、ウチからすれば陪臣か家臣の親戚ぐらいになるんだろうか。

清兵衛さんは細かいところが少し大雑把なものの、弟子は子供というか家族のように扱っている。面倒見がいいこともあって、工業村の職人たちの評判もいいんだ。

その後、オレとエルはのんびりと歩きながら屋台を見ていくが、ウチのみんなもあちこちにいる。

「美味しいのでござる！」

「美味なのです！」

「ワン！」

「ワンワン！」

途中で人だかりが出来ていると思ったら、すずとチェリーがロボとブランカを連れて買い食いをしているところに遭遇した。

護衛も相応にいるが、みんなもぐもぐと買い食いをしていて、オレの姿を見ると少し慌てた人もいる。

別にいいのに。すずとチェリーが配ったんだろう。

「すず、チェリー、それはなんですか？」

「エル！　これは甘蕎麦なのです！」

なんだろう。どこか甘い匂いがするものを食べているふたりにエルが声を掛けると、チェリーから聞きなれぬ言葉が返ってきた。

エルは当然のようにそれを頼んでオレたちも食べるが、なんというか具のないクレープだね。これ。前に熱田の屋敷で頂いたものと似ている。

あっちは味噌だったが、こっちは蕎麦粉を薄く焼いた生地に水飴を薄めたタレを塗って、四角く折ったものになる。

確かに美味しい。エルの作るお菓子に慣れているオレには物足りないところもあるが、この味でお手頃な値段の菓子としては悪くない。

というか、蕎麦の風味と甘過ぎない素朴な甘さは庶民の菓子としては凄いと思う。

八屋でいろいろな穀物の粉を使った料理とか菓子を出している影響で、尾張では急速に粉物料理が普及しているんだよね。

小豆とか果物を使えば一段と美味しくなるんだろうが、値段が上がるからなぁ。でもまあ、食文化が広がって多様化しているのはいい傾向だ。

この時代だと、雑穀の粥とかが庶民の食事だからなぁ。

エル自身は料理や菓子の研究も兼ねているんだろう。時代に合った味や好みがあると言っていたしね。食べ歩きとか好きなのかもしれない。

そのまま、すずとチェリーたちと立ち食いをしつつ屋台の情報交換をして、新規開拓と情報確認に赴くふたりと別れたオレとエルは、野外競技場までの道のりを歩いているが、いろいろと変化がある。

時代劇の蕎麦屋のような屋台や、椅子とテーブルが並んだ屋台が何軒かある。

椅子とテーブルはウチで使うのに作ったのが最初で、清洲の料理屋である八屋には椅子とテーブルを置いてある。桟敷もあるが、土間にはこっちが便利だし。

この時代では馴染みはないが、お膳で食べるより楽でいいし、上手くいけば流行るかなと思ったんだけど。熱田祭りや津島天王祭などの時と同じく、今回も結構使われている。

「あれだね。こうしてみると、もっといろいろと売れそうなものもあるね」

ただ、食文化と比較して発展が遅いのは服装や装飾品だろう。

尾張では絹織物や綿織物はウチが売っているので、他国よりは安いし品質がいいものが出回っているが、反物を買うこと自体あまりない庶民が買うにはやはりまだ値が高いからな。

史実の江戸時代なんかでも古着が普通に流通していたって聞くしね。

麻は去年と今年は牧場で植えてみたが、まだ量産するほど作付けを増やしていない。

装飾品の類いは見かけることすらない。櫛《くし》はかろうじてあるが、貴金属なんかは妻たちが身に付けている程度だ。

それも目立つほどのものじゃないし、ウチも売っているわけじゃない。

簪《かんざし》なんかもこの時代はまだ、時代劇で見るような独特の髪形ではないので、使わないのか、普段は見たことがない。神社の祭祀で巫女さんが舞う時に、頭飾りに冠と一緒に着けているのを見たくらいだ。

この時代は基本的にシンプルに長く垂らしているだけで、庶民は邪魔にならないように、細縄で括るくらいでオシャレなんてしないからなぁ。組み紐、飾り紐の一本でも髪を括るのに使えば、村では羨望の的らしい。何気にウチが出す褒美の品で、エルたちが侍女さんたちなどを労うのに、よく配っている。

「暮らしの水準は着実に上がっています。今後は自然といろいろなものが増えていきますよ」

着物は派手なものもあるんだよね。ということは潜在的な需要はあるはず。

でも、エルも言っているが、生活水準が上がらないと装飾品とかは普及しないと思う。というか尾張と周辺との生活水準のギャップが地味に三河の問題とも繋がっているし、今後も大きな軋轢が生まれそうだ。

鏡に至っては完全に贈答品として位置付けて、販売は今もしていない。普及したら便利なんだけどね。

朝廷への贈り物や、信秀さんが家臣に褒美として与えるとか、権威権勢を背景にした付加価値のあるものとして扱っているんだ。

「暮らしの水準が上がるのが早いか、周りと戦になって領地が広がるのが早いか。微妙だね」

今回の本證寺の件で感じたが、裕福な織田は今後も争いとは無縁とはいかないだろう。足りないものは奪ってくればいいというのが戦国クオリティーだ。

今年は新しく収量の多い米や麦を試験的にあちこちで植えてみたが、結果次第では来年からはもっと増やすべきなのかもしれない。

三河なんて領地が広がっても、貧しいから食わせていくのが大変だ。

改革などをもっとしたいが、裏切る可能性があるうちはなかなか本格的な改革は難しい。本当、どうなることやら。

side：シンディ

武芸大会のこの日、熱田神社には多くの人が集まっていますわ。

文化芸術に属するものを領民に見せることは、今まではあまり経験のないこと。熱田では和歌の展示をしていて、守護様以下織田家中の者たちや寺社の者も参加して、それなりの数が揃いました。

ちなみに和歌で一番苦戦していたのは、司令ですわ。基礎的なことは睡眠学習を含めて学んでいるはずですが、価値観の違いもあり、細かい風流を表すのが難しいと悩んでいましたから。

私からすると無理にこの時代に合わせなくても、司令の価値観で和歌を楽しむべきだと思うのですが。

あと工芸品の展示品評会も、熱田と津島に分けて行っていますわ。こちらは今年が初めてということで津島と相談しつつ支度をしました。

見せ方から盗難対策など、津島と熱田で差が出ると面倒になるからと入念に話し合いをしていますわ。この件でまた相互理解が進みました。

工芸品の展示に関しては、成否に問わず成果は上々といったところ。私たち以外でも熱田と津島が協力体制を取れるようになったことは大きな成果と言えるはず。

「へぇ。これが織田の殿様の和歌か」

以前より織田家に従っている熱田では、織田に馴染みがあるのでしょう。大殿の和歌が人気のようですわ。熱田の神職が読んで説明をすると、嬉しそうに聞いています。

境内では、これに合わせて露天市も許しており、露店や屋台があってお祭りの楽しい雰囲気になっていますわね。

織田をひとつにする。武芸大会はきっとその一翼を担ってくれますわ。

side：久遠一馬

いよいよ武芸大会が始まった。

満員の会場は、始まる前からお祭り騒ぎだ。喧嘩とかなきゃいいけど。

始めは去年と同じ領民による種目だ。五十五間競走からだね。

二年目という影響はここにもある。最初から盛り上がっていて、今年は美濃からの領民も多い。

村一番の足が速い者や、力自慢といった者が多数参加しているんだ。

観覧方法も今年は少し変えた。去年は従来の習慣から身分ある武士の皆さんは男女を別に観覧していたが、今年は義統さんや信秀さんたちも男女一緒に観覧することにした。

これは信秀さんの意向で、一族や重臣や来賓も、家族と一緒に見られるようにとの考えがある。

織田家では花見なども男女関係なくみんなで楽しんだし、奥方たちの女子会も定期的に開催している。そういう経験を踏まえてのことだ。

今年は子供たちもみんな呼んで、武芸大会を見せてやろうということになっている。

まあ奥さんや子供を連れてきていない人も多いけど。こんな時代だ。人質に取られるのではと警戒したり、女は家から出るなと考えたりする人も少なくない。

しかも、小さい家では当主と共に奥さんが領地の差配をしているので、同時に家を空けられないという現実もある。奥さんも連れてきて領地に帰ったら奪われていた、なんてシャレにならないからね。

ああ、学校の子供たちの観覧場所も用意した。みんな武芸大会を楽しみにしていたからね。

あとはウチの家臣や忍び衆なども観覧場所を用意出来た。

ウチの家臣などの子供たちは学校に通っている子が多いので、学校の席で見ている子が多い。ウチの用意した席では、お年寄りとか、働いている人が休憩を兼ねて観覧出来るようにしている。

オレに関しては、信秀さんたちのいる貴賓席での観覧となった。本音としては気楽に運営本陣で見ているくらいでよかったんだけどね。信秀さんの猶子となった以上は当然だろう。

去年と違い女性や子供たちがいることや、土岐頼芸がいないので雰囲気は全然違うけど。

運営本陣は織田家家臣の皆さんと、セレスと一益さんと益氏さんに任せた。ケティたちや曲直瀬たちは救護係として救護陣にいる。エルと資清さんはオレと一緒に貴賓席で観覧することになっていて、織田家の剣術指南役であるジュリアも今年は一緒だ。

まあ、別にずっと貴賓席で見ろということではなく、席を用意してくれたという感じだね。


貴賓席の様子は和やかだ。ただ、こちらも去年の教訓をもとに変えていて、椅子とテーブルを用意しての観覧だ。

テーブルの上にはお菓子が並んでいて、麦茶と抹茶と紅茶の中から好きなものを選んで飲める。朝から酔っぱらうと、ろくなことにならないのでお酒はなしだ。

「これはまた変わった趣向でございますな」

今年も観覧に来ている道三さんは、そんなテーブルの様子を見て驚いていてくれたらしい。

ちなみに椅子にはクッションを置いている。木製の堅い椅子に一日中座るのは厳しいからね。

「父上もお変わりなく、安堵致しました」

「わしはまだまだくたばらんわ。そなたが産む孫の顔を見るまでは長生きするぞ」

同席しているのは帰蝶さんだ。道三さんと義龍さんと同じテーブルに座って楽しげな笑みを見せている。

信長さんが親子でゆっくり見物出来るようにと気を使ったみたいで、信長さんは挨拶をしただけで同席はしていない。斎藤親子は楽しげに話に花を咲かせているみたいだ。

ただ残念なことに、信広さんと三河の主だった国人衆は来ていない。

三河の領民は参加者や見物人も多いが、さすがにこの情勢で信広さんと主力の国人衆が三河を空けるのは避けたんだ。信秀さんも武芸大会への参加よりも本證寺対策を優先するようにとの命令を出していて、事実上、武芸大会への招待を取り消している。

ウチではウルザとヒルザも同様で三河にいる。

一方で顔色が良くないのは願証寺のお坊さんたちだ。三河の本證寺領が荒れていることと、本證寺自体が不穏な動きをしているのは、みんな知っていることだし、いつ戦になってもおかしくない状況だからだろう。

今回は高僧を中心に十人ほどで来ているが、三河にも願証寺の僧がそれなりの数で入っていて、今も事態の収束のために動いている。

ただ、尾張の寺社や織田家の関係者からすると、願証寺も本證寺と繋がっているのでは？　という疑念があるので少し肩身が狭いようだ。

信秀さん自身は願証寺が織田と敵対するほどの理由がないことと、もともと本證寺と願証寺の関係がそこまでいいものではないことから、あまり疑っていないようだけど。

もちろん無条件で願証寺を信じるほどの信頼関係もないし、信秀さんはそこまでお人好しでもない。ウチは虫型偵察機などで願証寺が本證寺と無関係なことを知っているけど、それを尾張のみんなには言えないからね。

そのせいだろう。現状で一番必死なのは願証寺かもしれない。自分たちの潔白を証明するためにも、本證寺の混乱の収束に全力を挙げている。

side：滝川一益

運営本陣。武芸大会を差配する場を殿がそう呼んだことで、皆がそう呼ぶ場にわしはおる。

出ておる者も見ておる者も楽しげだ。

勝つと喜び、負けると悔しそうにする者はおるが、今のところ出ておる者で騒ぎを起こす者はおらぬ。民にとっては唯一無二の晴れの場となる者もおる。生涯一度くらいは功を上げたいと願う者は多いのだ。

それもあってか、思うたより礼儀などはしっかりしておる。

村の坊主や領主が、無礼を致さぬようにと礼儀作法を教えていたこともあろう。

「これほど多くの見物人が来るとは……」

織田家家臣や警備兵が多く出入りする本陣にてセレス様と共に武芸大会の差配をしておるが、見物人の多さに驚く者が多い。

美濃や三河どころか伊勢から来た見物人もおるとか。

花火は他では見られぬ故、多くの見物人が集まると皆も理解しておるが、武芸大会は昨年とあまり変わらぬと思うておった者もそれなりにおるらしい。

「共に競い、共に楽しむ。結構なことです」

「左様でございますな」

セレス様の言葉に、皆が頷いた。夏の花火に春の花見。多くの者が集まる祭りが尾張では増えたからな。

無論、騒ぎを起こす者もおるが、警備兵と居合わせた者が捕らえたという報告などが多い。今のところは本陣が騒がしくなるほどのことはないのだ。

皆が、それぞれに役目を確と果たす。その形が出来ておる。

かようなことが出来るものなのだなと、周囲にいる皆は驚きつつ感心しておるわ。

side：久遠一馬

競技も進むと昼食になる。お茶とかお菓子を出しているから軽く食べられるようにと、今日のお昼はパンだ。

ウチでは尾張に来た頃から食べているから、信長さんや信秀さんたちは馴染みがあるものだ。八屋でも時々作って売っているけど、どっちかと言えば菓子のような扱いになる。

ただ、今日はサンドイッチと総菜パンだ。

たまごサンド・カツサンド・焼きそばパン・ツナマヨパンなどの総菜パンが並んでいる。好きなものを選んで好きなだけ食べてほしい。

見たこともない料理に驚く皆さんだが、一番驚き戸惑っているのはやっぱり初参加の北畠具教さんだろう。

「これは、いかなる料理だ？」

慣れてくると、久遠家だからと新しいものでも受け止めてくれるけど、具教さんは織田家の正式な行事に参加するのは初めてだからな。驚いて当然か。

「パンという、遥か大陸の西の果てにある国の料理だよ。小麦を使ったもので、向こうでは主食だね。日ノ本では主食は米だけど、海の向こうには稲作に向いていない土地も多いんだよ。ただ、具材はウチの料理になるけどね」

具教さんの様子を見たジュリアが楽しげに説明をすると、自ら焼きそばパンに豪快にかぶりついた。

コッペパンの間に焼きそばを挟んだ、元の世界だとごく普通の焼きそばパンになる。

「左中将様。南蛮の握り飯のようなものでございます」

ここでファインプレーだったのは藤吉郎君だ。彼も接待役として同席しているんだが、分かりやすい言葉で具教さんを納得させた。

　藤吉郎君は食べたことあるのかな？　エルたちがパンを焼くときはたくさん焼いてあちこちに配っているし、工業村の中の飯屋はウチで管理しているから出していてもおかしくないけどさ。

　偉い人が大勢いる場で、とっさにそういう説明が出来るのは凄い。機転が利くというべきか？
さすがは史実の偉人というべきかもしれないね。

「なるほど。ではわしも……、おお、なんと美味きものだ！」

　食べたのはカツサンドか。リアクションが大きいな。正式な官位を持つ北畠家の代表なんだけど、いいのか？

　肉は猪肉だけどね。カラッと揚げたカツに特製のソースをたっぷりと付けたものを、焼いた食パンで挟んだものだ。

がぶっとかぶりつくと、じわっとソースが染みてきて、ほどよい歯ごたえの肉がまたいいんだ。

少し下味を付けた肉は臭みもなくソースとパンによく合う。

飲み物は個人的にはさっぱりしたストレートティーかな。

見ていると食べたくなった。オレたちも食べようか。

天気のいい日に、頑張って競技をする人たちを見ながら食事をするのはいいね。そんな中、お市ちゃんがオレたちのところにやって来るのが見えた。

「かじゅま！　えるー、わたしも！」

　今日は土田御前と一緒にいたのに、こっちに来ちゃったみたい。多分、来客の挨拶や腹の探り合いを黙って聞いているのが退屈になったんだろう。

「姫様にはこれなど、いかがでございますか？」

　オレたちと一緒に食べたいらしいので、オレとエルの間に座ってもらって、柔らかいたまごサンドでも食べさせてあげようか。

　乳母さんが困った様子で付いてきたが、大丈夫だからと任せてもらう。

　エルがこぼしてもいいようにと着物の上に前掛けを着けてあげて、お市ちゃんに合わせて一口サイズにカットしたたまごサンドを皿に移してあげている。

「おいちい！」

　ちょっと口元を汚しながらも満面の笑みを見せるお市ちゃんに、オレやエルばかりか周囲の大人がみんな笑みを浮かべていた。

　エルは慣れた様子で口元を拭いてやると、次は焼きそばパンを食べやすい大きさに切ってあげた。

「あー！　これしってゆよ！　わたしすき！！」

　一口サイズの焼きそばパンを前にお市ちゃんは少し止まると、前にウチで食べた焼きそばを思い出したらしく嬉しそうにはしゃいでいる。

　この間にも領民参加の競技が続いている。今年は玉入れも新たに競技に加えたので、現在は玉入れの真っ最中だ。

　なんというか、シンプルで誰でも出来る競技なので本当に盛り上がっている。見た感じはコスプレ運動会だけど。

団体競技を増やしたんだ。みんなで協力する競技は、村の中ばかりか近隣の村との交流にもいいかと思ってね。

side：チェリー

すずと一緒に見回りをしているのです。領民から是非食べてほしいと料理を貰ったりしつつ、困っていることがないかと聞いて手助けしているのです。無論、お代はちゃんと払っているので無問題なのですよ。

尾張での暮らしにも慣れ、私も友達や顔見知りがたくさん出来ました。

たわいもない世間話をしたり、ちょっとした贈り物を貰ったり、あげたり。毎日が本当に楽しいのです。

おっと、こうしている間にも人だかりが……。

「何事なのでござる？」

「喧嘩は駄目なのですよ！」

すずと一緒に先ほど貰った串焼きの残りを食べ終えると、何事か起きている人だかりの中に入るのです。

「いや、喧嘩などではございません」

「そうでございます。こやつが……」

「なんだと⁉　悪いのはそっちだろ！」

ふむ、酒に酔った者同士が喧嘩となり殴り合いの寸前だったのです。私たちを見て少し冷静になったものの、まだわだかまりは解けていないのです。

「牢に入るのと、ごめんなさいするの、どっちがいいのです？」

「互いに謝るのでござる」

すずと顔を見合わせ、このまま騒ぐなら捕らえると示すと、ふたりはそんなつもりはないとすぐに謝罪して仲直りしたのです。

これにて一件落着！

「おっかあ……、おっかあ……」

喧嘩の仲裁を終えると、すずとふたり歌を歌いながら見回りを再開しました。ただ、今度は迷子なのです。

「よしよし、大丈夫なのですよ」

「迷子所はあっちでござる」

手を繋いで安心させると、迷子所まで一緒に送ってあげる。迷子の子は驚いているものの、泣き止んだので良しとするのです。

「それ歌？」

「そうなのです。私たちの故郷の歌なのです！」

迷子の子が興味を示したのは、すずと歌っていた歌なのです。せっかくなので教えながら歩いていると一緒に歌ってくれた。

こういうのも楽しいものなのです。やっぱり、お祭りはいい！

side：久遠一馬

武芸大会、一日目は領民参加の種目で終わった。

個人種目である短距離走や長距離走に、新たに障害物競走もやったし、団体競技では去年好評だった綱引き以外にも、玉入れとリレーなどが新しく行われた。見る人も楽しめるものだった。

ほんと武芸大会というより運動会の光景だったね。今年は一部の領主が積極的に領民を参加させたこともあって、さらに盛り上がったな。

この領民参加の種目もアピールのひとつと考えた人がいるらしい。オレは以前の様子をほとんど知らないので実感はないが、織田家も変わったらしいからね。

今までは税を集めて土豪や村々の有力者を従えればよかったが、現在は領民との関係も求められていることに気付いている人がそれなりにいる。

そんな一日目の夜だが、今夜は熱田のシンディと津島のリンメイが那古野に来ていて、熱田と津島で行っている芸術と技術部門の展示会の様子を確認している。

「上手くいっているのか。それはよかった。新しい試みだから気になってさ」

「ええ。評判は上々ですわ」

「自分たちで選べるというのは今までにはないことだからネ。自分の意見が反映されることに大きな興味を集めたということだと思うネ」

芸術と技術部門の展示会は当然ながら専門家の審査を予定しているが、一方で領民の人気投票も試験的にやっている。

技術的な評価や、美術学術の専門的な評価と違う結果になるのかもしれないが、領民ひとりひとりが投票するという行動をこの時代から試させるにはいいかなと思ったんだ。

無論、選挙なんて導入する気はまったくない。あれは歴史の積み重ねと、高度な民度と正確な情報を知らせる仕組みが必要になる。

衆愚政治なんて、この時代にやると破滅的なことになるのは分かりきっている。ただし自分たちで好きなものを投票して応援するくらいならば構わないだろう。

この人気投票は、今後商いを行う際の参考になる。製作者側にも利益があることだからね。

「お酒に酔って乱闘した人が出たんだよ！　刀を抜くなんて最低!!」

上手くいったこともあるが、問題もあったらしい。パメラがプンプンと怒っている。

どうやら刃傷沙汰が何件か出たらしい。

去年もあったし、元の世界でもお祭りで羽目を外し過ぎる人はいた。ただし、この時代ではそれで刀を抜いて死人が出るんだから困る。

「うーん。刀剣に限らず、私闘や狼藉による死傷には明確な法が必要かな？」

「そうですね。難しいところですが、警備兵も整ってきたので検討してもいいかもしれませんね」

　エルたちとは以前から考えていたことだが、ちょっとした喧嘩なんかで刃傷沙汰になるのは止めさせていかないと駄目だ。

　史実でも江戸時代初期は、牢人も多く刃傷沙汰が頻発して酷かったらしいしね。昔は犬公方として評判が良くなかった徳川綱吉が再評価されたのは、戦国時代からの殺伐とした流れを変えようとしたからだという説もある。

　エルも検討する頃合いだと言うし、織田分国法に明確な規定を設けるべきか？　武芸大会が終わったら検討が必要だね。ただ、この時代は自分の身は自分で守るのが常識であり、農家の男の子にも一人前の証に短刀を渡す時代だからなぁ。

　織田家中の皆さんとよく話し合う必要がある。まずは、祭り会場や歓楽街など一部の地域で過剰な武装を禁止するなど、やれることからやっていかないと無理だろうな。

　とはいえ、この問題の難しいところは、オレたちの価値観を力で強制するようなことはあまりするべきじゃないということか。分国法で禁じるのは必要だが、同時にそういうことが駄目だとみんなが思えるような社会、国をつくる必要があるだろう。

　実際、去年と比較すると刃傷沙汰や喧嘩の件数は減った。そういう意味では、現状の成果と流れを慎重に見極めないといけない。

「明日からは武士の試合だな。みんな怪我のないように頑張ってほしいね」

　出場者の皆さんは真剣だ。立身出世や一番になることを夢見て。誰でも一度は夢に見ることだろう。ただ、この時代だとそういう機会さえないことが当たり前だ。

個人的には熱くなり過ぎないで頑張ってほしい。来年も続けられるように。それだけだ。

side：松平広忠

今川家から差し向けられておる山田新次郎殿に、内々に本證寺の件について問うた。

「一向衆の一揆を今川家は認めませぬ」

今までと同じか。今までも織田を認めぬとは言うのだ。されど、それで終わりだ。もう聞き飽きたわ。

「御屋形様は助けを出してはくれまい？」

口先だけで言うならば、そこらの童でも同じこと。ただ、山田殿はわしの言葉に苛立ちを見せつつ睨んだ。

「すでに兵の支度をしておる。すぐに西三河の国人衆にも命が下るはずだ」

此度は動くのか？　されど家中には、その言葉すら疑う者もおる。

「織田はここしばらく動いておらぬ故、様子を見ておっただけのこと。織田であろうと本證寺であろうと、攻め寄せてくる者から逃げるなどあり得ぬわ！」

山田殿も疑われておることは承知か。苛立ちを隠さず怒鳴るように言い放った。

「それと、これはまだ内々の話だが……、本證寺が大義なき一揆を起こすならば、織田と共に本證寺を討つことになっておる」

「なんだと！　御屋形様は織田と組むというのか⁉」

「松平殿の心中も察するが、御屋形様には御屋形様のお考えがある。此度に限れば本證寺に大義はない。必ず動く」

なんということだ。あれだけ争うておきながら、今川と織田は手を組むというのか？

加賀の件を考えたか？　仔細は分からぬが、山田殿の言うことも間違うてはおらぬ。

だが、これでは矢作川より東は今川領のままではないか。下手をすれば今川を三河から追い出すために一揆に加勢する者が現れかねぬぞ。

織田はそれでもいいというのか？　矢作川より東はいかになっても本證寺さえ押さえられればいいというのか？

いかん。このままではいかん。なにもせぬままに西三河が荒れるばかりではないか。

なんとかせねばならぬ。なんとか……。

されど、最早、わしの手には負えぬ。なんとも情けないことだ。従えるべき者らすら確と従えられず、今川と織田の顔色を見て生き残ることを考えるしか出来ぬとは。

それでも……、松平の家は残さねばならぬ。

それだけは、必ずや成さねばならぬのだ。

side：願証寺の僧

「上人は決めかねておるようだ。近頃の織田の動きが面白うないのは確かであろうがな」

「……左様か」

尾張の熱田は武芸大会で賑わっておる。

そんな熱田にて一揆を止めたい本證寺の僧と話しておるが、状況は悪うなる一方だ。

本證寺の玄海上人は織田を甘く見ておるのか？　あれだけ織田領を荒らしておいて、織田がいつまでも好きにさせるなどあり得ぬことぞ。

「織田が戦の支度をしておるというのはまことか？」

「ああ、周知の事実だ。久遠も武芸大会で見せるとの名目で、本領から南蛮船を呼び寄せた。ここ熱田以外にも津島と蟹江と佐治水軍のところに分けておるが、明らかに多すぎる。いかに考えても戦の支度であろう」

「なんということだ……」

関東行きの例もある。久遠には他の狙いがあってもおかしゅうないが、織田一族を中心に戦の支度をしておることは確かだ。

「それとな、織田様は寺社に寛容だが、道理に外れて敵となる者には厳しいぞ。いかに一揆が織田に向かわずとも捨て置くまい」

本證寺はあまりにもやり過ぎだ。今の織田なら一万から二万の兵を動員出来るであろう。美濃の斎藤ですら兵を出すかもしれぬ。

わしを含めて願証寺からは、此度の武芸大会の観覧のために多くの高僧が尾張に来ておるが、久遠殿と話した者によると、本證寺による刈り田働きについて不快の意を示したと言うておった。久遠殿の考えは織田様の考えでもあろう。この上、織田が狙うておると噂の西三河でおかしな動きをしては、なにもせぬはずがない。

「戦になれば願証寺は織田に味方する。それは証恵上人がすでにお決めになられた。僧兵まで出すかは分からぬが、矢銭と一揆衆の降伏を促す鎮撫《ちんぶ》の使者は、織田様の許しがあれば出すつもりだ。すでに支度をしておる」

織田家中には、本證寺と願証寺が裏で繋がっておるのではと疑う者もおろう。幾度も言うようだが、織田は寺社に概ね寛容なのだ。久遠殿は願証寺領に野分による塩害があるのではと案じてくれたほど。

困り事や不作がありそうならば、話してほしいとまで言うてくれたそうだ。

そこまでしていただいたのだ。願証寺として態度を曖昧には出来ぬ。たとえ同じ宗門の者が相手でもな。

寺領が苦しいのは分かるが、本證寺はあまりにもやり過ぎたのだ。

「では……」

「願証寺に来るのならば受け入れよう。ただし一揆が起きる前にしろ」

本證寺でも少なくない数の僧が一揆には慎重だ。だが、すでに寺の中の争いや、同じ本證寺領内のいさかいなどが頻発しておって収拾がつかぬらしい。

幾ばくかの僧はもう付き合うておられぬと、願証寺に来ることも考えておる。しかし受け入れるには、一揆の前でなくばならぬ。

幸いなのは、織田領にある末寺の多くに、一揆に加担する様子がなさそうなことであろう。勝てぬのが分かっておるともいえるがな。

左様な有様であっても、最早、誰にも止められまい。


第二回武芸大会は、前年に引き続き領民が参加する種目から行われている。

領民が領主である武士の前で競うこと自体、当時は前例がないことであったが、一度くらいは名を上げたい者や自身の力を見せたい者などが多く集まり盛り上がっている。

また、この年は芸術・技術も展示して競うことを本格的に始めており、津島と熱田ではそれらの展示などが行われている。

武芸大会が織田領の者たちをひとつにした。そう語る歴史家もいる。

領地や権威、町の垣根を越えて参加する武芸大会は、第二回の時点で確実に根付いていた様子が様々な資料から読み解ける。

皇歴二七〇〇年・新説大日本史

第七章　本證寺内乱

side：本證寺領の僧

「幾人かの僧が願証寺に逃げようとしておるらしい」

「なんだと⁉　裏切るのか！」

「恐らくは……」

おのれぇ。臆したか！　逃がさんぞ。もとより許さんぞ。

今討って出ねば、本證寺は織田に呑み込まれるのだ。この一年ほどで多くの罰当たりどもが織田に逃亡した。願証寺も一揆に異を唱える者らも、何故それが分からぬのだ？

織田はいずれ我ら一向宗を潰す気なのだ。長年の慣例を無視して銭にものを言わせておる織田が、己らに従わぬ者をいつまでも認めるはずがない！

今しかないのだ。松平が織田に呑まれる前の今しかな。

もし一揆が上手くいかずとも、今ならば織田と今川を巻き込んでしまえばうやむやになる。勝つほうに貸しを作ればいいのだ。

「もう待てぬ。織田が武芸大会とやらをやっておる今が好機！　挙兵するぞ‼」

「だが、上宮寺も勝鬘寺も未だ態度を決めかねておるのだぞ？」

「巻き込んでしまえばよいのだ。どうせ向こうも困窮しておる。この期に及んで我らと敵対まではするまい！」

織田が小癪にも妙な動きをしておるようだが、ひとたび動いた一揆は、最早、誰にも止められぬ。加賀では本山に否認されても上手くいったのだ。朝倉でさえも未だに加賀に押されて防戦一方だ。この間まで尾張すらまとめられなんだ織田など、ものの数ではないわ。

「すぐに決起させろ！　一揆だ!!」

「おー!!」

織田が我らの動きを知ったということは、今川も知っておると考えるべきだ。あとは、いかに迅速に動けるかが勝敗を左右するであろう。織田と今川の兵が来る前に西三河を我ら本證寺のものにしてやるわ!!

side：本證寺領の農民

「よいか！　敵は御仏とそれに仕える我らを愚弄する西三河の松平諸家と国人衆だ!!　仏敵を許すな！」

夜明け前にお坊様が突然来たと思うたら、村の皆を集めて一揆だと言い出した。

噂はあった。本證寺のお坊様が苦しいので一揆をするという話だった。だけど、なんで松平様なんだ？

仏様には逆らえんけど、なんか違う気がするんだよな。

「おらは嫌だ！　隣の織田様のところは戦なんてしなくても飯が食えるだ！　ここも織田様に治めてもらえばええ！」

「下郎！　仏に逆らうか!!」

素直に従うか迷うておったら、ひとりの男が堂々とお坊様に逆らった。

織田様の領地にだってお寺様がある。それに願証寺という一向のお寺様では織田様と上手くやっておると、この前説法に来たお坊様が言うていたんだ。

争うのではなく共に助け合うが、仏様の喜ぶことで、いさかいは恥じ入るべきだって教えを受けていたんだ。あいつは、そのお坊様の話をそれは熱心に聞いていたからなぁ。

「ええい、この罰当たりを斬れ！」

「こっちこそ、贅沢ばっかりしている生臭坊主を叩き出してやるだ!!」

ああ、若いもんは本證寺のお坊様に逆らう気だ。地獄に落とされるぞ。

「お坊様はいくらでもおる！　この村に己らはいらねえ！」

多勢に無勢だ。僧兵を連れておるとはいえ、囲んでしまえばなにも出来やしなかった。

やってしまった。すぐに他の僧兵が来るぞ。若いもんは、いかにする気だ？

どのみち飢えと寒さで死ぬなら、好きなことして死ぬほうがいいのかもしれんが……。

side：山田景隆

面白うない。雪斎め。御屋形様の信が厚いからと好き勝手しおって。

織田と組むだと？　一向衆が厄介なのは承知しておるが、織田に矢作川の向こうを与える気か⁉

蜂起した一向衆は、今川家にも害でしかない。根切りにしてでも、必ず叩き潰さねばならぬのは分かるが……。

あの朝倉でさえ、退けることは出来ても、それ以上はいかんともならぬのが一向衆だ。三河で一揆を起こされては、西三河どころか三河が奴らの国になってしまうこともあり得よう。

だが一向衆を使嗾《しそう》すれば、織田を三河から追い出せることが何故分からぬのだ！

管領である細川晴元は、一向衆と叡山を上手く使うておったではないか。今がその好機だというのに……。

今からでも遅くはない。本證寺を織田に嗾《けしか》けるべきか迷うておったが、そこに家臣が慌てて駆け込んできた。

「殿！　一大事でございます！　本證寺が！　本證寺が‼」

「蜂起したか！」

「はっ、そのようでございます！　ただ、少し様子がおかしく……。なにやら内々で争うておる様子も……」

「すぐに仔細を探れ！　それと駿府に早馬で知らせを出せ！」

間に合わなかったか。西三河はこれでいつどこが蜂起してもおかしゅうない状況となったな。

だが、奴らがこちらではなく織田に攻め込めば……。

織田方とて一枚岩とは言い難い。そこを少し突くか？　それと手遅れかもしれぬが、本證寺に織田を攻めるように使嗾してみるか。駄目でもともとだ。

あとは詳しい情勢を集め、こちらも兵を集めねば。三河者は誰が裏切るか分からぬ。

三河をなんとしても今川家のものとせねば。

side：久遠一馬

武芸大会二日目、武士がメインの武芸が始まる。

日程的な問題があって、試合は複数同時に行われることになった。参加希望者が今年から一気に増えたんだ。

特に剣と槍と弓の競技は、美濃の織田に臣従していない国人衆も武芸大会に招待したこともあって、数倍に増えており、すべて見ていたらきりがないほどだ。

「あれだね。泊り込みの規制も必要かな？」

驚いたのは、大会数日前から一般観覧席に泊り込んでいる領民が結構いたことだろう。

酷い人だと、鍋を持ってきて煮炊きしたりして生活している人もいたんだ。さすがに周りに建物がないので火事の心配はないが。

警備兵に急遽見回りをさせて、即席の竈《かまど》や寝床のために観覧席に穴を掘った人は、厳重注意のうえで埋め戻させた。放置していると観覧席は完成時の姿が見る影もなくなりそうだったんでね。それが規制発言に繋がる。

「難しいところですね」

少し気になったのでエルに相談するが、大きな騒ぎも起こさずに待っているだけならば規制をするべきなのか判断が難しいよね。

下手に規制しても会場入り口で徹夜なんてことになりかねない。

二日目も順調に進み、お昼を食べた午後のことだった。少し顔色が悪い望月さんが、すぐに報告したいことがあるとやって来た。

「本證寺、内乱でございます」

周りには招待客もいる。努めて冷静に振る舞い、オレにだけ聞こえるように耳打ちした望月さんの言葉に思わず天を仰ぎたくなる。

午前の競技の途中からエルたちが何度か席を外して、シルバーンとの連絡を密にしていたことから予感はあった。

望月さんには、そのまま信秀さんに報告を頼んだが、どうやら本證寺領内で大規模な争いが起きたとのことで、織田領に続々と領民が逃げてきているらしい。

逃げてきた人の話では、本證寺強硬派の僧が一揆を促したところ、一部の領民が勇気を奮って反発。それに追随する領民も多く、引きずられるように穏健派の僧が矢面に立ち、そのまま強硬派と穏健派の間で泥沼の対立が起きているそうだ。

「状況次第では、大会は中止かなぁ」

これからが面白いところなのにさ。

「品評会をメインに変更する手はずは整えてあります」

信秀さんから信長さんや斯波義統さんなど、主だった皆さんに本證寺内乱の知らせが届くと、一気に場の空気が重くなる。

エルの提案で事前にこんな事態も想定していて、実は武芸大会が中断となった場合、芸術と技術部門の品評会をメインにする準備をしていた。

どうするかは信秀さん次第だけど。

「正確な報告が届かないと動けないよね」

問題は内乱の規模だ。それに合わせて派兵の規模が変わる。とはいえ先遣隊を送る必要はあるだろう。こちらに攻めてこないという保証はどこにもない。

現状では伝書鳩などの連絡網があるので、ウチの情報は織田家中でもっとも速い。内乱も今日の知らせがそのまま届いている。

今川とは、本證寺の一揆には協力する方向で話がまとまっているが、あちらは三河の国人衆を動かす以外は駿河と遠江から来るんだろう。情報の伝達スピードも違うし、到着までに何日かかることやら。

「ウルザとヒルザがいます。安祥城は大丈夫でしょう」

エルと細々とした相談をして、望月さんに指示を出す。

本證寺が三河の一向宗の寺を一揆でまとめられなかったこと、吉と出るのか凶と出るのか。織田は最悪の場合を想定しても、安祥城さえ確保していればなんとかなるだろうけど……。

問題は矢作川の向こうだよなぁ。地獄の釜の蓋が開かなきゃいいけど。

side：織田信秀

本證寺が内乱か。いや、それすら欺瞞《ぎまん》ということも考慮に入れるべきか。こちらを欺き、己らの思うままに動かさんとしても驚きはない。

武芸大会の最中ということもある。こちらが動かぬと思う隙を狙うたか？

それとも、領内と本證寺領との違いが坊主にすら焦りを与え狂わせたか？

武芸大会はいかになるのだと戸惑う者もおるが、続けるように命じる。本證寺如きで武芸大会を止めてなるものか。

ただ、これで今川も兵を挙げような。今川とて信じ過ぎるのは危ういが、今の斯波と織田はかつてとは違う。あの雪斎坊主がここで安易な手を打つことはあるまい。

「わしの招きにも応じず、戦支度をしておるかと思えば内乱か。坊主はなにをしても許されるというのか？」

つらつらと思案しておると、いかんとも言えぬ様子の守護様が不快げに口を開かれた。誰に問うたわけでもあるまいが、この場には招きに応じた願証寺の僧もおる。

争いを止めたくば、さっさとしろと急かしておるとも思えるな。相も変わらず、かような場での動きは見事なお方だ。

大和守家が健在であった頃には気付かなんだわ。御身の置かれた立場を理解し、じっと耐えておられたということか。

わしや一馬ならば害することはないと見抜いておられる。

皆と共に生きるという、一馬らのやり方があってこそであろうが。なかなか面白きことになりつつあるな。

side：ジュリア

本證寺で内乱とはね。一揆の知らせでないだけマシかね。司令も大殿も若様も、誰もが喜んではいないだろう。

シルバーンからの報告では、思ったより情勢が混迷している。

生きるって難しいね。戦争も難しい。相手を根絶やしにするわけにはいかないし、身分ある者は頃合いを見て和睦なりして命は奪われない場合が多い。

それもまた連綿と続く生きるための知恵だろう。国や家や寺社を残すための。

ただ、犠牲になるのは常に弱い者たちだ。嫌になるね。

武芸大会の試合は、そんな三河の情勢に関係なく進んでいる。

鹿島新當流の免状を頂いてから、アタシは織田家家臣たちに武芸を教えることが増えた。強くなりたい。武功を挙げたいと思うのは武士ならばみんな同じだ。

女に教わることに抵抗があった者たちも、塚原先生が認めたならばとアタシに頭を下げることを選んだ者がそれなりにいる。

そんな、武闘派と言っていい者たちは、親しくなると馬が合う。

司令とアタシたちのやることを理解出来ず、知りたいという者も多くいて教えることもある。

歴史上の人物ではない。同じ時代を生きる者として、弟子として見ると、みんな力を出し切ってほしいと願う。

武芸の指導も悩むことが増えた。基礎的な技術を教えることと、高度な技術を教えることではわけが違う。さらに人の数だけ個性があり、それに合わせた指導がいる。

「もっとやれるんだけどねぇ」

またひとり力を出し切れないで敗れた者がいる。未熟という言葉で切って捨てるのは簡単だけど、力を出し切れるようにしてやりたい。

人としての経験はアタシのほうがない。そういう意味では生きた年月だけ人のほうが難しいと思える。

先生ならば、なんと言うかね？

武芸大会が終わったら、今回の経験を糧にまた鍛錬の日々だろう者たちを思い、アタシもまた鍛練を積み、人としての経験を得ないといけないと思う。武芸の道を生きる者として。

side：久遠一馬

剣術の優勝者は今年も石舟斎さんだった。ジュリアたちは出ていないしね。順当だろう。

あと強い人だと慶次も出ていない。誘われたり、勧められたりしたらしいが、あまり興味がないみたいなんだよね。

ウチでは一益さんと益氏さんたちは忙しい最中だけど、去年に引き続き出場している。

ただ、武芸大会は続いているものの、一部では先遣隊を派兵する準備が始まった。

物資や兵糧なんかは用意してあるというか、すでに先遣隊の分は水野家の刈谷城なんかに保管していて、先遣隊は身ひとつで出発するだけだ。

具教さんと北畠家の皆さんはお手並み拝見と言いたげな様子だが、突如、発言を求めたのは願証寺の高僧だった。

「弾正忠様。何卒、我らに同行のお許しを！」

矢銭の提供と僧兵の派遣に加えて、先遣隊に僧が同行して説得に当たりたいと進言した。

貴賓席にいる人の中には驚いている人もいる。相手は本證寺で一向衆なんだ。同じ願証寺が、僧兵まで出して織田に味方するとは思わなかった人もいるのだろう。

「僧兵は無用だ。遥か天竺では仏門に帰依する者は殺生をせぬと聞く。それに同門と刃を交えるとしこりを残す。争いを止めるための使者ならば構わぬが、一揆を謀った者どもは安易に無罪放免にはせぬぞ」

　僧兵に関しては初めから受け入れる予定はない。確かに同じ一向宗の僧兵が織田側にいれば敵を分断出来るかもしれないし、兵力はあって困るものではない。

　とはいえ、織田は長期的には寺社の力を削ぎたいんだ。この時代は寺社と国人や土豪の区別が曖昧なので、そう簡単でもないんだけどね。

　国人でもあり寺社の関係者でもあるなんて、よくある話だ。尾張でも、熱田神社の大宮司の千秋家が国人と同じように戦にも出る。

　ただ、やっぱり一向衆は特別だ。規模も勢力も。矢銭と説得の僧の派遣はいいが、僧兵は遠慮願いたい。

　微妙な雰囲気の中、この件の処理のために清洲城に行っていた資清さんが、戻ってくるなり険しい表情で頭を下げた。

「殿、少しよろしゅうございましょうか？」

　北畠家の皆さんや願証寺の高僧に聞かせる内容ではないみたいなので、オレとエルは場を外して報告を受ける。

「幾人かの僧が一揆を止めるべく、本證寺に抗弁の後、出奔《しゅっぽん》し、一揆を拒絶した民に味方したことは、こちらでも確かめてございます。さらに安祥城には、左様な者らから助けを求める使者が参ったようでございます。ただ、現状では誰がいずれの側なのか、また本證寺以外の寺がいかに動くのか未だはっきりしておらず……」

一向衆の分裂と内乱か。可能性として事前に予測はしていた。とはいえ、いざそんな事態になってみると予想以上に事態は混沌としてきたと考えるべきか。

「無理はしなくていい。冷静に出来る範囲で動くように徹底して」

「畏まりましてございます」

問題は資清さんも言う通り、敵味方の判別が難しいことだ。冷静に出来る範囲で家臣のみんなには頑張ってほしい。これは願証寺に敵味方の判別を頼むほうがいいかもしれないな。

個別のお坊さんの人となりとか立場とか、こちらは完全に把握出来ていない。

「恐らく本證寺内の争いや、長年のいさかいなどで敵味方に分かれたのでしょう。終息には時がかかることになるかも」

エルも渋い表情をしている。まとめて一向一揆を起こされるよりはいいが、このままでは内乱とゲリラ戦で泥沼になり巻き込まれかねない。

最早、誰がどんな考えでどっちに付くかという単純な問題ではない。

その場の流れや立場、偶然必然などいろいろな要素が絡み、敵味方に分かれる理由なんて様々だ。

本證寺の内部争いは仕方ないにしても、西三河が織田と今川のどっち付かずなところが、悪いほうに影響したんだろう。

side：織田信広

とうとう本證寺が蜂起したか。

「兵を寺領との境に増やす。ただし、こちらからは断じて手を出すなよ。本證寺領へ踏み込むのも禁ずる。抜け駆けは功の有無にかかわらず厳罰に処す」

内乱に近いのは意外であったが、久遠殿からはあらゆることを考慮すべしと文にあったな。それだけ本證寺の威信が落ちたということか。

こちらの領内の国人や土豪や寺社にも文を送った。今後、本證寺の一揆に加勢した者は、織田とは手切れとなると。

今までは飢えぬようにと手を貸しておったところも少なくないが、ここで本證寺に味方するならば遠慮はせぬ。

平時ならば領内で使えと与えた米などを多少横流ししても見逃しておったが、本證寺が蜂起した現状では、僅かな加勢でも事後の和睦はないと思え、と厳しい文だ。

あまり追い詰めぬほうがいいかと少し迷うが、本證寺が割れたこの機に敵対する者をあぶり出すことに決めた。

「ウルザ殿、いかがであったか？」

自らの所領に兵を集めに戻った家臣や国人たちと入れ違うように、朝から忙しそうにしておるウルザ殿がやって来た。

「申し訳ございません。敵味方の識別は今しばらくの御猶予を。ただ、どさくさに紛れて刈り田や盗みを働く者が増えております。兵の増員が急ぎ必要でございます」

武芸大会が尾張で開かれておるというのに、ウルザ殿とヒルザ殿はここ安祥城に残り、本證寺の件で動いておる。

わしの家臣でもないので扱いは難しいが、三河者は、いつ誰が本證寺に寝返るか分からぬので助かっておる。さすがは久遠殿の奥方というところか。

「構わぬ。それより清洲との繋ぎが恐ろしく速いな」

「久遠家の秘伝です。鳩に文を持たせて繋ぎを取っておりますので」

「ほう。鳩にの。よう言うことを聞くな」

「特別な調練をしておりますれば……」

恐るべきは久遠か。妖術だと言われればそのまま信じてしまいそうだが、鳩に文を持たせておるとは。鳩を運んできておるのは報告により知っておったが、繋ぎのために使うておったのか。

「後詰めの求めには応じぬか」

ウルザ殿は新しき父上からの文を持ってきたが、暗号とやらで書かれておって内容はすぐには分からぬ。父上の印が押してあるうえ、解読すると読み解けるので本物には相違ないのだがな。

読み解くと、一揆を止めようとする者らからの後詰めの求めには応じぬようだ。こちらに逃げてくるならば受け入れよとの命だ。

「現状では、それ自体が敵の策である恐れもあり得ます。それに不穏不服の輩のあぶり出しも済んでおりませんので」

「織田は余裕ということか。常ならば味方になりそうな者を取り込むのだがな」

もともと、三河にて勝手をする者をあぶり出すべきだとの策を示したのはウルザ殿だ。

尾張から来ておる家臣の中には、そんな策に戸惑う者もおった。周囲の国人衆を従えたとはいえ、織田は三河ではまだまだ余所者だ。

今の状況で味方を増やすのではなく、旗色をはっきりとせぬ者が敵方に寝返るのを待つとは。

ただ、父上もその策を認めた。愚か者は不要ということなのであろう。

実のところ国人衆の中には、領内の民が食うものにも事欠く故、織田が助力しておるのにもかかわらず、本證寺への寄進だけは欠かさぬ者がおるのだ。わしも腹に据えかねておったが。

「本證寺と織田の双方にいい顔をして、お味方致すの言葉だけで地位と功を得ようとする者など、織田には不要です」

久遠殿にも感じたが、ウルザ殿も武士に厳しいな。情勢を見て自らを高く売り込むのは当然のことなのだ。とはいえ、それを買うまでもないのが今の織田か。

三河者などは、今川が有利になれば今川に味方し、織田が有利になれば織田に味方する。扱いやすいので滅ぼすまでもないが、今以上の地位や利を与える必要はなかろう。

「されば、ヒルザ殿はいかがされた？　尾張に戻られたのか？」

「いえ、手傷を負った流民の手当てに出ております」

なんと、いつ一揆勢がこちらに攻めてきてもおかしゅうない状況で城から出たのか⁉

「所在はいずこだ？」

「本證寺領との境です」

「危ういな。手傷を負った者らと共に後方に下がってはいかがだ？」

「お心遣い感謝致します。さっそく手配します」

忍び衆と今川領に潜入しておったほどだ。守りは抜かりなかろうが、一揆勢がいつこちらに来るか分からぬ状況ではあまりにも危うい、剣呑に過ぎるであろう。

さすがに流民などを城に入れるわけにはいかぬが、後方に下がらせるくらいは構うまい。

流民はともかく、ヒルザ殿をかようなところで死なせるわけにはいかんからな。

side：久遠一馬

武芸大会二日目は、なんとか継続出来た。

剣に続き槍・弓・鉄砲・無手と種目が行われたが、一部の武士が先遣隊への従軍準備のために競技を辞退したのが残念だったな。

弓の部門に出場予定だった太田さんと、鉄砲の部門に出場予定だった一益さんたちは、三河対応を理由に途中で辞退していて、資清さんたちと一緒に本證寺の対策に走り回っている。

オレは出てもいいと言ったんだけどね。武芸大会は来年もあるからと辞退したんだ。

一向一揆。この時代ではシンプルに一揆と呼ぶが、一向衆の危険性を理解しているだけに、それどころではないと考えてくれたらしい。

今夜は三河対応のために、オレとエル、資清さんは清洲城に泊まることにした。

忍び衆の報告はウチに届くが、それの対応を最終決裁するのはやっぱり信秀さんなんだ。対応する時間のロスをなくすために清洲城に留まる必要がある。

「明日、一陣の出立を行軍のように出来ぬか？」

夕食を前に清洲城に戻った信秀さんと打ち合わせをするが、唐突な言葉にオレや重臣たちは驚いてしまった。一陣、いわゆる先遣隊だ。この時代だと、先遣隊と言わないんだよね。

行軍は綺麗に並んで進むことだ。武芸大会の団体戦の種目として採用していて、それなりに評判もいい。先遣隊の出発を行軍でするのは、確かにいい案だ。

「えーと、なんとかします」

武芸大会の日程は組んでいるが、一日二日大会が延びても特に問題はない。朝は先遣隊の準備を考えると難しいだろうが、昼以降ならば行軍で大々的に出発することも可能だろう。

武芸大会は織田家で運営をしていて、ウチが調整しているから融通が利く。

行軍を経験していない皆さんに指導して、多少でも形を整えないといけないけど。

「与次郎、頼んだぞ。此度は今川とも示し合わせねばならぬ。雪斎は安易に裏切る男ではあるまいが、今川とは因縁浅からぬ仲、なにが起きてもおかしゅうない」

「兄上、万事お任せを」

先遣隊の大将は信秀さんの弟の織田信康さんだ。通称、与次郎さん。犬山城主として尾張上四郡と美濃に睨みを利かせている人だ。ちなみに、織田信清君のお父さんだ。

信光さんの兄であり、織田一族のまとめ役でもある。

史実では美濃攻めで亡くなった人なんだよね。この世界では美濃攻めがなかったことから健在であり、オレたちの進める改革なども理解して信秀さんを支えている。

彼を選んだ理由は、戦の能力と外交などの交渉を含めたトータルでのバランスのよさだろう。

信光さんが関東で海戦に参加したからね。今度は信康さんに活躍の場を与えたのかもしれない。

「久遠殿、三河の情勢は相も変わらずか？」

信康さんに問われて、現時点での情勢を説明する。

「はい。矢作川より東でも蜂起したところが複数あり、どさくさに紛れて近隣との小競り合いを始めたところもあるようでして」

三河は正直、伝えるのが申し訳なくなるほど混沌としている。

西三河に六百はあるといわれる一向宗の寺をすべて見張るなんて、忍び衆だけでは無理だ。

一応虫型偵察機と偵察衛星などでも監視はしていて、その情報を混ぜつつ教える。

現状では本證寺に同調する寺が相応にある。まあ全体で言えば三分の一も同調していないけど。

問題なのは、一向宗と関係のない争いも起きていることだ。係争地なんてどこにでもある。

入会《いりあい》地《ち》と言われる薪を拾う山や森に、草刈り場や河原などは近隣の村と取り合いになることも少なくない。

水の奪い合いから争いなんかもあるし、そこに国人や土豪の自尊心絡みの争いもあるんだから始末に負えない。

それと、この隙に勢力を広げようとする者もいる。本来なら松平宗家や、その主家である今川家が抑えるはずなんだけど、西三河は織田が影響力を拡大した結果、今川家の支配が弱いんだよね。松平宗家も一向衆の混乱を抑える力はないし。

「最早、一向衆だけでは済まぬな。長年の不満が一気に表に出てきたのであろう」

さすがの信秀さんも少し苦笑いだ。名目が出来たからと便乗した蜂起や争いがあちこちにあるんだから。

鉄の結束の三河武士なんて、この世界の未来では言われないのかもしれない。

「兄者、今川など信じてよいのか？」

ただ、ここで今川に対する不信を口にしたのは信光さんだ。他の織田一族や重臣も口にはしないものの同じ心配をしている。誰もが今川が信用出来るのかと半信半疑のようだ。

「安易に裏切る程度ならば駿河まで攻め入ってくれるわ。尾張の賦役が遅れるのを覚悟すれば現状でも戦は叶うのだ」

信秀さんの答えはシンプルだった。

そう、今川との戦は尾張の改革や開発が遅れるんだよね。戦をしつつ攻め取った今川領の管理なんてやり始めたら、どう頑張ったって尾張の開発が止まる。

信光さんたちはその言葉に、清洲や那古野の発展を思い浮かべて考え込んでいる。どっちがいいか、すぐには分からないんだろう。

でも、みんな変わったね。以前ならばすぐに戦を選んだだろうに。

前に資清さんが言っていた。尾張は恐ろしい早さで変わっていると。オレはあんまり実感がないけど、この時代の人からすると見えるものが違うのかもしれない。

「海から攻め込めるだけ織田は有利だからな。戦もそこまで不利にはなるまいが……。悩むな」

しばしの沈黙のあと、信光さんは関東での海戦を思い出したのか、オレを見て今川との戦に言及した。

制海権の意味を理解しているんだろう。ただ、そこには今川も気付いているんだよね。

ところでロボさんや。信秀さんの膝の上で寝ちゃいましたね？

オレたちと一緒に清洲城に来たんだけど、ロボとブランカは信秀さんに懐いているんだ。

さっきまで遊んでいたが、寝ちゃったみたい。ブランカはエルの膝の上で寝ている。

なんか、元の世界のドラマで悪役が猫を撫でながら話すシーンを思い出すなぁ。

side：松平広忠

「半蔵、なんぞ分かったか？」

「はっ、今川と織田が手を組んだことはまことのようでございます。ただし領地の扱いは棚上げとしており、一揆を片付けたあとに話し合うというのが現状かと」

未だに信じられぬ。あれだけ争うた織田と組むとは。

「それと実は……、織田から内々の繋ぎがございました。こちらが殿宛の書状となります」

なっ、織田からの書状だと⁉　……弾正忠信秀からだ。

「殿、織田はなんと？」

「迂闊に動くなとある。その代わりに織田は松平が求めるならば見捨てぬとな」

信じられぬ。織田はなにを考えておるのだ？　今川と組んだのではないのか？

「これの真贋は……、本物か？」

懸念はこれが本物かだ。花押と印は本物に見えるが、本物か否かはわしには分からぬ。

「恐らく本物かと。持参致したのは忍び衆を束ねる久遠の奥方でございました。名はヒルザと。噂の影の衆を率いると思われる者でございますれば……」

まことに織田弾正忠殿の書状か。されど、迂闊に動くなとは？　今川にも従うなということか？

いや、この文はそこまで言うてはおらぬ。所領安堵もない文で裏切るなどあり得ぬことくらい承知のはず。

　一向衆を潰すまでは余計な動きをするなということか。

すでに領内の寺社は動いており、本證寺の蜂起に従う者が暴れておるところもあるのだ。

もっとも寺社だけではない。国人や土豪まで勝手に戦の支度を始め小競り合いをしておる。

わしが、なんぞ言うたところで言うことを聞くまい。

だが、悪いことばかりではない。織田からの助けと秋の税で兵糧は貯めてある。こちらも戦はすでに叶うのだ。

欲深い坊主に岡崎は渡さん。

「半蔵、本證寺の蜂起に加勢する者、勝手に動く者を見極めたい」

「はっ、心得ましてございます」

本證寺に味方する者、またこれに乗じて所領を広げようとする者、家中で割れるところもあろうな。わしは本證寺に手を出しておらぬ。にもかかわらずこの有様だ。

誰が敵で誰が味方か、しかと見極めねば戦も出来ぬ。

おのれ。一向衆め。守護使不入を認めたにもかかわらずこの仕打ちか。

許さぬぞ。目にもの見せてくれるわ。

side：久遠一馬

武芸大会三日目。午前中は昨日に引き続き、個人種目による武芸の試合が行われた。

一方、この日からは、津島と熱田で芸術と技術部門の審査が始まる。こちらは文化芸術に精通している伊勢守家の信安さんをトップとして、ウチの家臣である鍛冶職人の清兵衛さんやメルティも審査に加わっている。

領民の人気投票も行っているが、あくまでもそれとは別で専門家の審査として行うことになっているんだ。

津島や熱田の商人なんかもこの審査には加わっているし、尾張の寺社の僧や神職も加わっているが、織田領以外の者は審査には加わっていない。

畿内なんかには名の知れた文化人とかいるが、わざわざ招くほどでもないしね。

この先のことを考えると、尾張の文化は尾張人で決めればいいと思うんだ。そういう体制を作っていきたい。


午後になると、いよいよ先遣隊の出発となった。

昨日の今日で出来るもんだね。皆さんの仕事の速さに驚かされた。

先遣隊の皆さんによる行軍だ。それぞれの地位や家柄により隊列のどこに位置するかなど、細かい調整が行われた。

ウチからは益氏さんが家臣と忍び衆二十名ほどを連れて、先遣隊に参加することになった。

ウチの旗印は初陣の時と同じ、青い布に金で南蛮船を描いたものだ。そういえば決めていなかった家紋は、織田家の木瓜紋の使用許可を猶子の時に貰っているからそれにした。

場所は清洲城から野外競技場を経由して、そのまま三河を目指すコースだ。

オレは準備のため少し前から清洲城に来ていたので見送ることにしたが、先遣隊の皆さんは沿道にいる見物人の多さに驚きながらも喜んでいる。

「道が広いので見栄えがありますな」

清洲城から出発する兵はおよそ千名で、一緒に見送る政秀さんは新しく整備した清洲の広くて真っすぐな道を歩く先遣隊に感無量な様子だ。

「先代様が生きておられたら……」

思わず涙を堪えるように目頭を押さえた政秀さんの言葉に、その人を思う。織田信定さん。どんな人だったんだろうなぁ。

こんな広くて立派な道を、堂々と行軍で出陣する姿を見せたかったんだろう。

オレも年配の人から、過去の思い出や大変だったことを聞くことがある。

それは歴史に残るような重大な出来事ではなく、むしろ歴史には残らないような人々の日々の営みなんかがほとんどだ。

尾張はまだ食える地域のはずなんだけどね。それでも当然ながら苦労はあったみたい。

現状では発展し始めたばかりだけど、それでも手押し式ポンプの井戸なんかは普及しつつあり、便利になったと喜んでくれていて、昔は大変だったと教えてくれる。

構造が簡単だから、現在では尾張の職人に手押し式ポンプの部品の生産を任せているほどだ。

「今年でよかったですよ。去年とか一昨年だったら織田は大変なことになっていましたから」

「苦労しましたからな。三河は……」

政秀さんを元気づけるように声を掛けると、すぐにいつもの笑顔に戻った。

今川家と一向衆は、敵に回ると大きな脅威だからね。対策は政秀さんとも何度も相談して頭を悩ませたんだ。

行軍で先遣隊が清洲を出発すると、その後に合流する者たちと合わせて二千ほどの兵で三河安祥城へと向かう。

本隊の出発準備も進んでいるが、協力する予定の今川軍が西三河に到着するには、まだ日にちがかかるからね。本格的な部隊の出発は武芸大会が終わってからだ。

現状では先遣隊と合わせて七千から一万ほどの規模で派兵を予定している。美濃衆がやる気になっていて参陣を望んでいるから、具体的にどうなるかはまだ分からないけどね。

武芸大会と並行して、派兵の準備をするのは大変だ。

商人なんかは早くも戦後を見越して矢銭の提供など協力してくれている。そもそも矢銭の催促はしていないんだけどね。

現状では本證寺の一揆というか内乱だが、このまま織田が西三河を攻めるのではと見ている人が多いらしい。

戦後に商売の機会が広がることを見越した矢銭なのだろう。

本證寺を押さえて終わるなんて、ほとんど考えてないのが戦国時代らしいね。

side：織田信広

評定の間は静まり返っておる。本證寺の蜂起勢から使者が来ており、いかな言い分を主張するのかと興味津々なのであろう。

「我らは織田様と敵対するつもりなどございませぬ」

なんぞや名目なりを言うのかと思えば……。

「ほう。秋以降に、こちらの所領で刈り田や盗みを働いた者は、そちらの所領の者ばかりぞ。さらに蜂起してからは、そのような者が増えた。そちらも苦労が多かろうと様子を見ておったこちらの配慮を潰した」

今更、かような使者を送ってくるとは、いかに考えておるのだ？

まさか、この期に及んで織田が本證寺の蜂起を黙認するとでも思うておるのか？

「ですが、松平が守護使不入を破ったのでございます。このままでは我らの沽券に関わりまする」

「破った証は？」

「西三河は岡崎に持《じ》する寺に不当な介入をされました」

「わしは証があるのかと問うたのだぞ？　そのほうの言葉など証にならんわ」

「なんと無礼な……。いくら織田様とはいえ、その言葉は聞き捨てになりませぬぞ！」

本證寺の使者と言葉を交わしておると面白き様だ。

使者ではない。三河者の顔色が面白いのだ。同情をしておる者や案じる者など、誰が本證寺に近いかが分かる。

三河者は嘘をつくのがあまり得意ではないな。

それにしても、この使者は、わしを軽んじておるのか？　今更、左様な言い訳を口にするとは。

軽んじておらぬとすると、優位に動くための時を稼ぎたいだけか。

蜂起する前ならば聞くだけは聞いたかもしれん。いや、蜂起する前には、でっち上げの証言など言えるはずがない。

「ほう。聞き捨てならぬか。ならば戦でもするか？」

「いっ、いえ。そのようなつもりは……」

やはり、時を稼ぎたいだけだな。その手には乗らぬ。

「本證寺からは別の使者が先日来ておる。そちらがでっち上げの名目にて、西三河で一揆を企てておるとな」

「そのような者こそ信じてはなりませぬぞ!!　奴らは仏の道に背いた者でございまする。現状の混乱もすべてはその者たちの謀でございますれば！　本證寺を乗っ取ろうしておるのでございます！」

浅慮《せんりょ》にて滑稽《こっけい》だな。己のことは有無を言わずに信じろと放言し、同じ本證寺の者を仏に背いた者と断罪するとは。なんと身勝手な。

「もうよい。そこまで言うのならば、清洲の父上に直に訴えよ。ただし、心してかかれよ。嘘偽りが一片でもあれば織田は本證寺の敵となる」

　家臣と国人衆、それとウルザ殿とヒルザ殿にも同席を願ったが、家臣とウルザ殿たちはもう話すだけ無駄だろうという顔をしておる。国人衆の多くは気まずいのか、口元が歪んでおるな。

　このまま父上に裁定を仰ぐほうがよかろう。父上の本隊と今川が動くまでには今しばらく時が必要だ。時はこちらにとっても味方となる。

　使者は不満そうな顔を僅かに残して帰った。些少《さしょう》の不満で済ませたのは、わしをなにも決められぬ木偶《でく》と思うて、己の中で溜飲を下げたのであろう。

「皆に言うておく。今後は本證寺に対する一切の寄進も助力も止めよ。内乱となって争うておるが、そのいずれにもだ」

　ちょうどよいので皆にはっきりと言うておく。最早、本證寺は敵なのだ。

「畏れながら、一揆を止めようとしておる者にもでございますか？」

「逃げてきた者を受け入れるのは構わん。まことに一揆を止めたいのならば、一旦、退かせろ。いかな理由であれ勝手に争う者への助力は認めん」

　やはり三河者は今の織田の政を理解しておらぬな。織田に利するならばいいのではと勝手に考えておったのであろう。

　だが、本證寺自体が敵なのだ。ここまで好き勝手にされて許すことなどあり得ぬ。

　なまじな助力はろくなことにならぬはずだ。

「この中には一向宗を信心致す者もおるであろう。本證寺に付くのは好きにして構わぬ。戦になれば遠慮はせぬがな。それとな、隠れて裏切るのは止めておけ。露見したら本證寺に付く以上に厳しき沙汰があるはずだ」

　さて三河者はいかがするかな。

　願証寺が随分と説得しておるようだし、周りが敵だらけということにはならぬであろうが。

天文十八年、秋。第二回武芸大会が行われた。

第二回武芸大会に関しては、第一回の土岐頼芸と斎藤利政の和睦仲介のように政治的な動きはあまりなく、久遠一馬が望んだとされる領内の者たちが競い楽しむための武芸大会本来の形となっていた。

ただ、同年の熱田祭りの花火見物に訪れた北畠具教が正式に招かれており、武芸大会を観覧して楽しんだとある。

この年以降も武芸大会は外交の場としても機能することになり、尾張を中心に動く世の中の一端を担うことになる。

さらに西三河では戦が避けられないほど事態が緊迫しており、本證寺を中心に諸勢力が戦に向けて動いていた。

織田家でも戦支度をしていて、織田信康を大将とした先遣隊を三河に派遣している。ただ、同時に武芸大会も継続しており、久遠家の助力により戦支度と武芸大会を同時に行っている。

これには一馬と大智の方こと久遠エルによる、三河に対する長期戦略が根底にあった。

一馬の仕官以降、急速に拡大しつつあった織田家が盤石な体制を内外に示した影響は大きく、同じ一向宗である長島の願証寺が織田に味方したのも、そんな背景があると思われる。

皇歴二七〇〇年・新説大日本史

第八章　戦の足音

side：久遠一馬

武芸大会は、最終的に去年より一日多い五日で終わった。

事態の推移によっては短縮や品評会メインの大会も覚悟していたが、本證寺内部の混乱が想定以上だったことで、緊急性が低くなり最後までやることが出来た。

武芸という意味では、出場者が先遣隊に加わり出場を辞退したことで幾分メンバー的に物足りなくなったが、その分だけ去年と同様に行った武芸大会くじは大勝ちした人が出たらしく騒ぎになっている。

元の世界なら出場・出走の回避・取り消しは払い戻しだったかな？　申し訳ないがそんな制度はまだない。恨むなら本證寺を恨んでほしい。

武芸大会には織田の威信もかかっていたし、武芸大会を途中で止めての戦という事態を避けられたのは上出来だと思う。

全体を通して盛り上がったのは模擬戦だろうね。派手で見栄えがいい競技は盛り上がった。

ただ、長距離走や荷駄輸送の競技は会場から出て競技をするので、観客はあちこちにいても、全行程を審判が見ていないので、ズルをしようとしたり、互いに妨害行為の応酬で乱闘になったりした人たちがいた。ルールの再検討が必要かもしれない。

あとは領民限定で行った期間中の関所の開放と露店や屋台などは、去年に引き続き成功した。屋台は今年も子供たちが積極的に働き、それが盛り上がる一因だったと思う。

そういえば、昨年あった土岐頼芸の家臣の事件を模した芝居を披露している人たちがいて、かなり喜ばれていたね。

河原者の皆さんが、多少誇張した芝居なんかを織り交ぜていて、後世まで伝わると伝統芸能にでもなるのかなと思って見ていたら面白かった。

そんな武芸大会も終わると、いよいよ三河の騒動に本腰を入れるが、尾張はまだ平穏で蟹江と清洲の賦役は通常通り続けている。

今年の冬からは国人衆の領民に対して、賦役への参加を順次許可する予定なので、規模がさらに拡大するかもしれない。

この日は忍び衆や願証寺が集めた情報を基に、三河の情勢を改めて整理しているが、資清さんと望月さんたちがよく情報を整理してくれたと感心している。

「見事だね。この情勢でよくここまで探ってきたよ」

「すべて教わったことでございますれば」

忍びが情報収集するというのは、この時代では必ずしも当然じゃない。いわゆる使い捨ての駒のような扱いであり、情報収集すらしていない人もいるんだ。どちらかと言えば、自爆テロみたいに自分の命が代償の破壊工作員としての仕事が多いのが現実だ。

まあ歴史に名が残るような有名な人は、それなりに情報の必要性を理解しているみたいだけどね。忍びを使わずに、部下を物見として直接派遣することもあるみたい。

ウチの忍び衆は、情報収集に特化した忍びになりつつある。密偵とでも呼ぶべきだろうか。

今は三河の地図に源平碁の駒で、敵味方の簡易な識別表示をしているが、セレスがその複雑な情勢を興味深げに見ていた。

「これが一向衆との戦なのですね」

史実の織田家を一番苦しめたのは、恐らく一向衆などの宗教勢力だろう。オレたちは三河一向衆対策をずっと続けてきたが、いざ敵となると、その難しさを痛感するのだろう。

情勢は未だ流動的であり、決して油断出来る状況ではない。

完全な敵味方の見極めはまだ出来ていない。織田に臣従していない三河の国人や土豪の中には、どっち付かずなまま機会を窺っている者や、一族を分けて内乱中の一向衆の双方に味方している人もいる。

正直、ギャラクシー・オブ・プラネット時代には、ここまで難しい情勢はなかった。

そもそも情報収集と分析は、近代以降の戦争では必須だからな。双方にいい顔をしたらスパイだと思われるだけだ。

「本證寺のどさくさに紛れて争う人が多すぎるなぁ」

この段階で問題なのは、主に矢作川東岸で騒動に便乗して近隣と争いを始めた者たちだろう。

織田家に臣従しているところは信広さんが上手く押さえているので、一部の者が本證寺の争いに人を出したり兵糧を出したりしている以上は動いていない。

ただ、松平や今川方の国人や土豪は統制が取れていないこともあり、勝手なことをしている。中には織田に臣従したいと願う親織田の国人たちもいる。動かないようにと頼んでいたはずなんだけどな。あまり聞き届けてくれなかったらしい。

いずれ彼らが臣従する際には、今回のことを交渉材料にするべきかもしれない。美濃で実行した検地と人口調査は当然として、権利と義務を事前に整理したほうがいいだろうね。

戦となれば味方するから所領安堵して現状維持というのは、織田家だともうないだろう。今後の領地拡大時の前例となるようにするべきかなぁ。悪いけど、織田家にとって国人や土豪、寺社の価値は他家より低いんだ。

織田と他家では統治方法が違い過ぎて、土地の管理を任せてもあまりいいことないしね。

そこまでして臣従をする人はどれだけいるのだろうか？

side：太原雪斎

「御屋形様、かねての計の通り、三河には拙僧が出陣致します」

三河から一向衆が蜂起したとの知らせが先ほど届いた。少し前から本證寺の狙いが松平と矢作川より東の西三河なのは、分かっておることだ。

西三河の国人衆には後詰めと帯同する形で、人質の一時帰郷を認めた。引き換えに、本證寺向けに総出の挙兵を命じる手はずになっておる。

織田に靡いた西三河において、国人衆が本證寺相手に挙兵に応じるかは怪しきが先立つが、これならば大半は応じるであろう。

情けで人を動かすは拙僧が織田に学んだこと。家柄もある今川の御家が施せば、織田よりも十分に効くであろう。

無論、駿河と遠江と東三河からも兵を出す。五千もあればよかろうて。

「うむ。任せたぞ。雪斎」

「はっ、必ずや織田との新たな関わりを築いてご覧にいれましょうぞ」

まだ詳しき情勢は分からぬが、織田に付いた国人衆は易々と裏切るとは思えぬ。たとえ本證寺が西三河の一向衆すべてを動かしても、織田は互角以上に戦うであろう。

今川が本気であると示さねば、本證寺はこちらから奪うはず。

ただ、まことに考えるべきは一向衆のことではない。織田なのだ。

この機に織田との新たな関わりを築けなければ、今川は終わることになるのやもしれぬ。

なんとしても織田を西三河で食い止め、和睦により三河を鎮定させる。そして甲斐の武田を攻めるしかあるまい。

そのためには拙僧が直に三河に行き采配を振るわねば、いかになるか分からぬ。

side：松平広忠

「殿！　上宮寺で本證寺に同調する強欲僧ども、挙兵の動きがあり！」

「同じく勝鬘寺でも同調して不穏な動きがございます！」

おのれ……。

弱きことが罪だというのか？　わしは今まで一向宗には配慮は欠かさなかったのだぞ。

次々と入る知らせは寺社も国人も土豪も、誰もが勝手に戦をすると決めて、その支度を始めたとの知らせばかりだ。

本證寺は内々で争うておる。織田は静観の構えを崩しておらぬが、兵は順調に集めておる様子。いつ戦が起きてもおかしゅうない。

上宮寺と勝鬘寺は、左様な本證寺の内乱に巻き込まれたか。こちらも内々で同調する者と静観を主張する者で対立が起こるとは。

兵糧は蓄えておるが、念のため伊勢の商人にはさらなる兵糧を頼んだ。それが届けば今川が動くまで持ちこたえられようが、果たしてこの情勢で無事に届くか怪しきところもある。

今川の後詰めが来るまでは安易に動けぬ。織田ばかりではないのだ。今川家の太原雪斎和尚からも、一向衆が蜂起しても籠城しておれと文が届いた。

織田と今川は共闘して一気に片付ける気か？

懸念は織田と今川の動きを家中にも漏らせぬことか。一向衆に露見すれば連中がまとまりかねぬ。

「御所望の兵糧を持参致しました」

「随分と早いな」

「某も商いでございますれば」

懸案だった兵糧がすぐに届いたが、驚いたのは頼んで数日で届いたことだ。この日数では伊勢からは間に合わぬのは明らかだ。

まさか、織田領から運んだのか？

「よいのか？」

「もちろんでございます」

家臣がおる前で織田領から運んだのかとは聞くことは出来ぬ。だが商人の様子を見るとそうなのであろう。

それはいいが、兵糧運搬の同行者に願証寺の僧がおるわ。

「何用だ？」

「本證寺がご迷惑をおかけしております。拙僧は無益な争いを止めたいと考えております。何卒、松平様のご領内にある寺に、争いに加担せぬようにと働きかけるお許しをいただければ」

一向宗の者故、疑うように厳しき口調になってしまったが、なにをしに来たのかと思えば……。

「好きにして構わぬが、命が危うくなっても知らぬぞ。すでに彼方此方で不穏な動きがある」

「承知致しております」

そういえば半蔵が、織田領では願証寺の僧が織田に味方するように動いておると言うておったな。

これも織田の策か？

「誰か、案内の者を付けてやれ」

「ありがとうございまする」

いずこまで役に立つか分からぬが、邪険にする必要もないか。

side：北畠具教

「しかし。一向衆とは、これまた厄介な者らが蜂起したな」

「懸念はないよ。備えはしてあるからね」

ふと三河のことを口にしてみたが、やはりそれほど困ってはおらぬらしい。

武芸大会も終わったが、わしはまだ尾張におる。今巴殿に武芸を習いつつ、斯波武衛殿や織田弾正忠殿の宴に参席しておるのだ。

三河で一向衆が蜂起したと聞き、武芸大会を取り止めて、速やかに三河に行くのかと思うたが、なんと織田は武芸大会を無事終わらせた。そのうえで、わしや美濃の斎藤家を歓迎する宴を開いておるのだから驚きだ。

この日も那古野の久遠殿の屋敷で今巴殿に武芸を習うておるが、先ほどからは休息を兼ねて共に茶を飲んでおるほどよ。

「備えか。いつからしておったのか聞いてよいか？」

「アタシたちが来た頃からだよ。尾張や周辺情勢を考えれば、三河がこうなるのは分かっていたからね。今川、松平、一向衆。誰が先に動くかって違いだけさ」

備えという言葉を口にした今巴殿に思わず問うてしもうたが、まさか尾張に来た頃からこの流れを見据えておったのか？

恐ろしきことよ。はったりではあるまい。今巴殿が左様なはったりを言う者でないのは、尾張に来て理解した。

「何故、動くと思うたのだ？」

「武芸と同じだよ。強い奴が隣にいたら従うか戦うか、もっと弱い奴と戦うかが大半、それが人というものだからね」

今巴殿はそう言われたが、それを現のことと、確と見据えて策を講じるのは容易いことではない。

やはり織田は一枚も二枚も上手か。

北畠家も他人事ではないな。奪うことも真似ることも出来ぬ三河者とあまり変わりない。所領が離れておる故、今のところ困ることはなかろうが……。

side：久遠一馬

秋も深まり、牧場でスイートポテトを子供たちに振る舞おうと、エルとリリーたちと料理をしている。

　芋を蒸かしつつ、お手伝いしてくれているお市ちゃんと子供たちと少し遊んでいたら、資清さんが内密の報告があるとやって来た。

「桜井松平家。ああ、品野城の……」

「はっ、一向衆の誘いに乗った恐れがございまする」

　何事かと思えば……、こちらも引っかき回されるのか。

「一向衆と共に岡崎を攻めて、松平宗家になりかわるってところかな？」

「恐らくは……」

　人払いをして話を聞くが、この情報はどうも願証寺の僧が本證寺の僧から得たものらしく、まだ裏は取れておらず、偽情報の可能性もあるという段階らしい。

　品野城を拠点としている桜井松平家の松平家次は、反松平宗家なんだ。松平と今川と織田の合間を行ったり来たりして、自分たちが松平宗家となり三河統一という野心を持っているところだ。

　三河の矢作川西岸は完全に織田で安定したことで最近は大人しくしていたけど、宗家打倒の好機とみたのかな？

「それと今川の山田景隆が本證寺と繋ぎを取っておる様子。内容は掴めておりませぬが」

　山田景隆って確か、何年か前に桜井松平家が信秀さんを後ろ盾にして岡崎を松平広忠から奪った時に活躍した人だよね。史実だと、広忠が亡くなったあとには岡崎代官だったはず。

「今川家も一枚岩ではないということでしょう」

「今川に嵌められることも考慮するべきだな」

エルの表情は微妙だ。想定していたというか、織田と今川の和睦や共闘の反対派なんだよね、山田景隆は。この状況でどう動くのか、見極めが難しい。

太原雪斎が織田との和睦を考えているのは虫型偵察機で判明しているが、山田景隆はそれに不満をこぼして反織田の工作を細々としているんだ。

ただ、彼は義元の命に反しない範囲で動いていたんだけど。ここにきて動きを加速させたか？

状況によっては、今川と一向衆が手を組むこともあり得るなぁ。

「これは大殿にすぐに報告が必要だな。あそこは織田と縁がそれなりに深いし、若様にはオレが直に話すよ」

桜井松平家の現当主は三代目の家次だが、叔母に当たる人が信光さんの奥さんだったはず。

他にも織田家と血縁があって、尾張での立場も決して低くないんだ。

「では某が大殿にご報告に参ります」

資清さんはそのまま信秀さんのところに報告に行った。

残されたオレとエルとリリーは、芋を蒸している竈の火を見ながら考えていた。

「本当に難しくなってきたなぁ」

「動いたのは山田景隆です。織田の背後を脅かすことと、松平宗家が今川を裏切るのではと考えてのことだと思われますが。桜井松平家を利用して矢作川より東の領地を守るつもりなのでしょう」

桜井松平家の動きと山田景隆の動きは、今のところ表向きは関連性がみられない。ただし、シルバーンからの報告では、虫型偵察機を使って集めた情報としてすでに確証を掴んでいたみたい。

さすがは義元に三河を任されていたひとりだ。織田の弱いところを突いてきたか。

「でも桜井松平家は邪魔なんだよね。これで、あそこから動かすことが出来るかも」

三河と尾張と美濃の境界である品野城は、桶狭間の前哨戦があったところでもある。地理的に要所なうえ、あそこの瀬戸では焼き物が出来るんだよね。

桜井松平家は心から織田に臣従していなかったし、織田の弱いところではある。ただし、寝返ってもまったく困らないように手は打ってある。

山田景隆は有能らしいね。いいところを突いてくれたのかもしれない。

桜井松平家の扱いは信秀さん次第だ。止めるのか放置して潰すのか。広忠の態度が軟化しつつある今、反宗家の桜井松平家にそこまで気を使う必要はないけど。どうするんだろうか?

「かじゅま～、える～、りり～。まだ～?」

「もういいですよ。姫様」

ただ、それよりも今はおやつを待ちわびている、お市ちゃんと子供たちのほうが先だね。こっちの様子を窺うように離れたところから覗いていた。

みんなにお手伝いをしてもらってスイートポテトを作ろう。

「うわぁ。こんなに美味しいんだ!!」

「ほんとだ、おいちい」

「もう、つまみ食いは駄目ですよ～」

お市ちゃんと孤児院の子供たちは、すっかり仲良しになった。

よく連れてきているからね。

和気あいあいとお手伝いしていた子供たちがつまみ食いをすると、リリーに注意されてみんなで謝っている。

仕方ないわね～、と笑顔で注意するリリーに子供たちは嬉しそうだ。

本当に孤児院はひとつの家族になっているようだね。

この子たちが戦で亡くなるようなことがないように、三河はしっかり解決しないとね。

> 天文十八年、秋。尾張で武芸大会が終わった頃、駿河では太原雪斎が一向衆鎮圧のために出陣している。
>
> 当時、一向衆の勢力と勢いは凄まじく、今川においても危機感があったことが関連する資料から窺える。ただし、雪斎は本證寺の一揆を利用して織田との関係改善を図っており、斯波と織田との関係の転換を模索していた。
>
> この時はまだ戦にて争う道も進めていたが、同時に尾張を中心に金融や物流を支配しつつあった織田を敵に回すばかりでは、今川に先はないと判断してのことになる。
>
> 皇歴二七〇〇年・新説大日本史

終章　混迷のままに

side：ミレイ

シベリアから航路を確認しつつ南下して、私たちは南洋諸島にいる。

実際に交易をしながら現地と顔つなぎをしていると、シルバーンからの報告が届いたわ。

「宗教と争うなんて早いと思うワケ」

相棒であるエミールが言う通りだと思うわ。人の文明は古来より宗教と共にあった。争い、対立して苦労した者は多い。

「とはいえ、相手があることだもの。ここで甘い顔をしたら、同じようなことをする者が増えるわよ。司令とエルたちなら大丈夫だろうけど……」

寺社が握る流通と経済を掌握して始めた新しい統治に、寺社が騒ぐのは当然ね。この時代の他の勢力と同じように、一部の者が贅沢をしているだけならばいい。ところが織田では民の暮らしが変わりつつある。

これに脅威を感じないようならば坊主失格だと思うわ。

「織田家にとって、最初の試練かしらねぇ」

エルたちがいる以上、後手に回るとは思えない。とはいえ実際に動くのはこの時代の人たちよ。

覚悟も必要だし、独立心が強く信心深い武士や領内の寺社勢力を束ねて対峙していかないといけないわ。

助言以上の決断が出来ないのが私たちの難しいところ。織田の大殿は私たちの知恵や情報を理解して使いこなせるのかしらね？

「こっちも地道な下準備がいるワケ。南洋諸島は私たちで押さえたいわ」

「ええ、そうね」

おっと、私たちも人の心配をしている場合じゃないのよね。こっちも重要な任務になる。

エミールがこの時代に合わせた海図を開き、新しく設けた南洋諸島の基地を書き加えているわ。

残念ながら司令が生きた時代でさえ、力なき者が力ある者と対等に渡り合う世界などあり得なかった。人が争い競う以上、それは変わらないと思うわ。

西洋諸国に世界を牛耳られるわけにいかないのよね。

それに……日本を信じ過ぎるのも危うい。シルバーンやオーバーテクノロジーが表に出せない以上は、表に出せる力、領土が私たちにも必要になると思うのよね。

少なくとも私は、綺麗事や理想を守るために司令や仲間たちを危険に陥れるなんて望まない。そのためには、この身が汚れてもいいと思って動いているわ。

「一旦、本領に戻るわよ。離水上昇。進路、小笠原諸島父島」

「了解、機関始動、離水上昇するワケ」

さて、戻って少し休暇にしようかしらね。

side：斯波義統

今川と共闘とはの。思うところがないとは言わぬが、畿内や関東を見ておると敵味方が変わるのはようあること。騒いだところで今川か本證寺が利するだけ。

ただ、織田が力を付けて新しきことを始めるに従い、わしも忙しゅうなりつつある。傀儡であっても守護としての務めは果たさねばならぬからの。

「……以上となりまする」

この後の評定に出る前にと、先ほどから弾正忠と一馬より三河の情勢について聞いておるが、厄介としか思えぬ。

「口を出す気はないが、一向衆を相手にして禍根を残さぬのか？」

わしには先が見えぬ。こやつらはいずこまで見て動いておるのじゃ？

「寺社であっても敵となるならば討たねばなりませぬ。ここで引けば増長致しましょう」

弾正忠は覚悟の上か。ただ、一馬は覚悟というよりは、なにか目論見があるように見えるが。

「幸いなことに願証寺はお味方でございます。それにより敵は一向衆ではなく本證寺となりますから。さらに念のため、当家の船を呼び寄せております。願証寺がおかしなことを考えても困りますからね」

こやつと奥方たちは幾度会うても面白いの。確とした理の下で動くが、基となる考え方が我ら日ノ本の者とまるで違う。それを考えるのが面白いのじゃ。

「一馬よ、寺社に逆らうことが恐ろしゅうないのか？」

「畏れながら、神仏と寺社と坊主はそれぞれに別だと私は思います。この世には数多と言えるほど神や仏が存在します。中には日ノ本の神仏とはまったく違うものも……。少なくとも坊主の言い分や教えが寸分の狂いもなく正しかったことは存じておりませんので。寺社も坊主も間違うことはあると思うております」

恐れる様子もなく余裕がある一馬の姿に、ついつい問うてしまったが、返答に弾正忠と顔を見合わせ笑うてしもうたわ。

言われてみればその通りじゃ。寺社とて間違うこともあろう。そもそも寺社同士で争うのだ。いずれかが正しいとしても、もう片方は正しくないということになるか。

それが一度や二度ではない。幾度もあったのじゃ。寺社とて間違うということであろう。

「そうか。ならば思う存分やってみるがよい」

やはり面白いの。久遠とは。一馬が特に面白いのかもしれぬが。

こやつの見ておる先が知りたい。いかな国をつくり、治めてゆくのか。見てみたいのじゃ。

弾正忠と一馬の足を引っ張るようにはなりとうないの。わしも守護として、こやつが存分に動けるように助けてやるか。

かつてのように、城から出られぬ日々はもうたくさんじゃからの。弾正忠には勝ってもらいたいものじゃ。

たとえ、それが一時の勝ちであり、次の戦までの束の間であってもな。

side：アーシャ

一向衆の内乱、その波紋が尾張にも広がりつつあるわ。

戦は決して他人事ではない。すでに先遣隊として出陣した者の子もいれば、三河出身の子も多くはないが学校で学んでいる。

私は教師たちと入念に打ち合わせをして、子供たちへの影響をきちんと見極めるべく努めている。

その一方で大人、教師陣への影響も私は見極めないといけない。教師には寺社の者もいるわ。寺社と争うことに心を痛める者もいれば、今まで築き上げた織田家と寺社の信頼関係に疑問を持つ者もいるでしょう。

なるべくならば、学校は憂いなく学べる場にしていきたい。

「皆、落ち着いておりますな。とはいえ、加賀の件もあり……」

共に子供たちと教師陣の様子を見守ってくれている沢彦和尚と相談をしているけど、沢彦和尚もまた少し悩んでいる様子ね。

私たちの影響もあり、尾張も織田家も変わりつつある。寺社がそんな変化をどう受け止めるのか。答えが出ない部分が少なからずあるのかもしれない。

「皆で話す場を設けましょうか」

話しただけで上手くいくとは思わない。とはいえ、話さないで上手くいくことはもっとない。

敵対する者は討てばいい。それもひとつの方法だけど、争いの連鎖が止まらない時代にそれだけでは変わることは出来ないわ。

こちらを敵視している本證寺と話すことは難しいけど、寺社の内乱と一揆をどう思いどう受け止めるのか。共に生きる者たちと、学校という学び舎で話し合うのは決して悪いことじゃないわ。

この先も争いは続く。その際に学校のみんなが不安にならないように。今から話せる仕組みがいるわね。

side：久遠一馬

エルたちと三河の情勢を確認して、今後の相談をする。

朝と晩の二回、オレたちだけでやっていることだ。

情勢は刻一刻と変わる。三河には忍び衆も多く潜入しているし、現地のウルザたちや信広さん、また長島の願証寺が得た情報も入る。

さらにオレたちには虫型偵察機などを用いたオーバーテクノロジーでの情報が、シルバーンの中央司令室からも入る。

そんな情報をもとに、今後の方針と対策を考えているんだ。今回は特に一揆でまとまらなかった弊害か。戦況と今後の分析が難しい。

「願証寺は敵にならないと思うけど……」

「現状だと本證寺強硬派に同調はしないと思います。ただ、警戒を怠ることは出来ませんね。石山次第で変わる恐れもあります」

エルも言うように一番の懸念は石山本願寺だろう。史実の織田家が争った時のように畿内に進出していないものの、願証寺と本證寺の双方が同時に敵に回ると厄介でしかない。

無論、現時点では敵になる可能性はあまりない。ただ、だからといって対策を考えないというわけにはいかない。

悩む中、ジュリアとセレスは三河の地図を見ていた。

「苦戦したら、どう転ぶか分からないね」

「情勢は流動的です。ゲリラ戦でもされたら対処が難しくなります。さらに寺社との戦は兵たちに与える心理的な負担も考えなくては……」

織田家も盤石とは言い難いか。特に三河で織田家は新参者だ。長年、あの地域を支配し支えていたのは一向宗なんだ。

本證寺の形勢が不利となった時に、どの程度の人が見捨てるのか、逆に助ける側に回る人はどれだけいるのか。そういう予測は予期せぬ人為的要素が絡むので難しい。

籠城やゲリラ戦での長期戦は避けたいなぁ。

「ウルザとヒルザからは、戦線縮小の許可を求められているわ。これも考えないと……」

それとメルティが指摘した、現地入りしているウルザたちからの要請がある。

今のところ前線に兵を置いて対抗しているものの、相手は飢えた一揆勢だ。さらに係争地もあれば、領地が綺麗に分かれていることもなく、互いの領地が複雑に入り乱れている。

蜂起した本證寺強硬派は必ずしも織田を狙っているわけではないが、内乱の影響か統制が今ひとつ取れていない一揆勢は、飢えたまま身近なこちらに手を出しているところがある。

「戦線は縮小するべきです」

エルは一時的な戦線の縮小のために部分的な撤退には賛成か。ジュリアとセレスも同様だ。

「分かった。若様に進言してみようか」

信長さんに進言して検討してもらおう。季節的に田畑の収穫は終えつつある。食料などを一揆勢に渡さないように計画的に前線となる村から領民を後方に移すと、敵の士気は下がるだろう。

あとは守れる範囲で防衛して、反撃するべきだな。

side : リリー

牧場村の屋敷で一緒に暮らすアーシャと相談して、学校の関係者と孤児院の子たちで宴をすることにした。寺社と争う、その影響を抑えたいのよ。

神仏が信じられている時代でありながらも、寺社と争うのが珍しくない時代。そこまで神経質にならなくていいと助言をくれる家臣もいるけど。子供たちの不安は解消してあげたい。

「りりー！　きたよ！」

朝からみんなで支度をしていると、市姫様が兄や姉の皆様と一緒に来られた。大殿のお子たちもまた学校に通っているので、お誘いしてあるのよ。

「今しばらくお待ちください。支度をしております」

挨拶を済ませると、市姫様は孤児たちがいる部屋に他の兄と姉の皆様をお連れするように案内して行った。

皆様も幾度か来たことはあるけど、市姫様は司令たちと一緒によく遊びに来ることで慣れているわね。

「捨て子を育てるのは大変でございましょうな」

今日は学校の教師陣や、子供たち以外の学校で学ぶ大人たちも来ているわ。そんな中、興味深げに見つつ手伝いを買って出てくれたのは、教師をしている僧侶たちになる。

捨て子を育てることは寺社もしているわ。その苦労を理解しておられるようね。

「ええ、でも楽しくもあるわ。皆で生きる。その形に変わりはないもの」

共に時を過ごすことで互いに理解し前に進める時もある。理屈や道理ばかりがすべてじゃない。

私たちがこの世界で学んだことのひとつだと思うわ。

side：久遠一馬

リリーとアーシャが孤児院で宴をするというので参加することにした。

武芸大会の最中、先遣隊が出陣をしたことで三河にて戦があると誰もが理解しているけど、やはり寺社との戦ということで妻たちは慎重になっている。

まあ、それを抜きにしても、子供たちとの交流はどんどんするべきだしね。オレたちも一緒に楽しもうと思う。

「とのさま！」

孤児院に入ると、すぐに子供たちに囲まれた。ただ、実はオレ、元の世界だとそこまで子供たちと触れ合う機会はなかった。ギャラクシー・オブ・プラネットでも同じだ。

この時代に来て、孤児となった子たちを育てるようになって、家臣とかお年寄りから学びつつ慣れたんだよね。

「宴をすると聞いてね。オレたちも加えてくれないかな？」

「はい！」

「あのね、あのね、あたしもおてつだいしたんだよ～」

一緒に来たエルたちや資清さんたちも子供たちに囲まれ、案内すると先導してくれる。リリーたちはオレたちも参加すると知っているはずだけど、学校の教師陣や学校で学んでいる大人たちは聞かされていなかったみたいで驚いている。

ただ、皆さん。過剰に畏まる必要はないと判断して楽にしてくれている。

オレも信秀さんの猶子となり偉くなったけど、その分、周りの皆さんがオレの気持ちを察してくれるんだ。

「ジャーン！　今日は新しい紙芝居を持参したのでござる！」

「あとのお楽しみなのですよ～」

すずとチェリーが紙芝居と人形劇をやりたいと道具を持ってきていることで、さらに盛り上がる。

どんどん賑やかになる中、慶次が尾張で音楽を奏でて聞かせている河原者の皆さんを連れてきた。

「殿、この者らも同席を許してよろしゅうございましょうか？」

もちろん快諾した。お祭りとかで何度か顔を合わせた人たちだ。こういう人脈があるのが慶次の強みだよなぁ。

実は、彼らから得られる情報が割と貴重なものもある。慶次の場合、遊びつつもそういう情報を集めてくるんだ。

「おお、賑やかだな」

「わかさま！」

ああ、今度は信長さんが来た。一応、お誘いの使いを出したんだよ。そこまで堅苦しいものじゃないし、海水浴に信光さんを誘わなかったことで叱られたからね。誘える時はあちこち誘うことにした。今日は信長さんだけ誘ったけど。

しかし、あれだね。ウチが主催の宴とか集まりになると、身分とか堅苦しさが最低限になる。信長さんなんか孤児の子たちに人気だからね。すぐに囲まれてしまった。

みんなちゃんと礼儀を弁えつつ、楽しむように順応するんだ。こういうところは凄いなと思う。

side：セレス

宴の支度の手伝いをしていると、孤児院で働く年配者に嬉しそうに声を掛けられました。

「皆、喜んでおりますなぁ。ここだけの話、殿やお方様がたを案じておりました。お心を痛めておられぬかと」

一向衆との争い。心配していたのは私たちだけではなかった。いえ、私たちが心配されていた。その事実に驚きと感謝で胸がいっぱいになります。

「殿とお方様がたは日ノ本の外の生まれ。寺社に戸惑うておりましたからなぁ」

「我らに出来ることがあれば、なんなりとご命じくだされ。若い者を守るためならば……」

家中の年配者たちも同様でした。皆、いざとなれば戦場に出向く覚悟がある。そんな目をしています。

「ええ、頼りにしています。若い者や皆を落ち着かせるように頼みます」

命を懸ける覚悟、その点において私たちは遠く及ばない。だからこそ、共に歩み助け合わなくてはならない。

「お任せくだされ。敵将の首はもう狙えませぬが、年寄りには年寄りの役目がございます」

笑みを浮かべる年配者たちに私の中の不安が軽くなる。そんな気がしました。

史実における一向衆の恐ろしさ。宗教という存在の厄介さ。知っているからこその難しさや苦しさがありました。

リリーやアーシャ、司令や私たちが悩み対策を講じていることを察していますね。

歴史に名は残らないかもしれない。ひとりひとりの力。これがあれば、私たちは迷わず前に進める。そう思えてなりません。

side：エル

「いただきます！」

皆で揃って宴となります。この食前の挨拶もこの時代にはなく、久遠家の習わしとなっていますが、孤児院や学校では定着しつつありますね。

子供たちが多いことで、今日の宴は昼からでお酒もなしです。ただ、大人たちを含めて不満そうな人はいませんね。

「おいちい！」

メインは子供たちの希望でカレーライスです。市姫様は木製のスプーンで一口頬張ると、嬉しそうに感想を言ってくれました。

孤児の子たちのみならず、学校の子たちも喜んでくれています。

「くすしさま、もうおかわり？」

「うん、みんなももっと食べなさい」

「はい！」

うふふ、あっちではケティとすずとチェリーが、子供たちと競うように食べていますね。一揆が起きようとも寺社と争おうとも問題ないと言葉で語るより、こうして態度で示したほうがいいのかもしれません。

「汁も美味しいね～」

「おいしい……です」

「無理に言葉を変えなくていいよ〜」

パメラは別の女の子たちとおしゃべりをしながら食べていますね。言葉の使い方を覚え始めたばかりの子たちの様子が微笑ましいです。

あとは本證寺の一件を長引かせないように差配するだけで、いいのかもしれません。

side：久遠一馬

食事のあとは、みんなで遊ぶ。久遠絵札ことトランプを使ったり、積み木や絵本を読んだり、ちょっとしたお絵かきをしたり。もちろん、すずとチェリーが用意した紙芝居と人形劇を楽しむのもある。

あと慶次が連れてきた河原者の皆さんが盛り上げてくれると、子供たちは大喜びだ。

「久遠様、三河はいかがなりましょう？」

オレも子供たちと遊んでいるけど、それなりの年齢の子とはいろいろな話をする。もちろん三河のことも。

「大義なき一揆ならば大殿が許しませんよ。そもそも領内は騒がずとも食べていけますから」

そう、きちんとした意思表明が今は大事だろう。あとは領内で一揆など起きないということ。それもしっかりと伝える。

子供だからと軽く見てはいけない。子供から話を聞いた親たちが安心するなんてこともある。

「話をしたいというなら話をしましょう。戦をしたいというなら戦を……」

「そうだね、攻めてくるなら戦うまでだよ。案じなくてもアタシたちが敵を討つ」

セレスとジュリア、静と動といえるふたりの言葉に、大人も含めて理解し安心してくれているようだ。

さっきセレスが言っていたんだよね。心配されているのは本證寺ではなくオレたちだと。まずはオレたちが揺らがないという姿を見せないといけない。

「政とはね。常に厳しいことを考えて備えが必要なのよ。私たちは備えを怠っていないわ」

「そうネ。津島も熱田も皆で力を合わせられるように備えてきたネ」

自信ありげなシンディとリンメイ。津島と熱田は尾張にとって重要な町だからね。その町の屋敷に住むふたりが親しげにしている姿は、武士の子たちに織田家はひとつにまとまっていると示すにはちょうどいいだろう。

「策とはね。敵に勝つだけじゃないの。生きるため、皆のために考えるものよ。私たちは常にそうしているわ」

「今度、学校でお教えください！」

「そうね。今度はメルティにそっちも頼もうかしら」

あっちではメルティとアーシャが元服間近な子たち相手に具体的な事例を示しつつ、政について教えていた。

そうしていると、この後のおやつを作っていたエルたちが戻ってきた。

「エル、リリー。おやつの支度は出来たの？」

「はい。今日はケーキにしました」
「今日のケーキは美味しいわよ〜」

ケーキという言葉に子供たちは大喜びだけど、信長さんも喜んでいる。ウチのケーキは信長さんでもたまにしか食べられないからだろうね。

この宴で、オレたちもみんなも不安が減っただろう。相手が一向衆であっても怖くない。

必ず守って見せる。この手の届く範囲くらいは。

天文十八年、秋。本證寺との武力衝突が避けられなくなりつつある中、織田家では一向衆との戦を覚悟していたことが、『織田統一記』などに記されている。

さらに織田学校では異なる宗派の僧侶が教師として勤めていたこともあり、天竺の方こと久遠アーシャが教師たちとの意思疎通や意見交換をして、学校内の混乱を起こさないように動いていたことが一部の資料として残っている。

これに関連してか、同時期に学校の教師と生徒を招いて、牧場村の孤児院にて宴が開かれたという記録も残っている。

皇歴二七〇〇年・新説大日本史

特別ページ
キャラクターガイド
『戦国時代に宇宙要塞でやって来ました。九』に登場する主なキャラクターを、
モフ氏のデザイン画とともに御紹介いたします！
Illustration モフ

ミレイ

万能型タイプのアンドロイド。身体年齢は二十歳。ギャラクシー・オブ・プラネットでは前線指揮官だった。稼ぐことが大好きでエミールに守銭奴扱いされたことも。

エミール

技能型タイプのアンドロイド。身体年齢は二十歳。ギャラクシー・オブ・プラネットでミレイの副官を務めていた。戦国時代ではミレイとともに主に海外で活動。

曲直瀬正慶（道三）

史実で医聖と呼ばれる。新しい医術を学びに尾張に来たが一度断られる。その後、尾張に滞在するうちに、一馬に召し抱えられることになった。

土田御前

織田信長の実母。一馬が信秀の猶子となったことで、久遠家と関わりが深くなり、エルたちの後見役も務めるように。アンドロイドたちの働きを認め、真似るなど先進的なところもある。

あとがき

最後までお読みいただき、ありがとうございました。

第九巻はいかがだったでしょうか？

今回は、夏から秋にかけての物語でした。

本編では新しく登場したアンドロイドがいなかったので、ミレイとエミールの出番を書き下ろしてイラストにしていただきました。

元ネタの印象を残しつつ、オリジナリティある女性に描いていただきましたね。元ネタは……、ここではあれなんで、もし分からなかったら、ｗｅｂ版の感想にもコメントください。

あとは作中ではそこまで出番が多くないものの、縁の下の力持ちとして活躍している曲直瀬道三と土田御前をイラストにしていただきました。

どちらも拙作の特徴を捉えていて、いいなと思っています。

曲直瀬道三は史実の医聖ですからね。リスペクトを忘れず書いていくつもりです。

土田御前に関しては、俗説的なイメージとは別の人物として書いております。信秀の正室として、信長たちの母として。

まあ、当時と現代では家族の形も親子の関係も違うと思うので、私の創作としての人物になっていますが。

物語としては、お清と千代女。ふたりを妻に迎える話が今回のメインかもしれません。

ふたりの結婚のきっかけを作る土田御前の視点、一馬が駄目ならば自分が妻に迎えると言った信長の様子を帰蝶視点で書き下ろしました。

人と人が紡いでいく縁。誰かが一方的に従えたり、変えたりすることではない人同士の繋がり。それが面白くもあり厄介でもある。戦国時代らしい物語になるといいなと思います。

ちなみにお清と千代女を妻に迎える話は、ｗｅｂ版の掲載当時は賛否が分かれたことになります。私としては、現地の人との縁が必要だと思いました。主家である織田家との縁、家臣となる者たちとの縁。織田家は猶子という形にしましたが、家臣との縁はふたりを妻に迎えることにするべきだと考えました。

物語後半は、三河と武芸大会がメインでしょう。今川と織田が睨み合う三河で起きた川の氾濫から事態は動きました。

武芸大会は拙作の重要なイベントのひとつです。これにより物語が動き、予期せぬ人と人の出会いや交流が進むことで、史実と違った流れになります。

不穏な三河と二年目の武芸大会が同時に進む流れは、いかがだったでしょうか。

最後に、書籍の刊行も長くなりました。書籍を購入していただいた皆様のおかげで、プロの作家として生きております。

最大級の感謝を込めて。また、お会いしましょう。

横蛍

戦国時代に宇宙要塞で
やって来ました。 9

2024年6月30日 初版発行

【著　　者】横蛍

【イラスト】モフ
【編集】株式会社 桜雲社／新紀元社編集部／弦巻由美子
【デザイン・DTP】株式会社明昌堂

【発行者】福本皇祐
【発行所】株式会社新紀元社
〒101-0054　東京都千代田区神田錦町1-7　錦町一丁目ビル2F
TEL 03-3219-0921 ／ FAX 03-3219-0922
http://www.shinkigensha.co.jp/
郵便振替　00110-4-27618

【印刷・製本】中央精版印刷株式会社

ISBN978-4-7753-2154-6

※本書は、「小説家になろう」（http://syosetu.com/）「カクヨム」（http://kakuyomu.jp/）に掲載されていたものを、改稿のうえ書籍化したものです。